Joan Weng
Die Frauen vom Savignyplatz

aufbau taschenbuch

JOAN WENG, geboren 1984, studierte Germanistik und Geschichte und promoviert über die Literatur der Weimarer Republik. Bisher erschien *Das Café unter den Linden* bei atb, sowie zwei Krimis, die ebenfalls im Berlin der Zwanziger Jahre spielen: *Feine Leute* und *Noble Gesellschaft*.

Berlin 1925: Ungemachte Betten sind aller Laster Anfang! Schon als Kind hat man Vicky vor den Folgen derartigen Schlampertums gewarnt, und so ist der Tag, an dem ihr Mann sie verlässt, dann auch der letzte mit gemachten Betten. Nach fünf Kindern und acht Jahren Ehe mit dem charismatischen Taugenichts Willi, hält Vicky die Zeit für ein paar Laster gekommen. Sehr zum Schrecken ihrer biederen Eltern denkt sie überhaupt nicht daran, wieder zu heiraten. Lieber macht sie sich selbstständig, und zwar mit einer Buchhandlung nur für Frauen. Doch die ersten konservativen Anfeindungen lassen nicht lange auf sich warten. Und dann stellt plötzlich ein Mann Vickys Leben völlig auf den Kopf. Aber manchmal muss man mutig sein, denn was nützt die Liebe in Gedanken?

Joan Weng

Die Frauen vom Savignyplatz

Roman

 aufbau taschenbuch

ISBN 978-3-7466-3425-8

Aufbau Taschenbuch ist eine Marke
der Aufbau Verlag GmbH & Co. KG

1. Auflage 2018
© Aufbau Verlag GmbH & Co. KG, Berlin 2018
Umschlaggestaltung www.buerosued.de, München
unter Verwendung von Bilder von © H. Armstrong Roberts/
ClassicStock und © akg-images/arkivi
Gesetzt aus der Whitman durch Greiner & Reichel, Köln
Druck und Binden CPI books GmbH, Leck, Germany
Printed in Germany

www.aufbau-verlag.de

Für Margit, ohne die es dieses Buch nicht gäbe,
und
für Bambi und Peter, die wissen warum

BERLIN

Frühling 1916

1. Kapitel

»Ungemachte Betten sind aller Laster Anfang! Wie oft soll ich es dir noch sagen? Bei schlampig gemachten Betten fängt es an, und ich darf mir gar nicht vorstellen, wo es endet!« Einen Moment unterbrach Vickys Mutter ihren Monolog. Einerseits, um in Gedanken an das schmachvolle Ende ihrer Tochter zu schaudern, andererseits, um für das große Finale ihrer Strafpredigt noch einmal Luft zu schöpfen: »Ich sterbe vor Scham, wenn ich mir ausmale, was der Herr Tucherbe Ebert von mir denkt, wenn er im Juni so ein kleines Lotterflittchen zur Frau bekommt. Denn auf wen fällt die mangelnde Erziehung am Ende zurück? Auf wen werfen Falten auf dem Bettzeug am Ende ein schlechtes Licht?«

»Auf die Frau Mama, Frau Mama«, entgegnete Vicky betont gehorsam. Um des lieben Friedens willen verkniff sie sich auch den Hinweis, dass *Tucherbe* entgegen der Meinung ihrer Mutter gemeinhin kaum als fester Namensbestandteil galt und die Familie Ebert des Weiteren Strümpfe herstellte. Vermutlich aus Seide oder Wolle, aber ganz sicher nicht aus Tuch. Und weil ihre Mutter mit einem gefallenen und zwei weiteren Söhnen an der Front genug Kummer hatte, ergänzte sie mit dem gesenkten Blick einer braven Tochter: »Es tut mir leid.«

»Das will ich dir auch geraten haben. Mit siebzehn Jahren kann man von einem Mädchen ja wohl durchaus etwas Anstand und Sitte erwarten. Als ich in deinem Alter war, da war ich schon Frau Metzgermeister Greiff, da hatte ich schon Otto, Gott habe ihn selig, und mit Peter war ich in anderen Umständen. Dein Herr Papa hätte wenig Nachsicht gehabt, wenn ich derartige Saumseligkeiten an den Tag gelegt hätte.« Sie seufzte und musterte den Verkaufsraum der Metzgerei Greiff & Söhne. Pieksauber und das Glas vor der kriegsbedingt sehr leeren Auslage spiegelblank. »So! Fertig.«, stieß sie hervor und wrang den Wischlumpen aus, was Vicky als Zeichen nahm, mit ihrem nachlässigen Wienern der Registrierkasse aufzuhören.

»Ach, der Herr Tucherbe Ebert ist so ein feiner Herr!«, hauchte ihre Mutter jetzt, und Vicky nickte stumm. Ihre Gedanken waren bei ihrem gefallenen Bruder. Auch von Bambi und Peter, ihren anderen Brüdern, hatten sie schon lange keine Post mehr bekommen. Vicky seufzte, sie durfte der Mutter wirklich nicht noch zusätzlichen Kummer bereiten, indem sie sich so abschätzig über den von den Eltern sorgsam ausgewählten Verlobten äußerte.

Dabei wäre ihr durchaus manches eingefallen. Es begann bei Kleinigkeiten, zum Beispiel, dass sie kaum wusste, wie der Herr Ebert aussah, ihn aber als eher klein und blässlich-blond in Erinnerung hatte. Still und sehr höflich war er gewesen.

Vicky, aufgewachsen zwischen den groben Scherzen wandschrankbreiter Metzgergesellen, war bei ihren drei Brüdern früh zur lachenden Komplizin ungezählter Weibergeschichten geworden – leichtfertige, herrlich verwegene Abenteuer, die im gleißenden Gegensatz zu Eberts langweiliger Höflichkeit standen. Nach Meinung von Vickys Eltern hing der Gedeih einer Ehe jedoch kaum von derart kleinlichen Geschmacksfragen ab, da zählten ganz andere Dinge, Sockenfabriken nämlich!

Jetzt war es an Vicky, zu seufzen. Man hatte ihr beigebracht, dass die Liebe mit der Zeit kommen würde, und sie wollte es ja auch glauben, aber trotzdem … heftig schlug sie das Metallgitter vor der Eingangstür zurück, blinzelte einen Moment in das grelle Frühmorgenlicht und nuschelte dann: »Ich finde aber wirklich, er hätte mich zuerst selbst fragen sollen. Es alles mit Papa zu besprechen, war nicht eben romantisch.«

»Romantisch? Ach, Gusta!« Da war er wieder, der verhasste, altmodische Name, auf den ihre Eltern sie hatten taufen lassen. Und als wäre einmal nicht schlimm genug, wiederholte ihre Mutter: »Gusta, wirklich, du bist doch kein Kind mehr.« Sie gab ihr einen flüchtigen Kuss auf den blonden Scheitel und schnipste ein unsichtbares Staubflöckchen von Vickys frisch gestärkter weißer Überschürze. »Hübsch bist du, nur sollte ich dich nicht so viele von diesen albernen Romanen lesen lassen. Dein Herr Papa ermahnt mich deswegen oft genug, davon bekomme ein Mädchen wirre Vorstellungen vom Leben. Aber jetzt zu den wichtigen Dingen. Wenn die Köchin des Herrn Oberst kommt, dann weißt du, was du zu tun hast?«

Vicky nickte und zeigte mit dem Kinn in Richtung der Luke zum Eiskeller. »Die Rindersteaks.«

»Schsch!«, machte ihre Mutter ärgerlich, dabei waren sie nicht nur allein im Laden, auch die Straße vor dem Schaufenster lag in morgendlicher Verlassenheit. »Ich bin oben. Wenn du Hilfe brauchst, ruf.«

Abermals nickte Vicky. Seit Otto gefallen war, ließ die Mutter sie oft allein im Laden, und wenn Vicky doch einmal um Unterstützung rief, dauerte es lang, bis sie kam – das Korsett hastig geschnürt und die Augen trocken, aber rot verschwollen. Nein, sie durfte der Mutter nicht noch weiteren Kummer bereiten.

Sie lauschte den sich entfernenden Schritten, und erst als die Wohnungstür im ersten Stock ins Schloss gefallen war, entnahm sie den Tiefen ihrer Schürze die aktuelle Ausgabe der *Mädchenpost*. Da erschien gerade *Mamsell Sonnenschein*, ein neuer und, wie auf der Titelseite zu lesen war, exklusiv für *Die Mädchenpost* geschriebener Fortsetzungsroman von Courths-Mahler. Ein seliges Lächeln umspielte Vickys Mundwinkel. Wenn sie Glück hatte, kam den ganzen Morgen kein Kunde.

Fleisch war zwar eigentlich nicht knapp, aber Fleisch, das man regulär in einer Metzgerei erstehen konnte, das war es durchaus. Man munkelte, demnächst würden wie beim Brot Marken eingeführt, doch bis dahin liefen die Geschäfte über das Damenkränzchen ihrer Mutter, die Kegelbrüder ihres Vaters und über die Nachbarschaft.

Vicky verstand wenig von all dem, genau wie sie so erschreckend wenig vom Krieg verstand. Zeitungen durfte sie seit dem Juli vor zwei Jahren überhaupt nicht mehr lesen, derartige Lektüre war nach Meinung des Vaters Gift für ihr zartes Gemüt. Von solcherlei Themen bekämen junge Mädchen Keuchhusten und Fieberkrämpfe, weshalb man auch bei Tisch nicht darüber sprach. Anfangs hatte ihr das Verbot nicht viel ausgemacht, schließlich wurde das Fleisch beim Verkauf in die Zeitung vom Vortag gewickelt, ob sie vom Beginn der Belagerung Antwerpens gestern oder heute erfuhr, war ja im Grunde egal. Leider hatte der Vater sie während des Weihnachtsfriedens beim Lesen erwischt, das hatte Prügel gesetzt, und dann war von irgendwoher ein ganzer Pferdekarren voll Einschlagpapier gekommen: Die Jahrgänge 1890 bis 1895 der *Allgemeinen Zeitung der Lüneburger Heide*. Das bisschen, was sie nun wusste, hatte sie sich mühsam zusammengetragen: Bei ihren weniger behüteten Freundinnen aufgeschnappt oder es stammte aus den Briefen ihres Lieblingsbruders Bambi. Die Post wurde zensiert, aber eine Sache war ihr trotzdem nur allzu bewusst: dass Bambi große Angst hatte zu sterben. Anders als Peter und Otto lag er an der Ostfront, dort ging es wohl recht beschaulich zu – nicht so wie im Westen.

Vicky hatte es dem nächtlichen Gespräch der Eltern erlauscht, da hatte es gerade eine Schlacht bei? … um? … Verdun gegeben, in der war Otto gestorben und ihr Peter verwundet worden. Der Onkel ihrer Freundin Lisbeth, beide Brüder einer ehemaligen Klassenkameradin und der Ehemann der Köchin waren gefallen. Einer ihrer ehemaligen Metzgergesellen galt als vermisst und ihr Postbote hatte beide Beine verloren. Verdun musste also eine große Schlacht gewesen sein. Sicher wusste Vicky eigentlich nur, dass der Kaiser den Krieg nicht gewollt hatte, Deutschland ihn aber sehr bald schon gewinnen würde, zumindest sagten das vom Vater bis zum Pastor alle, und deshalb würde es vermutlich stimmen. Hoffte sie. Und bevor die zweiflerischen Stimmen in ihrem Kopf zu laut wurden, schlug sie entschlossen *Die Mädchenpost* auf. Doch sie hatte kaum den ersten Satz gelesen, als das Scheppern der Türglocke einen Kunden ankündigte.

Vicky blickte auf. In der Tür, das Licht im Rücken, stand ein Mann. Seine Schultern füllten den Rahmen fast vollkommen aus, etwas, das sie bisher nur von ihren Brüdern Peter und Otto kannte und sie einen winzigen Moment mit der aberwitzigen Hoffnung erfüllte, Peter sei unerwartet auf Fronturlaub.

»Haben Sie offen?« Die Stimme jedoch war fremd, hatte nicht einmal die wohlvertraute Berliner Färbung.

»Ja, natürlich. Kommen Sie herein«, entgegnete Vicky und ließ die Zeitschrift verstohlen in die Tasche ihrer Schürze gleiten. »Womit kann ich Ihnen helfen?«

Der Mann trat in den Laden und bei jedem Schritt knallten seine schweren Lederstiefel auf dem frisch geputzten Fliesenboden. Er trug einen etwas schmutzigen Zivilmantel, darunter eine Leutnantsuniform, weder Mütze noch Hut. Seine Haare leuchteten karottenrot, und er hatte sich ganz offensichtlich heute nicht rasiert. Vermutlich hatte er auch bisher kein Bett gesehen. Er wirkte eindeutig verkatert.

»Ich möchte etwas kaufen«, erklärte er. Er sprach mit leicht bayrischem Dialekt. »Ein Rindersteak, wenn Sie haben. Notfalls tut's ein Kotelett.«

»Wenn Sie mir die Bemerkung gestatten, Ihnen wäre mit einem Rollmops oder einem sauren Hering besser gedient.« Gegen ihren Willen und gegen die eisernen Gebote ihres Vaters, niemals fremde Herren anzulächeln, musste Vicky grinsen. Der Geruch nach kaltem Rauch, Schnaps und Leder, der dem Mann anhaftete, war ihr von ihrem Bruder Peter wohlvertraut, machte sie plötzlich zur Komplizin des Fremden, so wie sie nach durchzechten Nächten stets Peters Komplizin gewesen war. »Wenn Sie sich in Charlottenburg nicht auskennen, erkläre ich Ihnen gern, wo Sie ein Glas Heringe kaufen können.«

»Nein, ich brauche wirklich ein Steak!«, beharrte der Rothaarige, wobei er den Kopf etwas zu ihr drehte und auf sein rechtes Auge zeigte. Und jetzt sah sie es, der Mann hatte ein Veilchen. »Verstehen Sie?«

Vicky schluckte. Ihr kamen plötzlich die Tränen. Ihre Brüder fehlten ihr so furchtbar. Sie hatte solche Angst, dass sie sterben könnten, sterben würden, wie Otto einfach gestorben, einfach weg war. Ein offizieller Brief und seine Sachen und dann nichts mehr, nie mehr.

Um Peter sorgte sie sich nicht so sehr, Peter hatte sich freiwillig gemeldet, Peter war inzwischen Leutnant, er war dafür gemacht. Aber Bambi nicht! Männer wie er brachten es nicht weiter als zum Gefreiten und Gefreite wie Bambi fielen. Es war eine Sache der Hände. Man brauchte sich nur Bambis Finger ansehen, klein, schmal, mit scharf hervortretenden Gelenken und muschelrosa Nägeln. Mit solchen Händen überlebt man keinen Krieg.

Vicky schluckte abermals und noch einmal und noch einmal. Es half nichts, eigentlich half es ja nie, und sich die nassen Augen mit dem Ärmel wischend, stammelte sie: »Bitte entschuldigen Sie. Entschuldigen Sie vielmals, Sie erinnern mich nur so furchtbar an jemanden. An jemanden ... jemanden, der mir sehr viel bedeutet. Ich weiß gar nicht, warum. Sie sehen ihm nicht einmal ähnlich. Vielleicht, weil Sie ungefähr gleich alt sind? Bitte entschuldigen Sie.«

Abermals verstieß sie gegen das väterliche Gebot. Noch immer weinend, lächelte sie den Fremden an, um Verständnis bittend diesmal, und der Mann beugte sich über den Verkaufstresen, fuhr ihr mit dem Daumen über die feuchten Wangen, wischte die Tränen einfach fort. »Ist schon in Ordnung. Ist doch schon wieder gut. Wo ist er denn stationiert?«

»An der … Ostfront.« Das war irgendwie die Unwahrheit, denn der breite Fremde erinnerte sie an den im Westen stationierten Peter, aber sie konnte ihm ja kaum ihre komplette Familiengeschichte, inklusive ihrer Theorie zu der Verbindung von Sterblichkeit und rosa Nägeln erklären, und so wiederholte sie eilig: »An der Ostfront. Ich weiß, die gilt als sicher, aber ich habe trotzdem solche Angst um ihn. Einmal, da hat er für mich Sonnenblumen geklaut, ich bin vollkommen verrückt nach Sonnenblumen, und als er gerade wieder über den Zaun kletterte, kam der Gartenbesitzer aus dem Haus, und er musste fliehen. Und bei der Flucht ist er gegen eine Litfaßsäule gelaufen und hatte ein blaues Auge und … bitte entschuldigen Sie, das ist für Sie natürlich vollkommen gleichgültig.«

Einige Male holte sie tief Luft, fasste sich und fragte dann mit zittriger Ruhe: »Was wollten Sie noch einmal kaufen?«

»Ein Steak.«

Eigentlich hätte Vicky nun sagen müssen, dass sie aufgrund kriegsbedingter Knappheit leider keine Steaks hatten, sie ihm aber Pferdesalami und Leberwurst empfehlen könne. Ihr Vater hatte sie ausdrücklich angewiesen, die Leberwurst rasch zu verkaufen, die hielt sich schlecht – des großen Anteils an Steckrüben wegen –, doch zu ihrer eigenen Überraschung hörte sie sich sagen: »Dafür muss ich in den Eiskeller. Warten Sie bitte einen Moment.«

Würde die Köchin des Herrn Oberst eben ein Steak zu wenig bekommen und eine Szene machen, würde die Mutter Vicky deswegen eben anbrüllen und der Vater sie dafür vertrimmen, seltsam egal war ihr all das plötzlich. Da, wo der Daumen des Rothaarigen ihr über die Wange gefahren war, fühlte die Haut sich noch immer wärmer an.

»Das geht aufs Haus.« Vicky schüttelte den Kopf, als der Mann seine Geldbörse zückte. Inzwischen fast schon gewohnheitsmäßig gegen die väterliche Anordnung verstoßend, reichte sie ihm lächelnd sein in die Geburtsanzeigen der *Lüneburger Heide* geschlagenes Stück Fleisch. »Sie wissen doch: *Ohne Brot kein Sieg.*«

»Danke.« Etwas umständlich begann er, das Paket in einer Innentasche seines Mantels zu verstauen. »Vielen Dank, das ist sehr großzügig.«

Er wandte sich zum Gehen, doch in der bereits geöffneten Tür drehte er sich ruckartig um: »Bitte sehen Sie mir die Frechheit nach, Sie haben ja selbst gemerkt, ich bin noch halb betrunken, aber ich muss es Ihnen einfach sagen: Ich beneide Ihren Mann. Oder Ihren Verlobten. Ich gäbe den Blauen Max, den ich nicht habe, und das Eiserne Kreuz, das ich auch nicht habe, darum, an seiner Stelle zu sein. Ich bin sicher, wenn er weiß, dass Sie zu Hause auf ihn warten, wird er sehr vorsichtig sein. Ihm wird nichts passieren.«

»Wie bitte?« Verwirrt starrte Vicky ihn an. Wovon sprach er? Herr Ebert war doch sowieso die Vorsicht in Person, außerdem hatte er dank bester Beziehungen einen wunderschönen Druckposten bei einer Feldpostsammelstelle. Der lief höchstens Gefahr, sich an einem Blatt Papier zu schneiden. »Wovon reden Sie denn bloß?«

»Ich wäre gern der Mann, wegen dem Sie geweint haben«, erklärte der Rothaarige und auch er klang nun reichlich durcheinander.

»Aber wieso?«, stammelte Vicky. Sie tat sich ein wenig schwer mit der Konzentration, solange sie dieser Leutnant aus seinem einem gesunden Auge ansah. »Warum, um alles in der Welt, wollen Sie mein Bruder sein?«

»Ihr Herr Bruder?« Plötzlich lachte der junge Soldat, breit, laut und sehr erleichtert. »Also, da haben Sie recht. Ihr Bruder möchte ich wirklich nicht sein, nicht für alles Geld der Welt. Aber heute Abend mit Ihnen spazieren gehen, das möchte ich. Ich bitte Sie, gehen Sie mit mir spazieren, bis dahin bin ich wieder nüchtern. Sie werden staunen, wie zivilisiert ich sein kann. Ich werde keine dreisten Komplimente mehr machen und mich ganz tadellos betragen. Geben Sie mir eine Chance. Ich bitte Sie!«

Sie schwieg.

Im Gegensatz zu allen Rothaarigen, die Vicky kannte, hatte er keine blauen oder grünen, sondern braune Augen. Sie hatte noch nie einen Rothaarigen mit braunen Augen gesehen. Darüber dachte sie nach und darüber, dass sie mit dem Herrn Ebert verlobt war, zumindest aus Sicht der Eltern und vermutlich auch aus Sicht des Herrn Ebert. *Die Mädchenpost* in ihrer Schürzentasche knetend befand sie, dass man den Eltern keinen Kummer machen durfte und hübsche, verkaterte Leutnants mit Veilchen und ohne Tapferkeitsorden waren genau die Sorte Männer, die einem am Ende Kummer bereiteten. Ganz sicher waren solche Männer kein Umgang für eine Augusta Greiff, wohlanständige Tochter des Metzgermeisters Greiff, treusorgende Verlobte des Strumpffabrikerben Ebert.

»Ich kann nicht mit Ihnen flanieren. Es tut mir leid.«

Er nickte, sehr beherrscht. »Natürlich. Das verstehe ich.«

Er hatte wirklich die hübschesten braunen Augen, die sie je gesehen hatte, selbst jetzt, wo das rechte halb verschwollen war. Vielleicht waren Männer mit so hübschen Augen und so breiten Schultern aber ja Umgang für Mädchen, die sich Vicky nannten und Einschlagzeitungen lasen? Mädchen, die nachts bei weit geöffnetem Fenster rauchten und sich mit der Pinzette heimlich die Haare von den Beinen zupften? Mädchen, denen es beim Tischgebet manchmal vor Sehnsucht nach Leben den Hals zudrückte?

Sie lauschte, im ersten Stock war die Tür aufgegangen, weshalb Vicky leise zischte: »Um halb sieben vor der Bäckerei Frech, kommen Sie erst raus, wenn Sie mich sehen. Sprechen Sie mich nicht an. Ich gehe voraus, Sie folgen mir mit Abstand auf der anderen Straßenseite.« Und laut sagte sie: »Wenn Sie keine Leberwurst kaufen möchten, muss ich Sie leider wirklich bitten, zu gehen. Auf Wiedersehen.«

»Machen Sie das öfter?«, fragte der Mann, wobei er hinter ihr in Lisbeths Zimmer trat. Lisbeth war nicht nur schlechter Umgang und Vickys allerbeste Freundin, sie war seit der Einberufung des Gesellen auch Besitzerin eines eigenen, winzigen Zimmers über der Bäckerei Frech. Eine Dachstube mit abschließbarer Tür, Ofen und Fenster.

»Ich meine, dass Sie sich hier mit Männern treffen? Auf diese geheimniskrämerische Art, mit zweimal vor ihm her um den Block laufen und dann durch den Hintereingang rein?«

Sein Tonfall war gleichermaßen bewundernd wie überrascht, vielleicht auch ein wenig vorwurfsvoll, und da Vicky keine Ahnung hatte, was für eine Antwort er erwartete, blieb sie bei der Wahrheit: »Nein, ich habe das noch nie gemacht. Es ist auch gar nicht mein Zimmer. Meine Freundin Lisbeth ist mit dem Besitzer verlobt, also nicht wirklich offiziell verlobt, aber er hat ihr die Schlüssel gelassen, als er eingezogen wurde. Lisbeth kennt sich aus.«

»So ist das also«, entgegnete er vage, und sie war sich nicht sicher, ob er ihr glaubte. Einen Moment schwiegen sie beide. Ein wenig außer Atem vom Treppensteigen, ein wenig verlegen, ein wenig ängstlich.

Es war die Stunde der goldenen Fenster, und ein fiebrig erwartungsflirrendes Licht lag über dem jetzt glattrasierten Gesicht des Mannes. Nun erst sah Vicky, wie sommersprossig seine Haut war. Die Sommersprossen nahmen viel von seiner erwachsenen Männlichkeit, stellte sie erleichtert fest.

»Möchten Sie Kaffee?«

»Bohnenkaffee?«

Sie schüttelte den Kopf, stocherte mit dem Schürhaken etwas in der Ofenglut, stellte dann den Wasserkessel auf die Kochplatte. »Aber zumindest mit Karlsbader Kaffeegewürz. Ich esse so katastrofürchterlich gern Sarotti-Schokolade, die gibt es aber auch nicht mehr. Wegen den Engländern und ihrer Seeblockade, oder?«

Er zuckte die Schultern, die Hände in den Hosentaschen stand er unschlüssig inmitten des kleinen Raums, betrachtete abwechselnd das Bücherregal, das lumpige Plüschsofa und den aus einer umgedrehten Holzkiste bestehenden Tisch.

Er schien sich sehr unwohl zu fühlen und plötzlich platzte er heraus: »Ich heiße Wilhelm Genzer, alle sagen Willi, und ich bin Zugführer der zweiten Kompanie, 5. Preußisches Infanteriebataillon. Aber eigentlich bin ich Student. Im dritten Semester Chemie. Hier an der Humboldt. Ursprünglich komme ich aus München. Ich hab auch einen Bruder, Paul. Er ist ein Jahr jünger als ich. Aktuell liegt er im Lazarett, in Heidelberg, hat Granatsplitter gefressen, aber er kommt durch. Paul ist zäh wie Kommissfleisch. Ich bin ganz sicher, dass er durchkommt.« Er nickte einige Male heftig, dann haspelte er weiter: »Ich habe Ihnen eine Sonnenblume kaufen wollen, aber die gibt es um die Jahreszeit nirgends, und dann wollte ich Ihnen eine malen, aber ich kann nicht besonders gut malen, und versuchen Sie mal in einer Garnison Buntstifte oder Kreiden aufzutreiben und außerdem…«

Vicky hob den Wasserkessel vom Herd, bevor er zu pfeifen anfing, goss Wasser über das Kaffeepulver, und während der ganze Raum nach Bucheckern zu duften begann, schüttelte sie ganz langsam den Kopf: »Ist schon in Ordnung. Du musst mir das jetzt gar nicht alles auf einmal erzählen. Wir haben Zeit. Ich darf meiner Freundin Lisbeth bis acht Uhr beim Stopfen helfen und morgen bin ich Verbandsmull schneiden, da sagt Lisbeth, dass ich wegen Kopfschmerzen im Bett bleiben muss.« »Kopfschmerzen?« Er lächelte unfroh. »Ich muss spätestens in neun Tagen wieder an die Front. Ich hab für meinen Hauptmann hier was zu erledigen. Mein Hauptmann ist in Ordnung.«

Wie sehr er ihren Brüdern glich, wenn er das Wort *Front* aussprach. Leicht zögernd, andächtig, ehrfurchtsvoll, als wäre diese Front etwas Lebendiges, ein schönes, gefährliches Tier.

»Gestern hieß es, von unseren 150 Mann sind nur 32 vom Schanzen zurückgekommen. Gasangriff.« Vorsichtig setzte er sich auf das geblümte Sofa. »Sie wären auch gefallen, wenn ich dabei gewesen wäre, nur ...«

»Zucker?«, unterbrach Vicky hastig. Sie wollte das nicht hören. Sie wollte sich nicht vorstellen, dass er einer davon hätte sein können. Sie wollte nicht daran denken, dass er nächste Woche Freitag wieder dorthin musste. Plötzlich wollte sie überhaupt nichts mehr über diesen ganzen verdammten Krieg hören oder wissen. »Sahne?«

»Ich glaube, ich habe seit August vierzehn weder das eine noch das andere gekriegt, also ja. Drei Löffel, bitte.« Er nahm die zerbeulte Emaille-Tasse zwischen beide Hände. Seine Finger waren gleichfalls mit Sommersprossen übersät. »Warum darfst du nicht mit mir spazieren gehen? Warum darf man uns nicht zusammensehen? Ich bin immerhin Leutnant und wenn der Krieg erst vorbei ist, werde ich weiterstudieren und in ein paar Jahren bin ich Doktor. Du darfst nicht denken, dass ich mich ständig prügle oder betrinke oder ...«

Wieder schüttelte sie nur stumm den Kopf. Sie wollte ihm nicht sagen, dass für ihre Eltern alle Doktoren Juden waren und dass Studieren für sie nichts bedeutete. Als das Fräulein Lehrerin damals bei ihrem Vater vorsprach, er möge Vicky doch weiter auf dem Lyzeum lassen, sie könne Abitur machen, da hatte der gesagt: »Von Bildung wird man nicht satt, und ich brauch das Mädchen hinter dem Tresen.« Und die Mutter hatte noch ergänzt:

»Vom in der Schule hocken kriegt das Mädchen einen

fahlen Teint. Wer soll sie dann heiraten wollen?« Und dabei war es geblieben.

Vielleicht würde sie Willi all das eines Tages erzählen können, sie hoffte es, aber für den Moment beschränkte sie sich auf die Kurzform. »Ich bin verlobt. Ich werde im Juni heiraten. Eine sehr gute Partie, ein sehr feiner Herr. Mietshäuser in Pankow, Wohnung in der Leipziger Straße, all das. Er ist der Sohn eines Freundes meines Vaters. Aber stell dir vor, er ist dreißig!«

Einen Augenblick lang schwiegen sie beide, beide ein wenig verblüfft angesichts der Tatsache, dass man so alt sein konnte, dann sagte Willi: »Ich werde im Juli einundzwanzig.«

»Ich bin letzte Woche siebzehn geworden.«

Wieder schwiegen sie. Von der Straße war Kinderlachen zu hören, und die Blätter des vor dem Haus stehenden Baumes rieben sacht über das Dachfenster. Vicky hätte gern erklärt, dass sie ihren Verlobten nicht heiraten wollte, dass sie es ohnehin nicht getan hätte und nun auch wusste warum. Doch erstens durften Frauen so etwas niemals als erstes sagen und zweitens hatte Lisbeth sie am Nachmittag eindringlich gewarnt. Diese Fronturlauber seien alle böse Weiberhelden, besonders die hübschen, die nahmen mit, was es gab, wusste ja keiner, wie lang er noch lebte. Aber eigentlich war Willi kein Fronturlauber, er erledigte ja etwas Offizielles für seinen Hauptmann. Zählte das dann noch als Urlaub?

»Na dann, alles Gute nachträglich«, riss Willi sie aus ihren Gedanken. Er stellte die Tasse auf den Boden und mit seinen noch von der Hitze der Emaille warmen Händen umfing er Vickys Gesicht. »Vermutlich hörst du das von deinem Verlobten ständig, aber du siehst aus wie eine dieser Käthe-Kruse-Puppen. Man will dich die ganze Zeit nur ansehen.«

»Nein, das hat er nie gesagt.«

Eigentlich hatte Herr Ebert sich Vicky gegenüber bisher noch gar nicht über ihre Erscheinung geäußert. Vermutlich wusste er über ihr Aussehen genauso wenig wie sie über das seine und außerdem sagte der ja sowieso nie was.

»Jetzt schwindelst du. Natürlich hat er das gesagt. Das liegt einfach zu nahe.« Willi lachte. Es klang unsicher. »Du bist ein bemerkenswertes kleines Geschöpf. Du siehst so anständig und kernseifensauber aus, und dann triffst du fremde Männer in Bumskammern und lügst schlimmer als ein hundert Jahre alter Fregattenkapitän. Ich werd nicht schlau aus dir.«

»Wir kennen uns auch noch keine Stunde«, wandte sie ein. Das war die Wahrheit, obwohl es sich anders anfühlte. »Außerdem treffe ich normalerweise keine *fremden Männer*. Du bist der Erste.«

»Wenigstens etwas, wenn ich schon nicht der Einzige bin …« Ein bitteres Lächeln huschte über Willis Gesicht, dann fragte er unvermittelt: »Welchen Dienstgrad hat dein Verlobter? Wo ist er stationiert?«

»Das ist doch egal.«

»Nein, ist es nicht.« Aus einem gesunden und einem halb zugeschwollenen Auge sah er sie ärgerlich an. »Es interessiert mich eben.«

»Aber er ist vollkommen bedeutungslos für mich. Wirklich.«

»Sicher«, schnappte Willi. »Deshalb gehen wir ja auch gerade vor allen Leuten unter den Linden spazieren. Also?«

»Er ist Feldpostrat, hier in Berlin.« Die Antwort schien die richtige, zumindest ließ die Spannung in Willis Zügen einen Moment nach, und plötzlich zog er Vicky an sich, schlang einen Arm um ihre Taille, legte ihr die andere Hand in den Nacken, küsste sie mit an Verzweiflung grenzender Heftigkeit. Erst als es draußen schon dunkelte, ließ er sie wieder los und erklärte in überraschend zornigem Tonfall: »Ich weiß noch nicht einmal, wie du heißt.«

Wenn Willi schlief, suchte sie in seinen Sommersprossen nach Sternbildern. Er sah dann so jung und friedlich aus, keine Spur mehr von dem männlich, erwachsenen Frontsoldaten. Auch das zerschlagene Auge war in den vergangenen neun Tagen geheilt. Er hatte ihr nicht erzählt, wie es dazu gekommen war, aber sie wusste inzwischen, dass er hochfahrend und hitzköpfig sein konnte. Obwohl er den Krieg verabscheute und selten erwähnte, mochte er es nicht, wenn man schlecht über französische Soldaten oder die Tommys sprach. Er schien dasselbe Mitleid für sie zu empfinden, wie für seine Kameraden und bemerkte einmal kryptisch, keiner käme jemals lebend aus dem Graben. Doch als Vicky nachfragte, hatte er nur die Schultern gezuckt und erklärt, das sei ein halbes Zitat, von Hans von Keller, seinem Hauptmann, der sage manchmal schlaue Sachen. Überhaupt habe er da Glück, von Keller sei ein anständiger Kerl, kein hochnäsiger Schinder, wie man sie gerade unter den Junkergenerälen gern fand. Ein bisschen weich sei er, habe manchmal Probleme mit der Disziplin, tränke auch oft zu viel, aber Willi und die anderen Zugführer wüssten, was sie an ihm hatten und spränge notfalls für ihn in die Bresche. Im Zivilleben war er Schriftsteller.

Am nächsten Tag hatte Willi ihr dann eine alte Ausgabe des *Sturms* mitgebracht, hatte ihr daraus einen Artikel seines Vorgesetzten vorgelesen. Es ging um Kunst in Paris und Kunst in Berlin und ob man als Künstler Patriot sein dürfe. Vicky war sich nicht sicher, ob sie den Text wirklich verstand, aber sie mochte die ernsthafte Art, mit der Willi sie nach ihrer Meinung fragte. Und sie mochte, wie er dann für sie beide den Kaffee kochte, damit sie ungestört noch ein bisschen in der Zeitung schmökern konnte. Überhaupt mochte sie sehr vieles an ihm.

Vor ihm hatte es nur einen Freund ihres Bruders gegeben, der ihr mit schwitzigen Händen an den Brüsten herumgefingert und hinterher geweint hatte, weil er nicht in den Krieg wollte. So weit war es allerdings dann gar nicht gekommen, schon im Ausbildungslager war er an Lungenentzündung gestorben, und obwohl Vicky einen grauenhaften Monat lang fürchten musste, von ihm schwanger zu sein, war sie froh gewesen, ihm so immerhin noch eine kleine Freude bereitet zu haben.

Willi stöhnte im Schlaf, und sie fuhr ihm beruhigend über die frisch geschnittenen Haare. Das Licht der Gaslampe warf flackernde Schatten über die weiße Narbe auf seiner Brust.

Als Vicky ihn gefragt hatte, woher sie stammte, hatte er nur gelacht, ein seltenes, fröhliches Lachen, und er hatte ihr ins Ohr geflüstert: »Ich erzähl den Frauen immer, dafür hätte ich beinahe ein Eisernes Kreuz gekriegt, aber du erfährst die Wahrheit. Da hab ich als Kind mit meinem kleinen Bruder eine Mutprobe gemacht und bin bäuchlings den Todeshügel runter. War eine blöde Idee, die Schlittenkufe hat mich halb aufgeschlitzt.« Vicky hatte sich sehr bemüht, kräftig zu kichern, so kräftig, dass er ihre Tränen als Kompliment für die gute Geschichte nehmen würde. Sie wollte nicht, dass er sie für melodramatisch oder albern hielt – vermutlich würden sie sich nie wiedersehen, und überhaupt wusste sie nicht, ob Willi die nächsten Wochen überlebte. Es hieß, die Westfront käme in Bewegung, und sie flennte, weil er als Kind beinahe gestorben war und sie sich dann nicht getroffen hätten.

Sie hatten viel über ihre Kindheit gesprochen, seine in der armseligen Enge eines Münchner Vorortes, ihre in der wohlanständigen Enge Charlottenburgs. Über ihre Geschwister hatten sie gesprochen, seinen Bruder Paul, der vielleicht durchkam, vielleicht aber auch nicht, ihren Bruder Otto, der gefallen war, ihre Brüder Bambi und Peter, die am Leben waren, noch. Und über Bücher hatten sie diskutiert, Willi liebte Schnitzler und Mann, Heinrich, nicht Thomas, den er für einen überbewerteten Schwätzer hielt. Für Vickys Lieblingsautorinnen Marlitt und Courths-Mahler hatte er nur gutmütigen Spott übrig, aber wenn sie ihm vorlas, seinen Kopf an ihrer Schulter, die Beine eng verknotet, dann wollte er doch immer wissen, wie es weiterging.

»Vielleicht könntest du mir schreiben?« Plötzlich war er wach, sah jedoch an ihr vorbei. Vicky schluckte.

Er wollte, dass sie ihm schrieb.

Er wollte, dass sie ihn nicht vergaß.

Er wollte an sie denken, auch wenn er nicht mehr mit ihr schlafen konnte. Sie war mehr als eine Fronturlauberschickse für ihn. Das Blut in ihren Ohren pochte vor Glück und Aufregung so laut, sie konnte nicht antworten.

Er wollte, dass sie ihm schrieb.

Anscheinend interpretierte er ihr Schweigen falsch, denn er schob rasch hinterher: »Nur wenn es dir keine Mühe macht. Du musst ja so viel arbeiten und dann musst du deinen Brüdern schreiben. Und selbstverständlich auch deinem Herrn Verlobten.«

In den vergangenen neun Tagen hatten sie beide das Thema »Herr Ebert« weitläufig gemieden. Natürlich hatte Vicky ihm von dem Freund ihres Bruders mit den schwitzigen Händen berichtet, und Willi hatte eine längst vergangene unglückliche Liebe erwähnt, eine Christine, die ihm wohl manchmal noch schrieb, was ihn jedoch mehr zu nerven als zu freuen schien.

Einen kurzen Moment schloss Vicky die Augen, presste ihren Kopf fest gegen seine Brust, spürte den Herzschlag an ihrer Wange. Draußen prasselte Regen auf das Glas des Fensters und bei jedem etwas kräftigeren Windstoß klapperte die Scheibe im Rahmen. Trotzdem war es sehr warm in dem winzigen Zimmer, der Ofen glühte und es roch nach brennendem Holz.

»Ich habe Herrn Ebert noch keinen einzigen Brief geschickt. Ich lasse nur meinen Vater Grüße ausrichten. Mehr nicht.«

Sein Brustkorb hob und senkte sich einige Male rasch, dann sagte Willi: »Warum musst du immer lügen? Das ist nicht richtig gegenüber deinem Verlobten. Ich bin vermutlich der Letzte, der das sagen sollte, aber wenn du ihn schon betrügst, dann solltest du ihn nicht auch noch verleumden.«

»Ich kann aber doch nicht behaupten, dass ich ihm schreibe, wenn ich es nicht tue.« Vicky richtete sich auf, sah ihm ins Gesicht, doch er mied ihren Blick. »Wenn ich sage, ich lasse meinen Vater Grüße ausrichten und das war's, dann war's das. Ich lüge nicht. Nie.«

»Zuckerkind, du sitzt gerade am Totenbett der Großtante deiner sehr nützlichen Freundin Lisbeth und stehst der alten Dame beim Sterben bei. Du warst bei Hetti zum Flicken und bei einer Maria zur Großwäsche und am Samstagnachmittag, da warst du ... ach, ich hab's vergessen. Ist ja auch egal.« Ohne sie anzusehen, griff er über sie hinweg und suchte mit der Hand nach den Zigaretten. »Ich hab volles Verständnis dafür, dass dir dein Bruder fehlt und du jemanden brauchst, bei dem du dich anlehnen kannst, und dein Verlobter ist eben nicht da, und ich bin gerade geschickt verfügbar gewesen, nur hör auf, ihn zu verleumden.« Er stand auf, suchte seine Hose. »Vergiss, dass ich wegen der Post gefragt hab. Ich krieg schon genug Briefe.«

»Ja, von deiner tollen Christine zum Beispiel«, fauchte Vicky wütend. Vermutlich, weil sie ihren Eltern gegenüber so viel log, hasste sie es katastrofürchterlich, wenn man ihr die Wahrheit nicht glaubte. Aber trotzdem lenkte sie jetzt ein: »Wenn du möchtest, schreib ich dir. Jeden Tag, wenn du das willst? Versteh das doch nicht falsch. Bitte.« Er schüttelte den Kopf, knöpfte schon an seiner Uniformjacke herum.

»Ich verstehe das vollkommen richtig. Du bist doch nicht die Erste, mit der ich mal eben ins Bett gestiegen bin. Soll ich dir was verraten? Wenn du jung bist und noch alle Gliedmaßen hast, dann werfen sich dir die ganzen Schicksen nur so an den Hals!« Er lachte höhnisch. »Und soll ich dir noch was verraten, Zuckerkekschen? An dem Morgen, an dem wir uns kennengelernt haben, da bin ich gerade von einer anderen gekommen. Ich hab mich mit einem

Unteroffizier um sie geprügelt und gewonnen. Daher hatte ich das blaue Auge.«

»Willi, ich habe dich niemals angelogen.« Sie bemühte sich um eine ruhige, feste Stimme, doch die Worte kamen zittrig über ihre Lippen: »Mir ist egal, wo du vor unserem ersten Treffen warst.«

»Das ist ja reizend von dir. Aber weißt du was, du bist mir nicht mehr als jede andere blonde Schickse, verstehst du? Es ist mir vollkommen gleichgültig, dass du fürchtest, uns könnte jemand zusammen sehen. Es ist mir egal, dass ich nicht würdig bin, deinen Eltern und ihrer tollen Metzgerei vorgestellt zu werden.« Er lachte traurig auf. »Und weil das so ist, erwarte ich rein gar nichts von dir, kapierst du das? Auch keine Briefe. Es ist mir egal, wenn du dich jetzt gleich hinsetzt und deinem feinen Herrn Verlobten schreibst, wie du in ewiger Treue auf ihn wartest. Aber ich hätte es als nette Geste empfunden, wenn du wenigstens ehrlich zu mir gewesen wärst.«

»Verdammt noch mal, ich bin ehrlich!« Jetzt war es vorbei mit der ruhigen, beherrschten Stimme. »Ja, ich habe meine Eltern angelogen, in Ordnung. Ja, ich hab Ausreden erfunden, aber nur, um dich sehen zu können. Und ja, ich wollte dich sehen, obwohl du im Zivilleben Fürsorgestipendiat bist und nicht weißt, wovon die Zimmermiete zahlen.«

»Dankeschön! Das war aber gnädig von dir. Wie kann ich das nur jemals wieder gut machen?«

Er stand bereits in der Tür, bereits in Uniform und mit Gepäck. »Hab noch ein schönes Leben, und wenn dein Verlobter es nicht bringt und ich diesen verschissenen Krieg zufällig überleben sollte, du weißt ja, an wen du dich wenden kannst. Du findest mich dann wieder im Studentenverzeichnis der Humboldt, als Fürsorgestipendiat. Aber halt dich ran, wenn ich erst Doktor bin, hab ich vermutlich keine Lust mehr auf so eine zweitklassige Schlachterbraut.«

»Für wen oder was hältst du dich eigentlich?«, fauchte Vicky. »Und wo willst du überhaupt hin? Es ist mitten in der Nacht, es schüttet, und dein Zug fährt erst in sechs Stunden.«

»Ich will an die frische Luft. Und vor allem will ich dich nicht mehr sehen. Ich hab genug von deinen Ausflüchten. Lebwohl!«

Und ehe sie wirklich begriff, was eigentlich gerade passierte, polterten seine Schritte über die Treppe, knallte im Erdgeschoss die Tür. Sie fasste sich ins Gesicht, doch sie konnte nicht einmal weinen.

2. Kapitel

Als sich Vicky während des Absteckens auf den strahlend-
weißen Saum ihres Brautkleids übergab, seufzte Lisbeth:
»Also ehrlich, Vic.« Sie klang etwas undeutlich, denn sie
hatte den Mund voll mit Stecknadeln. »Du hast jetzt genau
drei Möglichkeiten.«

»Riechst du das denn nicht?«, fragte Vicky, fuhr sich mit
einem Handtuch über den Mund und nahm einen Schluck
direkt aus dem Waschkrug. »Diesen widerlichen Gestank!
Da brät doch irgendjemand Zwiebeln.«

»Also Möglichkeit eins, du wartest, bis deine Eltern
dahinterkommen und sich des Problems annehmen. Du
weißt, es gibt da Wege?«

»Lissi, es ist alles in Ordnung. Das mit Willi hängt mir
noch in den Knochen. Wie kann einer, der so nett ist,
gleichzeitig so ein Widerling sein. Hast du was dagegen,
dass ich das Fenster zumache?« Ohne eine Antwort abzuwarten, schloss sie es. »Ich glaube, dieser katastrofürch-
terliche Geruch kommt von draußen. Dass dir das nichts
ausmacht? Na, du kennst mich, mir schlägt immer alles auf
den Magen. Hab ich dir erzählt, dass er mich eine Lügnerin
genannt hat?«

»Ja, hast du, schon mehrfach.« Lisbeth machte einen
etwas genervten Eindruck. »Und das war sicher nicht
freundlich von ihm, aber als besonders wahrheitsliebend
kann man dich nun wirklich nicht bezeichnen. Ich mei-

ne, meine arme Großtante aufs Totenbett zu verfrachten, nur damit du eine Ausrede hast, über Nacht wegzubleiben? Jetzt schau mich nicht so an. Ich hab ja Verständnis für dich, deine Eltern sind wirklich eine Plage. Nur Willi kennt die eben nicht, der weiß nicht, dass man mit denen anders nicht umgehen kann. Und außerdem, Vicky-Schatz, es tut mir leid, dir das so ins Gesicht sagen zu müssen, du bist ein furchtbarer Dickkopf und hitzköpfig bist du obendrein.«

»Stimmt doch gar nicht!«, brauste Vicky auf und musste dann über sich selbst lachen. »Na ja, vielleicht ein kleines bisschen.«

»Courths-Mahler würde es mit *eine leidenschaftliche Natur* umschreiben«, kicherte die Freundin. »Soll ich dir einen Tee gegen die Übelkeit machen? Kamille vielleicht?«

»Nein!«, zischte Vicky entschieden. »Nein, wirklich nicht nötig.«

»Vic, du kotzt dir jeden Morgen die Seele aus dem Leib und es ist nur noch eine Frage der Zeit, bis deine Eltern dich dabei erwischen und dann bist du das Baby schneller los, als du *Ich will nicht* sagen kannst.« Lisbeth legte tröstend den Arm um sie, führte sie zu dem geblümten Sofa und setzte sie mit sanftem Druck darauf. »Jetzt beruhig dich mal für fünf Minuten. Wir müssen da ganz logisch ran. Also Möglichkeit eins, du sagst deinen Eltern, was passiert ist. Du kannst ja behaupten, es war einer dieser unsittlichen Übergriffe, von denen man jetzt überall liest. Also, willst du das Baby behalten? Ja oder nein?«

Vicky nickte stumm. Sie konnte immer noch nicht weinen.

»Gut, dann müssen wir schnell handeln. Möglichkeit

zwei, du stattest deinem heiß vermissten Verlobten einen Besuch bei der Feldpost ab. Du ziehst dein blaugeblümtes Kleid an, ich mach dir die Steckfrisur von Ostern und du triffst die erforderlichen Maßnahmen, dass er als Vater in Betracht kommt. Manche Kinder kommen eben ein paar Wochen früher. Ein paar Wochen, nicht drei Monate. Denk an das Gerede, dass es bei deinem Bruder Otto gab, weil der für ein Frühchen doch sehr gut entwickelt war.«

Vicky schüttelte den Kopf. Allein der Gedanke daran ließ ihren Magen erneut rebellieren. Wortlos reichte Lisbeth ihr die Waschschüssel und kommentierte trocken: »Also, das sollte dir vor ihm halt nicht passieren. Und wenn doch, dann schiebst du's auf die Aufregung. Oder auf Ottos Tod. Gibt ja viele Gründe, und Männer sind so blöd.«

»Und die dritte Möglichkeit?«

»Du schreibst dem Vater.«

»Nein, da schneide ich mir vorher die Pulsadern auf. Ich hab dem nichts zu sagen.« Trotzig schüttelte sie den Kopf. »Ich wiederhole *zweitklassige Schlachterbraut*.«

»Wie du dir immer alles wortwörtlich merken kannst. Das hat mich schon in der Schule beeindruckt«, bekannte Lisbeth und, sich eine Schokolade aus der Bonbonniere nehmend, erklärte sie: »Schade, dass du sie nicht essen willst. Das ist echte Sarotti. Vorkriegsqualität. Muss ein Vermögen gekostet haben.«

»Seine Dreckspralinen hätte er sich sparen können. Ich will von dem gar nichts mehr, weder Pralinen noch Entschuldigungen. Es täte ihm leid? Was tut ihm leid? Ich hoffe stark, er bedauert den Tag seiner Geburt.« Wütend riss sie die schon sehr kleinen Briefschnipsel in noch kleinere. »Dem schreib ich garantiert nicht. Der will doch nur mit seinen Kameraden über mich lachen. *Aaahooo, Post von der Schlachterbraut.*«

»Vic, er hat Angst gehabt. Bevor sie einrücken, haben sie alle Angst. Besonders die nicht ganz dummen.« Mit nachdenklicher Miene schleckte Lisbeth eine Nuss aus der Nougatummantelung, fasste dann zusammen: »Also Möglichkeit drei. Dann wäre das auch entschieden. Wunderbar, komm lass uns weiter abstecken, sonst werden wir nie fertig. Da, wo du ihn mir durchs Schaufenster bei Frech gezeigt hast, da hat er mir sowieso nicht *so* gut gefallen. Natürlich, er diskutiert mit dir über Bücher und studiert, aber seien wir ehrlich, jetzt mag er noch männlich breit sein, nur gib dem mal fünf Jahre, dann ist er fett und sein roter Strubbelkopf ist auch flöten. Da nimmst du besser gleich den Ebert, der ist schon klein und kahl.«

»Ich hab keine Ahnung, ob der kahl ist. Ich kann mich an den kaum erinnern, aber wie Lars Hanson wird er kaum ausgesehen haben, sonst hätte ich es mir gemerkt.. Und mit dreißig sind sie doch eigentlich alle kahl.« Angewidert schüttelte sie den Kopf, fragte dann: »Aber was soll ich Willi denn schreiben? Ich kann ja kaum darum bitten, geheiratet zu werden, oder?«

»Nein, aber du bedankst dich für das Konfekt und seinen lieben Brief. Denn das war er, und wenn du noch so die Nase rümpfst. Dann schilderst du ihm deine missliche Lage. Natürlich ohne Möglichkeiten eins und zwei. Du erwähnst nur, wie unglücklich und ratlos und verzweifelt du bist. Er ist Offizier, er wird dir umgehend telegrafieren und einen Antrag machen. Außerdem wartet er doch nur darauf, der hätte doch nicht einen kompletten Monatssold in Konfekt investiert, wenn er nicht verknallt wäre.«

»Genau! Ganz sicher!« Sie seufzte. »Warum soll der gerade mich heiraten? Ich meine, er ist Leutnant und er studiert. Und er kann Kaffee kochen. Findest du nicht auch, er sieht rasend gut aus?«

»Wenn man rote Haare, Bartwuchs und Sommersprossen mag, hat er sicher viel zu bieten.« Lisbeth grinste, nahm die Stecknadeln wieder in den Mund und, an Vickys Rocksaum zur Tat schreitend, nuschelte sie: »Und wenn's mit deinem Rotschopf nicht klappt, haben drei Mietshäuser in Pankow vermutlich auch ihren Reiz.«

Kapitel 3

An einem drückend heißen Mittwoch im Juni erreichte den in einem Heidelberger Lazarett liegenden Paul Genzer eine Ansichtskarte seines älteren Bruders. Auf der Vorderseite prunkte der Kaiser, komplett mit Morgenröte und schwarz-weiß-roter Fahne, auf der Rückseite stand in Willis unordentlicher, schwer lesbarer Akademikerschrift: *Lieber Paul, am 2. Juni habe ich die Metzgerstochter Augusta Greiff geheiratet. Sie ist bildhübsch und das fröhlichste, schlauste Geschöpf, das mir je untergekommen ist. Im Januar werde ich Vater. Ich bete jeden Tag für deine Genesung, hoffe, es nützt.. Beste Grüße, dein überglücklicher Willi*

Paul las die Karte zweimal, bis er begriff, was dort stand. Obwohl er den älteren Bruder als Weiberhelden kannte, hatte er stets damit gerechnet, dass dieser eines Tages seine Jugendliebe Christine heiraten würde. Christine, die schöne, kultivierte Professorentochter mit den sanften Augen und dem sinnlichen Mund.

Und nun also das – Augusta Greiff, Metzgerstochter.

Er las die Karte ein weiteres Mal, rechnete nach und dann musste er sich übergeben. Das Übergeben lag an der täglichen Dosis Morphium oder an der Hitze, oder an beidem, zumindest sagte Paul das der herbeigeeilten Krankenschwester.

Herbst 1925

4. Kapitel

»Ich kann das nicht länger.« Willis Stimme klang ruhig und nicht einmal besonders beherrscht. Die Stimme war so normal, dass Vicky sich einen Moment fragte, wovon ihr Mann überhaupt sprach.

»Ich halte das nicht länger aus. Ich möchte eine Scheidung.« Die Stimme war derart normal, der Inhalt des Satzes jedoch so vollkommen irrsinnig, dass Vicky einen Augenblick lang im Spülen des Abendessengeschirrs innehielt. Schweigend sah sie ihren am Küchentisch sitzenden Mann an. Vor ihm lag das Haushaltsbuch, das Gaslicht hinter der Eckbank zischte, aus der elterlichen Wohnung unter ihnen drang der Radetzkymarsch, vom Flur her hörte sie Konrad leise mit seiner Schwester streiten, während Rudi selbstzufrieden Motorengeräusche von sich gab. Plötzlich bellten die Hunde im Hof, zornig, kampfeslustig, nur um im nächsten Moment wieder zu verstummen.

Noch immer blickte Vicky schweigend ihren Mann an. Einen breiten Mann in einem an den Schultern zu engen Hemd, mit hervortretenden Adern auf den Armen und trotz morgendlicher Rasur bartschattigem Kinn. Ein gut aussehender Mann, einer mit Schlag bei den Fräulein.

»Wer ist es diesmal?«, fragte sie, auch ihre Stimme klang ruhig. Die Zeiten des Tobens, der Tränen und der Vorwürfe waren so vorbei wie die Inflation. »Nachdem du ja die Freundlichkeit besitzt, mich über deine aktuelle Bettgeschichte in Kenntnis zu setzen, nehme ich an, ich kenne die Dame? Sehr umsichtig von dir. Es ist doch immer etwas peinlich, wenn man sich im Kolonialwarenladen trifft. ›Wie geht es Ihnen?‹ ›Bestens, bestens, ich habe es gerade mit Ihrem Mann getrieben.‹«

Er schüttelte schweigend den Kopf. Dann seufzte er.

Er besaß noch immer sehr hübsche Haare, auch wenn Vicky sich nicht erinnern konnte, wann sie das letzte Mal lachend mit der Hand durch sie gewuschelt hatte.

»Vicky, ich möchte eine Scheidung. Ich kann so nicht weitermachen.«

Ihr Magen krampfte sich vor Zorn zusammen, doch äußerlich gelassen, begann sie von neuem mit dem Abwasch.

»Das ist also deine neuste Schnapsidee«, konstatierte sie knapp, während sie kochendes Wasser über die Teller goss und dann wechselte sie einfach das Thema: »Ich will morgen mit der Schaufenstergestaltung für den Erntedank anfangen. Ich hab gesehen, der Kolonialwarenladen am Savignyplatz hat schon dekoriert.«

Sie hätte vor Wut platzen mögen. Wenn man diesen Nichtsnutz wenigstens hätte ernstnehmen können.

Willi warf erst einen kurzen Blick auf das friedlich im Stubenwagen schlafende Wölfchen, dann auf seine Armbanduhr und rief in den Flur: »Linchen, zieh Rudi schon mal frische Windeln an. Ich komm in zehn Minuten und bring euch ins Bett.«

Zunächst aber schloss Willi die Tür und erklärte leise: »Ein letztes Mal: Ich halte es keinen Tag länger aus. Ich will nicht mehr und ich kann das auch nicht länger.«

Vicky atmete tief und während sie langsam die Luft

durch die Nase stieß, stellte sie den Teekessel mit dem heißen Wasser zurück auf den Herd. Sicherheitshalber.

»Wilhelm Genzer«, sagte sie, und nun schlich sich doch etwas von ihrem Ärger in die Stimme. »Wilhelm Genzer, ich schäme mich für dich. Ich schäme mich vor meinen Eltern, vor meinen Freundinnen, vor den Nachbarn. Ich schäme mich manchmal sogar vor meinem Spiegelbild, dass ich auf so einen peinlichen Schaumschläger wie dich reinfallen konnte. Aber ...« Hier machte sie eine kleine Pause und begann, eine Tasse abzutrocknen. »Aber, deshalb werde ich mich trotzdem nicht scheiden lassen. Und weißt du auch warum? Weil man das nicht tut. Es gehört sich einfach nicht. Die Ehe ist eine heilige Angelegenheit und keine Bluse, die man bei Nichtgefallen in den Laden zurückbringt. Außerdem bin ich von dir in anderen Umständen, zum fünften Mal, wohlgemerkt. Nicht einmal ein Sauhund wie du verlässt seine schwangere Frau mit vier Kindern, das jüngste neun Monate und das älteste acht Jahre. Wir werden uns also noch die nächsten Jahrzehnte ertragen müssen und jetzt, jetzt hau ab und bete mit unseren Kleinen. Zu allem Überfluss sind wir nämlich auch noch katholisch, nur falls du es vergessen haben solltest.«

»Oh, nein, das ...«, setzte Willi an, doch heftiges Klopfen an der Wohnungstür unterbrach ihn.

»Frau Genzer? Frau Genzer, kommen Sie schnell mit«, rief die Stimme der kleinen Trauben-Tochter. Vicky erschrak, das Restaurant Traube besaß den einzigen Telefonanschluss in der ganzen Straße. »Frau Genzer, bitte kommen Sie. Da ist wieder diese Herr Doktor am Apparat. Es geht wohl um Ihren Bruder Bambi ...«

Als Vicky in der einschüchternden Kirschholzledereleganz des Büros von Dr. Dr. Fuchs saß, wünschte sie sich plötzlich, sie wäre trotz aller Dringlichkeit noch einmal nach Hause gegangen und hätte sich kurz ein wenig gerichtet. Auf dem riesigen, Löwentatzen bewehrten Schreibtisch stand goldgerahmt das Bildnis der Frau Dr. Dr. Fuchs, streng und makellos mit übergehängtem Schneefuchs und dreireihiger Perlenkette.

Nervös begann Vicky mit beiden Händen ihren seit Monaten nicht mehr nachgeschnittenen, blonden Bubikopf zu toupieren. Wenn sie wenigstens einen Hauch Puder über die Augenschatten gelegt oder den guten Rock angezogen hätte? Unter dem Wintermantel, dessen Fuchspelzmanschetten schon sehr fadenscheinig waren, trug sie nur ein mehrfach geflicktes, aus alten Betttüchern genähtes Hauskleid. Und als ob das nicht schon schlimm genug war, fiel ihr just in dem Moment, in dem Dr. Dr. Fuchs hereinkam, ein, dass Rudi ihr Kartoffelbrei über den Ärmel gekleckert hatte.

»Ist Ihnen kalt?«, erkundigte sich der überraschte Doktor statt einer Begrüßung, als er Vicky hastig wieder in ihren Mantel schlüpfen sah.

»Ein wenig«, log sie und, sich schlagartig an Rudis Milchspucke an ihrem Kragen erinnernd, legte sie auch noch den Schal um. Das Anlassen der Handschuhe sah sie durch den Zustand ihrer Nägel als gerechtfertigt.

»Warum haben Sie nicht Ihren Gatten geschickt? Ich habe meine dahingehenden Wünsche doch sehr klar gemacht.« Missbilligend maß er Vicky von oben nach unten, wobei sein Blick auf Brusthöhe einen Moment länger verharrte. »Ich habe doch ausdrücklich gesagt, dass es wichtige Entscheidungen zu treffen gibt?«

»Mein Mann ist leider krank«, behauptete sie. Dem würde sie bestimmt nicht erklären, dass sie schlicht keine Lust gehabt hatte, Willi um irgendetwas zu bitten oder ihn auch nur noch einmal sehen zu müssen. Der hatte sie für heute genug geärgert und schnippisch ergänzte sie: »Wenn ich als Frau auch nicht unterschriftsbefähigt bin, werden Sie heute trotzdem mit mir vorliebnehmen müssen. Ich bin sofort nach Ihrem Anruf in die nächste Elektrische gesprungen und hergekommen. Was ist mit meinem Bruder? Ein Rückfall?«

Anfang Oktober '17 – wenige Wochen vor dem Dekret über den Frieden an der Ostfront – war Bambi nach einem Granateinschlag mehrere Stunden verschüttet gewesen, seit damals erwähnten Vickys Eltern ihren Jüngsten nicht mehr in Gesellschaft. Im Januar '19 hatte Willi ihn in einem staatlichen Haus für Kriegsirre besucht. Vicky war nicht mitgekommen, der Reisekosten und des neugeborenen Linchens wegen. Nach seiner Rückkehr sprach Willi lange und hinter geschlossenen Türen mit seinem Schwiegervater und im Anschluss an dieses Gespräch trat er wortlos den leeren Kohleeimer gegen die Wand.

Die Anmeldeformulare für eine privat geführte Klinik im Grunewald füllte er trotzdem aus, und als Vicky fragte, was denn mit Bambi sei, warum er in eine Privatklinik müsse, und wie um alles in der Welt sie die monatlichen Kosten von astronomischen 300 Mark ohne elterliche Hilfe zahlen sollten, hatte Willi ihr einen Kuss auf die Stirn gegeben und erklärt, das sei kein Thema für Wöchnerinnen und er regle das schon. Anfangs regelte er es, indem er mit roter Wasserfarbe und Krepppapier *benutztes deutsches Verbandsmaterial* für die nach Souveniren gierenden

Amerikaner fabrizierte, später, indem er an bezahlten Box-wettkämpfen teilnahm. Zunächst hatte sie Angst um ihn gehabt, aber er gewann überraschend oft, auch wenn er einmal wegen gleich zwei zugeschwollener Augen nicht zu einer wichtigen Chemieprüfung antreten konnte.

Obwohl sie durch Willi stets Grüße ausrichten ließ, sah Vicky Bambi erst zwei Jahre später wieder. Es war ein Os-terbesuch gewesen, Linchen mit grünen Bändern in den roten Haaren und Konrad in eigens für diesen Anlass ge-liehenen Schuhen, beide von Willi unter Androhung von Backpfeifen streng ermahnt, nicht zu glotzen oder zu ki-chern. So im Frühlingslicht hatte die Anstalt mit der weit-läufigen, mit gelben Primeln gesprenkelten Rasenfläche fast einladend gewirkt, und auch die Schwestern in ihren gestärkten Trachten waren von sanfter Aufmerksamkeit. Freundlich lächelnd führte man sie in Bambis Zimmer und erst hier, erst in diesem hübschen Zimmer, mit sei-nen hübsch geblümter Tapete und fröhlichen Vorhängen vor den schnörkelig vergitterten Fenstern, erst dort begriff Vicky wirklich, was der Krieg ihrem Bruder angetan hatte.

Das Schlimmste waren seine Augen.

Die Augen eines sehenden Blinden. Nur, was sah er? Noch immer jenen Russen unter dessen zerfetztem Leich-nam ihn seine Kameraden gefunden hatten?

Er hatte seine Schwester nicht erkannt, aber er hatte freundlich gelächelt, die von den Kindern gemalten Bilder, das von ihr gekaufte Konfekt stumm angenommen und dann, dann hatte er sich den passend zur geblümten Tape-te geblümten Vorhang mit seinen seltsam klauenartig ver-bogenen Händen gegriffen und begonnen, genüsslich am Stoff zu nagen.

Zu Hause legte Vicky sich aufs Bett, las Courths-Mahlers *Die Gouvernante* um den wahnsinnigen Kunstreiter Henry. Willi ging mit den Kindern solange in den Zoo, hinterher gab es Eis und Frankfurter Würstchen – wenn sie später darüber berichteten, klangen sie heiter.

Dr. Dr. Fuchs meinte, vermutlich halte Bambi sich für ein Nagetier, vielleicht eine Maus? Da ließ sich wohl nicht viel daran ändern, aber sie zahlten weiterhin die ständig steigenden Gebühren, und wenn Kinder, Haushalt und Metzgerei es erlaubten, fuhr Vicky zu einem Besuch.

Und dann, dieses Frühjahr, hatte Bambi plötzlich wieder zu sprechen begonnen. Nicht viel, aber wenn man ihn beispielsweise fragte, wie es ihm ginge, antwortete er höflich *Danke gut und Ihnen?* Zwar erkannte er weder Vicky noch sonst ein Familienmitglied, merkte sich auch deren Namen nie bis zum nächsten Besuch, doch Dr. Dr. Fuchs war sehr stolz auf diesen Heilungserfolg.

Ab August durfte der Bruder sogar kleinere Aufgaben im Garten der Heilanstalt ausführen und so, zufrieden eine späte Rosenblüte streichelnd, hatte Vicky ihn auch vor zwei Wochen das letzte Mal gesehen. Was konnte nur passiert sein?

»Was ist mit meinem Bruder?«, fragte sie nun erneut, während Dr. Dr. Fuchs sehr umständlich hinter seinem protzigen Schreibtisch Platz nahm.

»Ja, nun«, setzte der Arzt an und verschob einen schon akkurat auf Zwölfuhr ausgerichteten Füllfederhalter um ein paar Millimeter. Nachdem er diese bedeutsame Tätigkeit offensichtlich zu seiner vollsten Zufriedenheit erledigt hatte, fuhr er sich zweimal über den etwas lichten Vollbart und sagte dann: »Nunja, ich bedauere, Sie heute

Abend mit solcher Dringlichkeit hierher bestellen zu müssen, aber ich muss Ihnen leider mitteilen, dass wir Ihren Herrn Bruder nicht länger hier behalten können. Sein Leiden hat sich wortwörtlich über Nacht derart verschlimmert, er stellt eine Gefährdung für unsere Klinik dar. Er wird in eine andere Einrichtung verlegt werden müssen.«

»Mein Gott!«, entfuhr es Vicky. In ihrem dicken Winterzeug brach ihr der Schweiß aus. »Was tut er denn?«

»Sein Zustand hat sich deutlich verschlechtert. Er weigert sich, etwas anderes als Obst oder Gemüse zu essen und wenn wir ihn zwangsernähren, erbricht er sich absichtlich. Und das ist noch nicht alles!« Schamesröte leuchtete unter der spärlichen Gesichtsbehaarung hervor. »Ihr Bruder versucht ständig, sich seiner Kleider zu entledigen. Sogar der Schuhe! Wir mussten ihn zu seinem eigenen Schutz in seinem Bett festschnallen.«

Vicky schluckte und wühlte in ihrer Manteltasche nach einem Taschentuch. Das gefundene wies Spuren von Brei und etwas Unbestimmbarem auf, aber das war jetzt egal.

Dr. Dr. Fuchs sprach indessen ungerührt weiter: »Außerdem bringt er alles durcheinander. Er redet mit den anderen Patienten und sagt ihnen beispielsweise, dass es richtig sei, wenn sie sich für den Zaren halten. Jeder könne schließlich sein, wer oder was er will! Das darf er doch nicht einfach behaupten. Er gefährdet jede Heilung! Und die anderen Patienten, sie glauben ihm. Sie widersprechen plötzlich mir und den Schwestern. So geht das doch nicht. Wie gesagt, wir haben ihn nun isoliert.«

Er klang recht zufrieden und, bevor Vicky noch fragen konnte, warum er sie erst jetzt über den verschlechterten Zustand ihres Bruders aufklärte, fuhr er fort: »So geht es wirklich nicht, aber heute, heute ist der Punkt erreicht gewesen. Heute ist das übervolle Fass übergelaufen. Stellen Sie sich vor, irgendwie ist es ihm gelungen, seine Beruhigungstabletten nicht zu nehmen und dann hat er die Tür seines Zimmers mit einer von einer Schwester gestohlenen Haarnadel geöffnet, ist unbemerkt in den Garten geschlichen und hat die Hasen befreit. Die Hasen sind wichtiger Bestandteil der Behandlung und außerdem ...« Vor Empörung versagte ihm fast die Stimme, »... und außerdem, wollten wir sie zum Erntedank braten. Die Hasen müssen Sie mir ersetzen.«

Vicky nickte vage... Das klang allerdings ganz nach Bambi, mit acht hatte er mal ein Dutzend zur Schlachtung gelieferte Hühner freigelassen und obwohl Vater ihn zur Strafe grün und blau schlug, hatte er keinerlei Reue gezeigt.

Oh, warum hatte sie nicht auf den Arzt gehört und Willi geschickt? Willi war ein Schürzenjäger und ein peinlicher Wirrkopf, aber er hätte gewusst, wie man sich in einer solchen Situation verhielt. Willi hätte darauf hingewiesen, dass in den monatlichen 380 Reichsmark ein freigelassenes Charolais-Rind enthalten sein sollte, von ein paar Stallhasen ganz zu schweigen. Vermutlich hätte er gebrüllt, dass er für solche Summen gefälligst umgehend informiert werden wollte, wenn man seinen Schwager zwangsernährte und sie sich damals für Dr. Dr. Fuchs' Klinik entschieden hatten, weil man ihnen ausdrücklich zugesichert hatte, dort würde niemand ohne Benachrichtigung der Angehörigen einfach ruhiggestellt und weggesperrt. Und außerdem wollte er seinen Schwager sehen, aber sofort, was dauerte das überhaupt so lange!

Nur war Willi im Gegensatz zu ihr eben selbst fast ein Doktor und empfand keinerlei ehrfürchtige Scheu vor Menschen hinter riesenhaften Schreibtischen. Aber einschüchternder weißer Kittel oder nicht, hier ging es um ihren Bruder und so erklärte Vicky mit all ihr zu Gebote stehender Entschlossenheit: »Ich möchte meinen Herrn Bruder sehen. Umgehend!«

Der Doppeldokter drückte auf ein verdecktes Knöpfchen in seinem Schreibtisch: »Natürlich, das müssen Sie sogar. Vielleicht bringen Sie ihn zu Besinnung, denn wenn nicht, dann sehe ich keine Möglichkeit, ihn länger hierzubehalten. Sie werden sich eine andere Einrichtung suchen müssen. Eventuell kann man in dem Fall prüfen, ob er für eine Betreuung im familiären Kreis in Frage kommt, die Kosten für eine derartige Untersuchung bespreche ich gerne mit Ihrem Gatten.« Er lächelte wohlwollend und drückte ein weiteres verdecktes Knöpfchen in seinem Schreibtisch, worauf sich die Zimmertür öffnete.

Mit geschorenem Schädel, barfuß, in einem Leinenhemd, die Hände hinter dem Rücken gebunden, führten zwei Männer Bambi herein.

Zuerst blickte er trotzig zu Boden, doch dann sah er auf, und ein glückliches Strahlen breitete sich über sein Gesicht: »Scheiße, Vic! Ach, mein Mädchen, was bin ich froh, dich zu sehen!«

»Bist du erkältet? Oder ist es wegen der Schwangerschaft, dass du so frierst?«, fragte Bambi, nachdem man sie in dem pastellrosa Besucherzimmer alleingelassen hatte. Der Raum erinnerte Vicky immer an die gute Stube einer nörglerischen, alten Jungfer, alles rosa und auf penetrante Art zart geblümt. Der einzige Unterschied war, dass der Kamillentee handwarm war und in unzerbrechlichen Blechbechern gereicht wurde – und natürlich, das durch ein scheußliches Blumenbild getarnte Beobachtungs-fenster.

»Woher weißt du, dass ich in anderen Umständen bin?«, wollte sie wissen. Sie war noch immer nicht ganz über den Schock weg, dass ihr Bruder sie erkannt hatte. Und nicht nur das, zum ersten Mal seit dem Krieg, hatte auch sie das Gefühl, ihren geliebten Bruder wiederzuerkennen.

»Du hast es mir doch selbst erzählt«, lachte er und das war nicht das unpersönliche Lachen des freundlichen Fremden, von dem sich Vicky vor zwei Wochen bei den Rosen verabschiedet hatte. Das war das volle Lachen ihres Bruders, ein Lachen, so laut und fröhlich, dass die Nach-barn sich angesichts solch ungebremster Lebensfreude des Öfteren genötigt gesehen hatten, empört gegen die Decke zu klopfen. »Bei deinem letzten Besuch. Wir waren im Garten, und du hast mir erzählt, dass du wieder in anderen Umständen bist und sehr unglücklich darüber. Und dass du dir Vorwürfe machst, weil das Kind nichts dafür kann, dass du es nicht haben willst.«

Sie nickte einige Male unsicher. Sie fühlte sich etwas un-behaglich, sie wusste nicht mehr genau, was sie ihm noch alles erzählt hatte – das konnte doch kein Mensch ahnen, dass er sich plötzlich daran erinnern würde!

»Also warum ist dir so kalt? Komm trink ein bisschen von der lauwarmen Pferdepisse, das wird dir gut tun.« Auf-munternd schob er ihr ihre Tasse entgegen und Vicky griff automatisch danach. »Mir ist gar nicht kalt. Ich hatte es nur so eilig herzukommen und deshalb hab ich ein schmutziges Kleid an«, flüsterte sie leise und blickte ärgerlich auf Bambis vor Lachen weit aufgerissenen Mund.

»Herr Dr. Dr. Fuchs, liebes, ihn dezent begleitendes Fräulein Krankenschwester, Frau Genzer trägt ein dreckiges Kleid«, rief er, nachdem er sich ein wenig beruhigt hatte in Richtung des Blumenbildes über dem Beobachtungsfensters!«

»Nein! Bambi, was zum Teufel?«

»Na, jetzt weiß es eh jeder, jetzt kannst du den Mantel ausziehen und aufhören, vor dich hin zu schwitzen.« Zufrieden lehnte er sich zurück.

Vicky schüttelte hilflos den Kopf. Sie beschloss ganz ruhig und der Reihe nach vorzugehen. »Warum trägst du nur dieses Hemd? Wir haben Mitte Oktober, du wirst dir eine Erkältung holen.«

»Vic, ich werde versuchen, es dir zu erklären, nur versprich mir, mich nicht zu unterbrechen und mir zu vertrauen, in Ordnung?« Aus seinen grün gesprenkelten Augen sah er sie sehr ernst an, und da Vicky diese doppelte Bitte aus ihrer gemeinsam verbrachten Kindheit gut kannte, nickte sie stumm. Was hätte sie auch anderes tun sollen? Sie stand noch immer unter Schock, dieser Mann hier war ihr Bruder – der Bruder, den sie vor bald zehn Jahren weinend auf einem Bahngleis in Richtung Ostfront verabschiedet hatte. Er hatte seine Stimme, seine Gesten und sogar die Art, wie er sich nun in Ermangelung einer Zigarette den Teelöffel in den Mund schob, war ihr bekannt – und trotzdem war dieser Mensch mindestens so wahnsinnig wie das Gardinen anknabbernde Wesen der Vergangenheit. Warum nur bestand er darauf, bis auf ein Leinenhemd nackt zu sein? Warum verweigerte er jede vernünftige Mahlzeit?

»Also hör zu, ich weiß, es klingt verrückt, Jesus ist mir im Traum erschienen.« Er zögerte einen Moment, schien eine Reaktion von Vicky zu erwarten, sie jedoch beließ es bei einer vagen Geste mit der Hand. Darauf kam es jetzt auch nicht mehr an. »Er sah gar nicht aus wie auf den Bildern in der Kirche, mehr ein bisschen wie dieser magere Rabbi, der immer mit uns geschimpft hat, wenn wir in der Pferdetram zu laut gesprochen haben. Aber ich habe ihn trotzdem sofort erkannt und … und er hat mir gesagt, ich sei erlöst. Meine Schuld sei abgelitten. Du weißt, ich war verschüttet? Zusammen mit einem Russen, weißt du? Er war mein Feind, aber er hat mir das Leben gerettet, wenn er nicht vor mir gestanden hätte, ich wäre gestorben. Ich wollte ihn töten, und er hat mir das Leben gerettet.« Bambi wischte sich trotzig über die Augen und sie sah die blutverkrusteten Striemen, dort, wo man seine Handgelenke ans Bett gebunden hatte. »Aber Jesus sagte, meine Sünde sei mir vergeben. Ich sei erlöst, nur dürfe ich keine neue Schuld mehr auf mich laden, verstehst du jetzt, warum ich keine Schuhe mehr trage?«

Vicky schüttelte den Kopf, und Bambi legte ärgerlich die Stirn in Falten. »Das schärfste Messer im Schrank warst du ja nie, aber stell dich doch nicht an wie ein Zuckerlöffel!« Wahnsinnig oder nicht, ungeduldig war Bambi wie eh und je. »Die Schuhe sind aus Leder und Leder ist nichts anderes als ein ermordetes Tier! Desgleichen Wolle, geschorene, ihres Kleides beraubte Schafe. Und Fleisch und Fisch erst! Alles Lebewesen, die wir getötet haben, um sie für irgendeinen uns genehmen Zweck zu missbrauchen.«

Ihn schauderte, und Vicky atmete einige Male tief durch. So hatte sie das noch nie gesehen.

»Bambi, du musst essen«, erklärte sie matt. »Fleisch ist lebensnotwendig. Du wirst krank werden, dir werden die Zähne ausfallen.«

»Wenn mir die Zähne ausfallen, kann ich eh kein Fleisch mehr essen.« Ungeduldig trommelte er auf der Tischplatte. Den Takt zu Offenbachs Cancan, wie seine Schwester überrascht feststellte. An diese Marotte hatte sie sich gar nicht mehr erinnert. »Also Vicky, tu mir den Gefallen und hol mich hier raus, solang ich wenigstens noch beißen kann.« Plötzlich grinste er und ergänzte: »Hier drin werde ich sonst wahnsinnig.«

»Ich kann dich nicht einfach hier rausholen. Das geht doch nicht.« Sie schüttelte einige Male den Kopf, obwohl sie nicht wusste, inwieweit ihre Behauptung stimmte. »Wo willst du denn hin? Bei Dr. Dr. Fuchs bist du gut aufgehoben, du brauchst eine Klinik, um gesund zu werden.«

»Ich bin aber gesund und ich sage dir ganz ehrlich, hier drin werde ich krank. Nacht für Nacht schreien die Zitterer, der im Zimmer neben mir singt und wenn er nicht singt, dann weiß ich, sie haben ihn mit Barbituraten ruhiggestellt. Wenn du das einmal selbst erlebt hast, wie sie dich packen und festbinden, dir irgendwas spritzen, damit du *schön friedlich* wirst, das wünscht du niemandem. Wirklich nicht. Und wenn ich nicht essen will, binden sie mich fest und behandeln mich wie eine Stopfgans. Vicky, du kannst es dir nicht vorstellen, wie es ist.« Der Blick seiner Augen war derselbe, der sie früher dazu bewegt hatte, den Eltern gegenüber zu behaupten, er habe vor der Musikschule auf sie gewartet, wenn er sich doch in Wahrheit mit seinen Freunden herumgetrieben hatte. Aber wie machte man so etwas? Sie konnte ihn ja kaum einfach mitnehmen und zu

Hause nach ihm sehen? Oder doch? Halbhalb glaubte sie sich daran zu erinnern, einmal etwas Derartiges gehört zu haben. Das lag aber schon Jahre zurück, das war noch vor der Katastrophe mit ihrem Bruder Peter gewesen, damals, als Willi sich in München beworben hatte.

Aber gehörten Irre nicht in die Klinik, waren sie nicht nur dort vor sich selbst geschützt und nur dort stellten sie keine Bedrohung der Allgemeinheit dar? Nur was, wenn Bambi recht hatte und er tatsächlich gesund war? Oder eben nur so ein bisschen verrückt? So wie der Rest der Republik auch? Barfußlaufen war bekanntlich gesund, außerdem gab es kein Gesetz, Fleisch zu essen.

»Vicky, bitte hilf mir«, riss Bambi sie aus ihren Gedanken und vielleicht war es die Verzweiflung in den grüngesprenkelten Augen und die Striemen an seinen Handgelenken, vielleicht war es der seit Jahren in ihr brodelnde Zorn oder der Schreck darüber, sich nicht mehr an die geliebte Marotte mit dem Cancan erinnert zu haben? Was es auch war, sie griff nach seinen Händen und sagte: »Ich werde sehen, was ich für dich tun kann. Ich verspreche es dir, Indianerehrenwort.«

Als Vicky kurz nach Mitternacht todmüde von der Elektrischen stieg, fiel ihr als erstes das vor der Metzgerei parkende Automobil auf. Obwohl die Bleibtreustraße als gute Gegend galt, sah man derartige Pracht hier nicht jeden Tag. Einen kurzen Moment nahm sie an, Willis unsäglicher Bruder sei spontan zu Besuch gekommen, der war schwul und hatte ein Verhältnis mit einem Filmstar. Dieser arrogante Vollidiot wiederum besaß natürlich auch ein Rennauto, ein rotes – als ob Rennauto allein nicht schon albern genug gewesen wäre. Sie mochte Paul nicht besonders, der bestand darauf, sie *Gusta* zu nennen und hatte nie einen Hehl daraus gemacht, dass er sich für seinen großartigen Bruder Besseres als eine *Metzgerstochter* vorstellen konnte. Vermutlich auch so einen ewig schmollenden, ewig im Essen rumstochernden Schauspieler wie er einen hatte, zumindest aber ein Professorenkind wie Christine.

Zum Glück war der parkende Wagen bei näherer Betrachtung weder rot noch sah er besonders sportlich aus. Konrad hätte ihr vermutlich sagen können, was es für eine Marke war, doch ohne das Wissen ihres Ältesten beließ sie es gedanklich bei *ein schwarzes Auto.*

Wegen der im Hof freilaufenden Hunde musste sie durch die Metzgerei gehen, um in ihre Wohnung zu kommen.

Sie schlich an der Wohnung ihrer Eltern vorbei, dann stutzte sie – unter der Tür schien Licht hervor und nicht nur das, durch die Wand drangen Stimmen und Gelächter. Die Eltern mussten spontan Gäste bekommen haben. Das erklärte natürlich auch das Automobil vor der Tür. Vickys Herz begann wild zu klopfen: Peter!

Peter war zurückgekommen!

Im Triumph, mit einem Wagen und englischen Lacklederschuhen – zumindest wenn man annahm, dass das fremde Paar auf dem Abtreter ihm gehörte.

Peter war wieder da!

Am liebsten hätte sie einfach die Tür aufgerissen, wäre direkt in die gute Stube ihrer Eltern gestürzt und ihrem Bruder um den Hals gefallen. Sie hatte den Knauf schon in der Hand, als die Tür von innen geöffnet wurde. »Hab ich dich doch gehört«, flüsterte Vickys Mutter zufrieden, nur um im nächsten Moment zu zischen: »Keinen Mucks.

Herr Ebert braucht nicht wissen, dass du deine Kinder zurücklässt, um dich bis nachts spät in Tanzpalästen herumzutreiben. Hoch ins Bett mit dir. Wir reden morgen.«

Und bevor Vicky noch etwas zu ihrer Verteidigung hätte hervorbringen könne, war die Tür auch schon wieder zu. »Nein, nein, das waren nur die Hunde«, flötete ihre Mutter drinnen.

Den Herrn Ebert gab es also auch noch? Was konnte der nur bei den Eltern wollen, der war doch seit der geplatzten Verlobung nicht mehr in Erscheinung getreten. Obwohl, das stimmte nicht ganz – letzten Herbst, als sie gerade mit Wölfchen so im vierten Monat rum war, da hatte er einmal den Eltern einen Besuch abgestattet, und Willi hatte sich derart darüber aufgeregt, dass sie hinterher einen neuen Kohleeimer kaufen mussten. Der alte war nach der Behandlung mit Willis Stiefeln nicht mehr zu gebrauchen gewesen. Dass der Ebert gerade heute auftauchen musste. Es gab wirklich Tage ....

Mit letzter Kraft zog sich Vicky die schmale, unbeleuchtete Treppe zu den ehemaligen Dienstbotenzimmern hoch. Sie wollte nur noch ins Bett, wenigstens ein bisschen schlafen, bevor Wölfchen wie üblich um zwei aufwachen und mit energischem Gebrüll ein Nachtfläschchen einfordern würde.

Nach dem Streit würde Willi wohl kaum aufstehen und an ihrer Stelle nach dem Schreihals sehen? Wenigstens war zu erwarten, dass er daheim war und sich nicht bei einem seiner Flittchen rumtrieb. Die Kinder hätte er nie über Nacht allein gelassen, da konnten sie das mit Bambi gleich jetzt besprechen. Sie würde ihn wecken, sie sah das gar nicht ein, dass er gemütlich schlief, während sie vor

Sorge um Bambi wach lag. Und am Morgen wäre dann sowieso keine Zeit, beim Frühstück war immer großes Tohuwabohu, da musste sie auch Konrad an den Kommunionsunterricht am Nachmittag erinnern und Linchen durfte auf keinen Fall wieder den Rechenschieber vergessen, der war Eigentum der Schule. Das Fräulein Lehrerin hatte ihr schon einen dahingehend ermahnenden Brief mitgegeben.

Was war denn das?

Wie immer, wenn oben die Tür zur Wohnung geschlossen war, lag der schmale Treppenaufgang in vollkommener Dunkelheit. Man sah die Hand vor Augen nicht. Aber da atmete jemand. Tief und gleichmäßig.

Das fehlte ihr gerade noch!

Vermutlich hatte Paul, Willis dämlicher Bruder sich wieder mal nach einem Streit mit seinem Liebhaber betrunken und dann beschlossen, es nicht mehr nach Hause zu schaffen. Irgendwann zerfleischten den noch die Hunde, weil er im Suff nicht mehr dran dachte, nachts nur durch den Laden zu gehen. »Paul?«, fragte sie und stieß mit der Schuhspitze dorthin, wo sie einen Fuß vermutete. »Komm Paul, wach auf.«

»Oh, Frau Genzer! Entschuldigen Sie, ich muss einen Moment eingenickt sein.« Das war nicht Willis Bruder, das war der Lehrbub.

»Bruno, was machst du hier?«, wollte sie ratlos wissen.

»Ich bewache Ihre Wohnung!«, erklärte die Stimme und klang stolz. »Auf Wunsch Ihres Herrn Vaters. Herr Greiff hat mich persönlich beauftragt, hier Wache zu halten.«

»Aha«, sagte Vicky und überlegte, ob sie es nicht einfach hinnehmen sollte. Sie war todmüde und auf einen Irren mehr kam es in dieser Familie auch nicht an. Doch Bruno erzählte von sich aus weiter: »Herr Genzer musste nämlich weg, und weil Sie nicht da waren, hat er wohl Ihre Frau Mutter gebeten, bis zu Ihrer Rückkehr auf die Kinder acht-zugeben. Und dann gab es wieder Streit mit Ihrem Herrn Vater und dann hat Herr Genzer gesagt, dass ihm das alles zu dumm sei und er nur noch eine Scheidung wollte, und dann hat Ihr Herr Vater gesagt, dass sei der erste kluge Ge-danke, den Herr Genzer in seinem Leben gehabt hätte, und dann haben sie beide so gebrüllt, dass ich nichts mehr ver-standen habe, aber nachdem Herr Genzer dann weg ist, hat Ihr Herr Vater mich geholt, damit ich hier aufpasse. Falls es sich Herr Genzer anders überlegt und sich heimlich zu-rückschleichen möchte, dann soll ich Alarm schlagen.« Und etwas kleinlaut ergänzte Bruno. »Eigentlich wollte Ihr Herr Vater lieber den Herrn Hessler, aber der ist auf einer seiner politischen Versammlungen. Der Geselle passt dann aber morgen auf Sie auf. Und auf die Kinder, auf die Kinder habe ich auch aufgepasst, das allerdings auf Wunsch von Herrn Genzer.«

»Danke, Bruno, das war ganz reizend, nur jetzt geh ruhig ins Bett, heute kommt mein Gatte nicht mehr und wenn doch, werde ich selbst mit ihm fertig.«

Willi und seine Scheidung, dem würde sie was erzählen, aber wohl erst morgen. Gähnend drückte sie sich an Bruno vorbei in die Wohnung, und nachdem sie sich mit einem raschen Blick in die Küche überzeugt hatte, dass alle Kin-der ruhig träumten, fiel sie wie bewusstlos auf die Matratze und schlief, bis Wölfchen einen gefühlten Augenblick spä-ter nach seinem Nachtfläschchen zu brüllen begann.

5. Kapitel

»Es war mehr als top! Ich habe jede Seite genossen! Ihre Empfehlungen sind immer die schönsten. Nein, Frau Genzer, Sie sind besser als jede Bücherei!« Kichernd gab die Frau des Schneiders Vicky Courths-Mahlers *Das stille Weh* zurück, und die Frau des Bäckermeisters, die soeben ein halbes Pfund Gehacktes in Empfang nahm, ergänzte: »Nich wahr? Ich habe ihr schon hundertmal gesagt, sie müsste einen Buchladen aufmachen. Einen Buchladen nur mit Büchern für uns Frauen.« »Aber das geht doch nicht? Ich hab nur zwei Jahre Lyzeum, ich kann doch keine Bücher verkaufen.« Obwohl sie dieses Gespräch so ähnlich schon mit vielen ihrer Kundinnen geführt hatte, freute Vicky sich jedes Mal wieder darüber, dass man ihr etwas Derartiges zutraute. Heute allerdings musste sie mühsam ein Gähnen unterdrücken, die Nacht war allzu kurz gewesen. Die Sorgen um Bambi hatten ihr das bisschen Schlaf noch zusätzlich verleidet, und dann war Linchen beim Frühstück wieder so frech gewesen, hatte herumgehampelt und wissen wollen, warum der Papa nicht da war. Seufzend erklärte Vicky: »Und ich hab ja auch niemand für die Kinder.«

Mit dem Kopf deutete sie in Richtung des auf dem schachbrett-gefliesten Boden spielenden Rudi und auf das hinter ihr im Stubenwagen schlafende Wölfchen.

»Ja, und mit dem Linchen, mit dem haben Sie sicher viel Kummer. Ich hab das Mädchen gestern erst wieder im Savignypark auf einen Baum klettern sehen!« Die Frau des Bäckermeisters schüttelte anklagend den Kopf, und Vicky beschloss, beim nächsten Wiegen von unten etwas gegen die Waage zu drücken, dann schlug sie höher aus. Sie mochte diese Person grundsätzlich nicht besonders, schon weil sie ihre Tochter jeden Montag und Samstag von der Schule daheim behielt. Montags als Hilfe bei der Großwäsche, samstags als Unterstützung beim Wochenendandrang in der Bäckerei. Zwar schien sich außer Vicky niemand daran zu stören, aber sie ärgerte dieses Verhalten dafür nur umso mehr. Wie ihre eigenen Eltern, die sie trotz guter Noten und trotz eindringlicher Bitten des Fräulein Lehrerin kein Abitur hatten machen lassen. Wie gern hätte sie Literatur studiert! Und dann hätte sie einen Buchladen aufgemacht, einen kleinen Buchladen mit türkisfarben gestrichenen Wänden.

Aber nein, sie war ja ein Mädchen und jetzt stand sie in dieser dämlichen Metzgerei und wog Gehacktes. Das hatte sie die letzten zehn Jahre getan und in weiteren zehn würde sie immer noch hier stehen. Manchmal, wenn sie in Zeitungen oder Zeitschriften von studierenden Frauen las oder früher, wenn Willi etwas von seinen weiblichen Kommilitonen erzählt hatte, da krampfte sich ihr Magen vor Neid zu einer winzigen Kugel. Linchen würde es nicht so gehen, da war Vicky wild entschlossen und zur Frau Bäckermeisterin sagte sie: »Ja, meine Line ist sehr sportlich. Das kommt selten vor, wo sie doch gleichzeitig so begabt im Rechnen ist.«

Dann warf sie einen demonstrativen Blick auf ihre Armbanduhr, und die Frau des Schneiders nickte mitfühlend. »Wir sind schon weg. Bis morgen, Frau Genzer! Und denken Sie daran, die Proben für das Krippenspiel sind immer nach dem Kommunionsunterricht. Ihr Konrad wird einen ganz großartigen Schäfer abgeben.«

»Ich freue mich schon sehr auf die Aufführung. Auf Wiedersehen, ab morgen nehmen wir übrigens wieder Bestellungen für die Rebhühner an.« Und mit diesen Worten schloss Vicky hinter den beiden Frauen die Ladentür und hängte, wie jeden Morgen gegen zehn, das Bin-gleich-zurück–Schild über die Klinke. Letzteres war im Grunde eine reine Formsache, die Kundinnen wussten alle, dass sie um diese Uhrzeit schnell nach oben in ihre Wohnung ging, um den Ofen zu befeuern und so das Mittagessen langsam warm zu machen.

»Mama ist sofort wieder da!«, erklärte sie Rudi, der daraufhin nickte und einen Moment lang nachdenklich sein Holzauto die Gusseisenschnörkel des Verkaufstresens entlangfahren ließ. Gerade in dem Moment, in dem Vicky dachte, heute würde es klappen, ließ er den kleinen Wagen fallen und streckte die Arme aus: »Rudi mitkommen! Papa oben?« »Nein, der Papa ist nicht oben«, entgegnete sie und verbot sich den Nachsatz *Gott allein weiß, wo der sich wieder rumtreibt.* »Komm Spatz, bleib kurz hier. Du musst doch aufs Wölfchen aufpassen. Der ist doch sonst ganz allein im Laden.« »Ölfsen schlafen«, wusste Rudi und hielt ihr weiter die Ärmchen entgegen. »Mama, Rudi mit!« Vicky seufzte, sie konnte diesen Kampf nur verlieren – wenn sie nicht nachgab, würde Rudi zu toben beginnen, durch sein Gebrüll würde Wölfchen aufwachen, und dann würden beide toben und ihre Mutter würde von oben runter rufen, was das für ein Theater sei und warum Vicky ihre Kinder nicht in den Griff bekäme und ob sie plane, die Metzgerei den Rest des Morgens geschlossen zu lassen.

»Ausnahmsweise«, sagte sie deshalb und im Hinterkopf hörte sie die nörgelnde Stimme ihrer Mutter *Wie lang willst du den Bengel noch tragen? Du verwöhnst ihn, am Ende wird er noch verkehrtherum.*

Galt ein dünner Zweijähriger eigentlich schon als *schwere Last?* Die durfte man nämlich während einer Schwangerschaft nicht heben, da war die Hebamme immer sehr streng.

»Mama lieb«, seufzte Rudi inzwischen zufrieden in ihre Halskuhle, und Vicky musste lächeln. Doch das Lächeln verging ihr schlagartig, als sie die Stimme ihrer Mutter hörte: »Gusta, Kindchen, komm mal einen Moment her.«

»Ich hab's sehr eilig. Ich will nur schnell den Ofen befeuern«, erklärte sie, ohne stehen zu bleiben. Hastig begann sie die schmale Treppe zu ihren zwei Zimmern unterm Dach hochzusteigen. Doch ihre Mutter gab nicht nach.

»Gusta, jetzt komm bitte.«

»Aber der Laden ist zu«, brachte sie ihr letztes und sonst stets schlagendes Argument vor.

Vergeblich.

»Ach, diese dumme Metzgerei. Wir werden schon nicht im Schuldturm landen, wenn die mal ein halbes Stündchen geschlossen ist.«

Das waren ja ganz neue Töne!

Bei jedem ihrer Kinder war es ein mittlerer Vertrag von Versailles gewesen, dass die faule Tochter nicht Stillen und Bedienen gleichzeitig konnte. Insgeheim hatte es Vicky diebisch gefreut, dass der Vater ihr die Stillzeiten nicht vom Lohn abziehen konnte, weil er ihr ja eh keinen zahlte.

»Wölfchen ist allein im Laden, wenn er aufwacht …«, gab sie schwach zu bedenken, aber ihre Mutter hatte sie schon an den Schürzenbändern gepackt und zog sie in die gute Stube.

»Hilde, geh runter und sieh nach dem Baby«, befahl Frau Greiff dem Hausmädchen und deutete an Vicky gewandt auf das rote Plüschsofa mit den gehäkelten Schonern. »Setz dich, Häschen. Möchtest du ein Tässchen warme Milch? Oder lieber einen Kaffee? Und du Rudolf, magst du nicht mit Hilde gehen? Sie soll dir ein Rosinenteilchen mit Butter und Honig bestreichen, sag, ich hätte es erlaubt.«

Es war immer wieder erstaunlich, wie schnell ein Kind bereit ist, seine es liebende Mutter zu verraten, wenn es im Ausgleich Rosinenteilchen mit Butter und Honig gab. So schnell ihn seine kurzen Beine trugen, stürmte Rudi aus dem Zimmer.

»Schön habt ihr es hier«, sagte Vicky und ließ anerkennend ihren Blick über das frisch polierte Kirschholzvertiko, die blendend weißen Spitzenvorhänge und die ordentlich aufgereihten Pretzel-Puppen gleiten. Auf der glänzend polierten Anrichte, silbern gerahmt und Trauer umflort, die Fotografie ihres Bruders Otto. In Uniform, ernst, aber zuversichtlich in eine Zukunft blickend, die für ihn nicht mehr viel Gutes bereit hielt. Es hatte auch von Bambi und Peter ein derartiges Bild gegeben, aber davon fehlte jetzt jede Spur.

Vicky hätte nicht sagen können, wann sie das letzte Mal in der elterlichen guten Stube gewesen war – vermutlich an dem Tag, an dem Willi erklärte, er würde nicht in die Metzgerei einsteigen?

»Ach, es ist alles ein bisschen altmodisch und so unpraktisch. Dieses dunkle Holz, kaum ist Hilde hinten mit entstauben fertig, kann sie vorne wieder anfangen.« Die Mutter lachte geziert und reichte Vicky eine dampfende Sammeltasse. »Genug von mir und meinen Sorgen. Wie geht es dir, du siehst müde aus, mein Herz. Ganz abgearbeitet. Komm jetzt, trink erst mal in Ruhe ein Tässchen. Echter Bohnenkaffee.«

Vicky nahm einen vorsichtigen Schluck, er schmeckte köstlich, aber sie traute sich nicht, ihn zu genießen. Sie konnte sich das plötzliche mütterliche Interesse an ihrem Befinden nicht erklären. Zögerlich sagte sie: »Ich bin tatsächlich etwas müde. Ich war gestern bei Bambi. In der Klinik sagen sie, sie sein nicht länger für ihn zuständig.« Das war eine sehr gelungene Umschreibung des Ganzen.

»Eventuell können wir ihn daheim betreuen. Das kommt jetzt immer mehr in Mode. Es nennt sich Erlanger Modell«, gab sie weiter, was ihr die Köchin des Arztes von der Ecke am Morgen über vier Koteletts erzählt hatte. »Wüsstest du vielleicht einen Platz, wo er schlafen könnte?«

»Nein.« Frau Greiff schüttelte ablehnend den Kopf, aber Vicky war nicht in der Position, höflich zu sein. »Wie wäre es denn hier? Oder in eurer Küche?«

Die Mutter schien zu überlegen, gedankenverloren spielte sie mit der Kameebrosche an ihrer schwarzen Bluse. Vicky wertete es als vielversprechendes Zeichen, den wertvollen Onyxschmuck mit dem Porträt des Kaisers hatte die Mutter sich zum Gedenken an Otto machen lassen, Vicky hatte sie in den letzten neun Jahren niemals ohne gesehen.

Wenn sie sich im Geiste so mit ihrem toten Sohn beschäftigte, würde sie vielleicht ihrem lebenden helfen? Doch plötzlich ließ die Mutter das Schmuckstück los und erklärte in fast ärgerlichem Tonfall: »Nein. Damit mich dieser Irre nachts im Schlaf ermordet? Niemals! Nein, er kommt mir nicht in die Wohnung. Wenn sie ihn in der Anstalt nicht mehr wollen, wirst du ihn eben bei euch unterbringen müssen.«

»Wir sind aber schon zwei Erwachsene und vier Kinder und haben nur zwei Zimmer und die Küche, während ihr zu zweit vier Zimmer und Küche und Bad habt«, gab Vicky zu bedenken, wobei sie sich um einen sehr sanften Ton bemühte. Insgeheim kochte sie vor Wut, sicher, Bambi war ihr Bruder, aber er war auch der Sohn dieser Frau. »Es wäre ja auch nicht für ewig.«

»Ihr hättet ihn damals in der staatlichen Anstalt lassen sollen. Wenn er lieber eine Maus sein möchte, statt sein Vaterland zu verteidigen, dann ist es eben so. Aber als Maus benötigt er auch nicht mehr als ein bisschen Brot und zu den Feiertagen von mir aus eine Käserinde. Was braucht eine Maus Tageslicht und ein Zimmer für sich allein?«

»Er ist noch immer dein Sohn«, zischte Vicky.

»Ja, genau wie du immer meine kleine Gusta sein wirst«, lächelte die Mutter und legte einen gepflegten Zeigefinger auf die von Scheuerpulver und Desinfektionsalkohol gerötete Hand der Tochter. »Weißt du, Gusta, dein Vater und ich, wir haben uns gestern ernsthaft über dich unterhalten. Wir haben sicher einen Fehler gemacht.«

Vicky schluckte. Das träumte sie doch – vermutlich war sie vor Müdigkeit über dem Verkaufstresen zusammen-

gebrochen, und gleich warf Rudi mit einer Dose Fleisch-
wurst nach ihr?

»Das mit dir und Herrn Genzer, wir haben uns da sicher
nicht immer richtig verhalten«, fuhr ihre Mutter indessen
fort und Vicky schluckte und schluckte mal wieder gegen
die Tränen an. Vielleicht war es ja doch wie bei Courths-
Mahler und am Ende wurde alles gut? Vielleicht würden die
Mutter ihr sagen, dass sie in Zukunft einen Lohn bekäme?
Dann würde Willi nicht länger ständig irgendwie Geld auftreiben müssen, vielleicht konnte er dann sogar fertig studieren? Und wenn er nicht mehr ständig mit diesen ganzen schrecklichen Menschen Geschäfte machen musste,
vielleicht würde er dann wieder der Mann, den sie damals
geheiratet hatte? Und nach dem Studium würden sie nach
Bayern ziehen, weg von Berlin. Grüne Wiesen, Landluft
für die Kinder und für sie eine Stelle in einer Bücherei oder
besser noch in einem Buchladen, wobei es da kaum Stellen
für Frauen gab, sie hatte ja hier schon erfolglos versucht.

»Du warst einfach noch zu jung, wir hätten damals viel
strenger mit dir sein müssen. Wir hätten nie zulassen dürfen, dass du diesen bayrischen Lump heiratest.«

So viel zum Thema Lohn, Landluft und grüne Wiesen.

Vicky schöpfte tief Atem: »Ich hab von Papas Über-
redungskünsten noch heute Striemen auf dem Rücken, ihr
habt mich bei Wasser und Brot in den Eiskeller gesperrt,
und wenn Lisbeth nicht Herrn Ebert geschrieben hätte,
dass ich von einem anderen schwanger bin, wäre Konrad
heute nicht hier. Den Arzttermin hatte ich ja schon.« Sie
knallte das Tässchen mit solcher Wucht auf die Tischdecke,
dass der Kaffee rausschwappte. »War's das? Kann ich jetzt
gehen?«

»Augusta, jetzt braus nicht gleich so auf. Wir haben euch damals unseren Segen gegeben, weil dein Herr Vater meinte, du seist so ein Wildfang, ein jüngerer Mann sei vielleicht eher im Stand, dich im Griff zu halten. Und du weißt, wie sehr er den Herrn Tuchfabrikanten Ebert schätzt. Ach, dem armen Mann hast du wirklich das Herz gebrochen. Weißt du, dass er seit damals nie wieder ein anderes Mädchen angesehen hat?«

Vicky nickte vage. Sie dachte daran, wie er ihr ein paar Tage vor der Trauung noch geschrieben hatte und daran, wie sie den Umschlag ungeöffnet verbrannte. Die Entscheidung war gefallen gewesen. Sie wollte Wilhelm Genzer und sonst niemanden, da halfen keine Mietshäuser und auch keine Briefe.

»Er war ja gestern kurz zu Besuch – ach, so ein feiner Herr. So herrliche Socken. Fünf Mietshäuser in Pankow und im Frühjahr, da war er auf einer mehrmonatigen Bildungsreise in den USA. Wie spannend er davon erzählt hat, bunte Automobile und riesige Schlachthöfe. Sein Vater hat die Schweinezucht ja noch immer.« Ein träumerischer Zug hatte sich um die Augen ihrer Mutter geschlichen und verzückt fuhr sie fort: »Und auf der Überfahrt, da hat Herr Ebert mit einem amerikanischen Fabrikanten für Schuhe am Tisch gesessen.«

»Der Schustermeister hat die fällige Rechnung beglichen«, war alles, was Vicky dazu einfiel. Was sollte das ganze Gerede?

»Ich glaube ja, Herr Ebert mag dich immer noch sehr. Du hättest ihn gestern sehen sollen. Er wollte sofort hoch zu euch, guten Abend sagen, aber ich meinte, das sei vielleicht keine gute Idee. Ich hab es auf die schlafenden Kinder geschoben, nur im Ernst, du siehst ein wenig ... nun ja abgearbeitet aus. Deine Haare gehören dauergewellt und deine Hände ... warum pflegst du sie nicht einmal mit Öl? Aber auch deine Haushaltsführung ... ich will nichts sagen, trotzdem: Bei dir steht immer schmutziges Geschirr herum und du trocknest Windeln in der Küche.« Anklagend musterte sie Vicky, brachte sie mit einem kleinen Wedeln der Hand zum Schweigen und fuhr fort. »Sei es wie es sei, ich denke, du solltest einmal mit Herrn Ebert dinieren. Es gibt so viele schöne Lokale hier, aber auch auf dem Kurfürstendamm.«

»Wenn ich jemanden für die Kinder finde, können Willi und ich sicher einmal mit ihm essen gehen.« Sie strich sich die Schürze glatt. »Aber jetzt muss ich wirklich runter in den Laden. Wölfchen braucht bald sein zweites Frühstück.«

»Gusta, jetzt bleib noch kurz sitzen. Du verstehst nicht, was ich dir sagen möchte. Wenn du es schlau anstellst, wäre Herr Ebert sicher gern bereit, über einige Unannehmlichkeiten hinwegzusehen.«

»Was denn für Unannehmlichkeiten?«

»Ach, ich habe ihm gesagt, das ist heute alles kein Problem mehr. Da gibt es Internate und Kinderfräulein, er braucht die Kinder von diesem Rotschopf gar nicht zu sehen.«

»Dieser Rotschopf ist mein Ehemann! Und diese Unannehmlichkeiten sind meine Kinder!« Vicky war aufgesprungen, das Wohnzimmertischchen geriet gefährlich ins Trudeln und fiel krachend um, Kaffee spritzte auf und Porzellan klirrte, nur ihre Mutter blieb ganz ruhig.

»Da, mein Liebes, irrst du dich. Herr Genzer hat irgendeinem Flittchen ein Kind gemacht, das kommt im März, und für dieses Flittchen und ihr Balg möchte er sich nun scheiden lassen. Er verlässt dich und seine Kinder, einschließlich des neuesten. Er hat das alles mit deinem Vater besprochen. Und für diesen Lump hast du so einen Zauber aufgeführt. Na, wir machen alle Fehler, aber diesen hier, den kann man ungeschehen machen. Was hältst du davon, wenn du die Kinder heute beim Mädchen lässt und dich so richtig ausschläfst? Ich kann ja auch im Laden stehen, das fände ich richtig spannend, das habe ich bald zehn Jahre nicht mehr gemacht. Und für morgen organisiere ich dir einen Friseurtermin. Warum gehst du nicht gleich ein bisschen bummeln? Kauf dir mal was Hübsches. Ich habe erst gestern zu deinem Vater gesagt, zahl dem Mädchen endlich einen anständigen Lohn. Sie ist sechsundzwanzig, sie möchte sich auch mal was gönnen! Ja Gusta, warum weinst du denn?«

Der Geruch von backendem Hefezopf weckte Vicky und einen Moment sah sie sich verwirrt um. Die blaue Tapete mit dem weißen Rosenmuster kam ihr ebenso unbekannt vor, wie das schmale Feldbett, auf dem sie lag. Erst nach und nach erinnerte sie sich. Sie war bei Lisbeth.

Sie war aus der Wohnung ihrer Eltern gestürmt, hatte Wölfchen und Rudi gepackt, Konrad und Linchen einen Zettel mit Geld für die Elektrische auf den Küchentisch gelegt, ein paar Sachen in Willis alten Tornister geworfen, dann waren sie einfach los und hatten vor Lisbeths Schreibbüro in der Schlüterstraße gewartet, bis die Freundin nach Geschäftsschluss rauskam. Lisbeth hatte ein Blick genügt: inzwischen sechsundzwanzig, aber noch immer unverheiratet, kannte sie sich mit Unglück und Männern aus. *Nimm Aspirin und ab ins Bett*, hatte Lisbeth kommandiert und dem Befehl war Vicky auch widerstandslos gefolgt.

»Die Männer sind alles Verbrecher«, trällerte eine von Lisbeths Mitbewohnerinnen im Nachbarzimmer und Vicky stiegen schon wieder die Tränen in die Augen.

Was sollte sie nur tun? Sie atmete einige Male durch. Der Schock der Erkenntnis saß tief. Das mit der Scheidung war tatsächlich Willis Ernst. Es war nicht das übliche, wütende Gerede, nein, er würde sie tatsächlich verlassen. Rein faktisch hatte er sie eigentlich schon verlassen, er hatte einer anderen ein Kind gemacht und diesen Umstand mit all seinen Konsequenzen hatte er ihrem Vater mitgeteilt. Ausgerechnet dem – seit sie sich am Vorabend der Trauung das erste Mal begegnet waren und ihr Vater sich geweigert hatte, Willis ausgestreckte Hand zu schütteln, hassten die beiden sich. Mal mehr, mal weniger offen. Dass er seine Scheidungsabsichten ihrem Vater mitgeteilt hatte, konnte nur eines bedeuten: Es war ihm wirklich ernst damit.

Er wollte und würde gehen, Vickys Eltern sollten schon einmal mit der Planung einer Post-Wilhelm-Genzer-Ära beginnen. Ein neuer Ehemann und Ernährer musste her!

Vicky spürte das altvertraute Gefühl der Hilflosigkeit und der Wut in sich aufsteigen. Sie war eine Frau, für sie wurde gesorgt und für sie wurde entschieden. Und wenn sie in die Scheidung nicht einwilligte? Aus religiösen Gründen?

Nein, auf den Katholizismus konnte sie sich nicht berufen, sonst verschwand Willi am Ende einfach so. Sie musste ja noch Danke sagen, wenn er ihr mit der Scheidung gnädig die Möglichkeit einer Neuverheiratung gab und sie nicht mit den Kindern sitzenließ. Man hatte sie die Schule nicht beenden lassen, man hatte sie nicht studieren lassen und jetzt ... Jetzt konnte sie unmöglich allein für bald fünf Kinder sorgen. Sie konnte ja nichts, nichts außer Wurst verkaufen und den Kundinnen Bücher gegen Herzschmerz empfehlen. In Buchhandlungen brauchten sie keine Ladenfräulein, und selbst wenn, von dem Gehalt würde sie nie eine Familie ernähren können. Was sollte sie nur tun? Sie sah es schon bildlich vor sich, die Eltern würden sie rausputzen wie eine zu prämierende Sau und dann würde man sie meistbietend zum Verkauf... oh nein, Entschuldigung, natürlich zur Verheiratung anbieten. Es musste ja nicht der Ebert sein, andere Metzger, Rinderzüchter und Handwerksmeister hatten auch ledige Söhne oder waren sogar selbst verwitwet. Ihre fünf Kinder würden sich vermutlich etwas nachteilig auf den Preis auswirken, oder vielleicht auch nicht? Eine Kuh, die gezeigt hat, dass sie kalben kann, steigt im Preis.

Wütend drosch Vicky auf ihr Kissen ein. Das war so würdelos. Der einzige Unterschied zwischen ihr und den Frauen an der Münzigerstraße war doch, dass sie jede Nacht denselben Mann empfangen durfte. Welch ein Gottesgeschenk!

Es klopfte leise, einmal, zweimal, aber sie fühlte sich der Welt noch nicht wieder gewachsen und stellte sich tot. Die Türklinke wurde mit leisem Quietschen heruntergedrückt, und Holz schabte über den Teppich: »Was ist denn los gewesen? Dass der seinen Schwanz nicht bei sich behalten kann, ist doch keine neue Erkenntnis? War da nicht letzten Herbst schon so was?«, fragte eine Vicky vage bekannte Stimme. Vermutlich gehörte sie Lisbeths anderer Mitbewohnerin, einer Konfektionsquartiermodistin mit unehelichem Kind, das bei ihren Eltern in Sachsen lebte.

»Er will sich jetzt scheiden lassen. Eine andere kriegt ein Kind von ihm.« »Ja, und? Deshalb lässt man sich nicht scheiden. Soll er der eben 50 Mark für den Arzt geben. Aber wenn du meine Meinung hören willst, sollte Vicky dankbar sein und sofort einwilligen. Der hat doch eh nicht die Butter aufs Brot verdient, wenn sie Glück hat, kriegt sie jetzt einen mit Geld. Dann hat sie ausgesorgt.«

Das war eindeutig die Modistin mit dem Kind. Die Stimmen kamen näher und auch der Geruch nach Hefezopf wurde intensiver. Lisbeth flüsterte weiter: »Und ihr Bruder ist jetzt so irre, dass sie ihn im Irrenhaus rauswerfen wollen. Ich wusste gar nicht, dass das möglich ist.«

»Wenn ich mir anschaue, wer so alles frei rumläuft, scheint das ziemlich oft vorzukommen«, wandte die Modistin ein. »Stell den Hefezopf am besten auf den Boden. Dann sieht sie's, wenn sie wach wird. Und wenn du meinst, sie trinkt wegen der Schwangerschaft wirklich nichts, ist mir das sehr recht, dann ist es für mich mehr. Ich hab noch den Verpoorten von meinem Geburtstag. Ich finde, wir haben uns ein Gläschen verdient.«

»Männer sind doch alles Schweine. Der Brenner hat mir heute wieder an den Arsch gegrabscht. Und immer ruft er mich zum Diktat in sein Scheißdrecksbüro, nie mal eine von den dicken Wachteln. Der weiß genau, dass ich die Stelle nicht wechseln kann, weil ich das Geld brauch, aber ich versprech dir, wenn er zu frech wird, schlag ich dem mit meiner Schreibmaschine den Schädel ein«, zischte Lisbeth, und die Modistin entgegnete leise: »Meinst du, das war früher auch schon so, oder sind die alle erst mit dem Krieg so geworden?«

Obwohl sie die Einschätzung der sachlichen Lisbeth interessiert hätte, konnte Vicky sie nicht mehr hören. Die Tür war mit einem satten Schmatzen ins Schloss gezogen worden. Langsam richtete Vicky sich wieder auf, naschte ein Stück Hefezopf und begann von Neuem ihre Situation zu überdenken. Lisbeths Freundin hatte leider recht, sie würde in die Scheidung einwilligen müssen, schon um sich und die Kinder durch eine neue Ehe wirtschaftlich abzusichern. Die Vorstellung, sie könne ihre Familie selbst ernähren, war absolut illusorisch ...

Eine Scheidung also? Besonders fromm waren sie ja beide nicht, trotzdem war die Ehe ein Sakrament und außerdem tat man das einfach nicht, sich scheiden lassen. Sie kannte viele Frauen, die mit ihren Männern unglücklich waren, aber geschiedene Frauen kannte sie bestenfalls aus der Zeitung. Eine der Töchter von Courths-Mahler war angeblich auch geschieden.

Vicky ließ sich das Wort Scheidung auf der Zunge zergehen – eine Scheidung, das war etwas so exotisches, so extravagant und so jenseits ihrer alltäglichen Welt, das war ... das war, als würde sie Seidenwäsche aus Paris tragen oder mit langen, rotlackierten Nägeln hinter der Theke stehen. Seufzend blickte sie auf ihre wirklich sehr hübschen Hände mit den stumpfgeschnittenen Nägeln und natürlich sah sie dann auch gleich den Ehering. Zur Hochzeit hatte sie nur einen aus Eisen bekommen, es war ja Krieg gewesen, aber später dann, schon während der Inflation, allerdings vor der Katastrophe mit ihrem Bruder Peter, da hatte Willi ihr einen richtigen geschenkt. Von der Bezahlung für einen wissenschaftlichen Artikel über die Vergärung von Hefe, seinem ersten als Chemiker, oder zumindest angehender Chemiker verdienten Geld. Und dann kam die Sache mit Peter und das Geld blieb nicht nur das erste, sondern auch das einzige als Chemiker verdiente. Aber schön fand Vicky den Ring noch heute, ganz schlicht, mit Gravur innen: *Lass uns Buddhisten werden.*

Das hatte Willi früher immer vorgeschlagen, weil die an Wiedergeburt glauben, und er meinte, ein einziges gemeinsames Leben mit ihr sei ihm zu wenig. Lang war das her.

Und wenn sie mit dieser Frau sprach? Sie bat, von einer Scheidung abzusehen? Sie wollte, wollte, wollte sich keinen neuen Ernährer suchen müssen. Allein beim Gedanken daran wurde ihr schlecht.

Christine. Ganz bestimmt war es diese Christine, Willis alte Flamme, der waren er und Konrad um Ostern herum zufällig begegnet, Konrad hatte ihr in aller Unschuld davon erzählt. Oh, wie sie dieses Weibsbild hasste. Sie kannte sie nicht, aber sie hasste sie trotzdem mit einer ihr gänzlich neuen Wut. Seltsamerweise nahm sie ihr im Moment vor allem übel, dass Willi heute Morgen nicht angerufen und sich nach Bambi erkundigt hatte – er hatte ja mitgekriegt, dass sie gestern gleich in die Klinik war, und so verantwortungslos Willi auch sein mochte, Bambi und den Kindern gegenüber war er bisher zuverlässig gewesen.

Leises, aber hartnäckiges Klopfen riss sie aus ihren Gedanken.

»Vicky, bist du wach?«, Lisbeth steckte ihren hübschen, mit todschicken Wasserwellen verzierten Kopf in den Türspalt. »Willi ist da. Er hat Linchen und Konrad gebracht und er sieht ziemlich ramponiert aus. Kann er reinkommen? Er sagt, er müsse dich sprechen. Dringend.«

Willi sah tatsächlich ziemlich derangiert aus, seine Lippe war aufgeplatzt, die rechte Augenbraue blutverkrustet und das Auge darunter noch am Schwellen.

»Manches ändert sich nie«, konstatierte Vicky mit Blick auf das Veilchen, worauf sie nur eine wegwerfende Geste von Willi erntete: »Ich bin in eine politische Diskussion verwickelt worden, aber das ist es nicht, warum ich mit dir sprechen muss. Es geht um Bambi. Warum hast du mir nicht gesagt, was los ist?«

»Weil ich nicht wusste, wo du wieder steckst und du nicht heimgekommen bist«, fauchte sie. »Woher weißt du überhaupt, dass ich hier bin?«

»Du hast einen Zettel für die Kinder auf den Tisch gelegt. Ich war daheim und hab mein Zeug geholt. Meinen Tornister hab ich nicht finden können, du hast vermutlich keine Ahnung, wo der ist?«

»Nein!« Unschuldig riss Vicky ihre veilchenblauen Augen auf und schwor sich gleichzeitig, das Ding bei Lisbeth in den Müll zu werfen. Das hatte er jetzt davon. »Ich hab ihn schon Jahre nicht mehr gesehen.«

»Ist jetzt auch egal. Ich war jedenfalls heute in der Klinik, und Bambi kommt morgen raus. Sie entlassen ihn als geheilt.«

»Als geheilt? Aber Willi, er weigert sich zu essen und trägt keine Schuhe.« Vor Schreck richtete sie sich im Bett kerzengrade auf. »Das geht doch nicht.«

»Natürlich geht das. Nur weil einer kein Fleisch ist, ist er nicht irre. Die Buddhisten tun das auch.« Willi blitzte sie zornig an und Vicky fragte sich plötzlich, ob er noch wusste, was in ihren Ehering graviert war.

»Ich hab mich heute mit ihm unterhalten, es war eine der vernünftigsten Unterhaltungen, die ich seit Langem geführt habe. Wenn du meine Meinung hören möchtest, dann ist er eher zu klar im Kopf. Das ist heutzutage nicht gesund.«

»Ja, aber ich habe doch gestern mit Dr. Dr. Fuchs gesprochen und da hieß es, Bambi müsse verlegt werden. Oder man müsse prüfen, ob er eventuell für eine Betreuung bei uns daheim in Frage käme. Das klang nicht, als ginge das so schnell.«

»Du immer«, Willi machte eine wegwerfende Bewegung mit der Hand. »Man muss einfach mit den Leuten reden – vernünftig und freundlich. Dr. Dr. Fuchs kann sehr entgegenkommend sein. Ein wirklich reizender Mann.«

»Wenn du das sagst ... Aber dann sag mir auch, wo soll mein Bruder hin? Wovon soll er leben? Er wird doch nicht arbeiten können, zumindest am Anfang? Meine Eltern nehmen ihn nicht auf. Ich hab heute mit ihnen gesprochen und sie denken gar nicht dran. Bei uns ist auch kein Platz.« Sie zögerte einen Moment, dann ergänzte sie stockend. »Selbst wenn du ausziehst.«

»Ich dachte, ich könnte ihm ein Bett bauen, da, wo bisher der Schrank mit dem Geschirr stand?«

»Aber da steht doch der Schrank mit dem Geschirr«, entgegnete Vicky, Böses ahnend.

»Ich hab dir doch gesagt, ich bin in eine politische Diskussion verwickelt worden. Mit eurem Metzgergesell, keine fünf Minuten ist es her, dass ich dir das erzählt habe.« Entnervt schüttelte Willi den Kopf und ergänzte: »Jedenfalls ist dabei der Geschirrschrank zu Bruch gegangen, und das trifft sich ja auch ideal, wo wir doch jetzt Platz brauchen.«

»Warum kannst du ihm nicht einfach seine Meinung lassen?«, fragte sie zögerlich. Der Geselle war begeistertes Mitglied der Nationalsozialisten, ein Umstand, der für den kaisertreuen Willi ein ständiges Ärgernis darstellte. »Dein Bruder ist doch auch Sozialdemokrat, ohne dass du es ihm ständig vorwirfst?«

»Weil Sozialdemokratie und Monarchie zusammen geht, sogar gut. Aber Nationalsozialismus wird immer Diktatur bedeuten. Schau dir Italien an und außerdem hat der unseren Konrad als Judenfreund bezeichnet.«

»Ach, Willi! Das bringt doch nichts, mit solchen Leuten zu streiten. Der Mann ist dumm, deshalb ist er auch Metzgergesell und nicht Professor für Unbewusstes.« Sie verdrehte die Augen. »Mir tut das ja auch leid, der kleine Benny Levi ist ein nettes Kind, aber dumme Menschen wird es immer geben. Hirn kann man nicht reinprügeln.«

»Was soll das eigentlich mit dem Krippenspiel? Konny sagt, du bestehst darauf, dass er da mitmacht?«, wechselte Willi abrupt das Thema.

»Ich bestehe nicht darauf, aber ich fände es sehr schön«, konstatierte Vicky mit Nachdruck. »Ich will nicht, dass er zum Außenseiter wird, und alle Kinder unserer Straße machen mit.«»Benny Levi nicht. Nach Meinung des Pastors dürfen wohl nur Christen jüdische Eltern und jüdische Weise spielen, oder was?«

»Jetzt fang keine Grundsatzdiskussion an, jedenfalls hab ich als Kind viel Spaß beim Krippenspiel gehabt, und Konrad wird wohl zwei Stunden die Woche ohne Benny aushalten. Außerdem finde ich, dass es besser wäre, er würde auch mit anderen Kindern spielen.«

»Zumindest für den Geschirrschrank.« Ein bitterer Zug lag um Willis Mund, und vergeblich in seiner Sakkotasche nach einer Zigarette suchend, erklärte er: »Dann wäre also Bambis Unterbringung vorläufig geklärt. Und wenn die Scheidung durch ist, kann er ja vermutlich die ganze Wohnung haben? Dein Vater hat da so etwas angedeutet? Eine neue Ehe? Mit Ebert? Na, das ging schnell.«

»Das ist also dein voller Ernst? Du willst uns tatsächlich verlassen?« Eine schmerzhafte Ruhe war über sie gekommen. »Du willst wirklich gehen?«

Er zuckte die Schultern: »Ich bin doch schon lang gegangen. Und für die Kinder werde ich sorgen, da musst du dir keine Gedanken machen. Christine wird damit leben müssen.«

»Christine also.«

»Ja, Christine. Du Ebert, ich Christine. Seltsam.« Er lächelte, wobei Vicky nicht sagen konnte, ob der Schmerz in seinen Augen tatsächlich von der geplatzten Lippe stammte. »Dein Vater zahlt mir für jedes Ehejahr zwei Doppelpfund Fleisch, damit ich scheidungsrechtlich die Schuld auf mich nehme und möglichst schnell verschwinde. Ich glaube, er hat den Verdacht, das neue Baby sei nicht von mir. Stimmt das? Ist das schon vom Ebert?«

»Wilhelm Genzer«, sie holte tief Luft, streifte sich mit einer ruhigen Bewegung den Ehering ab und sagte dann: »Du hast mir in den letzten Jahren wenig Grund zu Treue gegeben, aber lass dir eines gesagt sein: Ich war dir immer eine gute Ehefrau. Obwohl du mich vor den Nachbarn und vor meinen Eltern bloßgestellt und gedemütigt hast, war ich loyal. Als du dich ohne Begründung geweigert hast, an Peters Stelle in die Metzgerei einzusteigen und dann ohne das Geld meiner Eltern auch nicht weiter studieren konntest, habe ich dich vor allen in Schutz genommen. Wenn du wieder nicht genug verdient hast, bin ich hungrig ins Bett, damit wenigstens die Kinder satt wurden. Ich habe mich nie darüber beklagt, denn ich habe dir meine Treue in guten wie in schlechten Tagen geschworen. Das bereue ich. Und ich bereue es auch, dir sagen zu müssen: Ja, das Kind ist von dir. Es kann nur von dir sein. Seit ich dich das erste Mal gesehen habe, gab es keinen anderen und ich bereue es. Ich bereue, dass ich dich geliebt habe, dass ich an dich geglaubt habe. Ich bereue, dass ich dir immer noch eine Chance gegeben habe, aber am meisten bereue ich, dass ich hiermit viel zu lange gewartet habe.«

Und dann verpasste sie ihm eine schallende Ohrfeige. Und weil es sich so gut anfühlte, gleich noch eine – sie hätte das wirklich schon viel früher machen sollen.

6. Kapitel

»Ich finde, das steht dir am besten. Lisbeth hat mir erzählt, man trägt jetzt ägyptisch.« Bambi maß sie mit kritischem Blick und signalisierte ihr durch eine Bewegung des Kopfes, sich zu drehen. »Ja, das blaue ist schön zu deinen Augen und man sieht gerade so viel von deinen Beinen, dass man den Rest gern kennen würde.«

Sie lächelte, und auch das ernste Ladenfräulein konnte sich ein kleines Kräuseln ihrer perfekt geschminkten Lippen nicht verkneifen.

»Der Herr ist mein Bruder«, erklärte Vicky, denn ihr war der prüfende Blick auf ihre ringlose Hand aufgefallen. »Also dann zieh ich das hier an.«

»Heute Abend?« Bambi schüttelte derart entsetzt den Kopf, dass sein Hut ins Schwanken geriet. Seine feinen blonden Haare waren schon wieder fast zwei Zentimeter lang. »Ich dachte, du möchtest heute mit diesem Ebert essen gehen?«

Sie nickte, aber sie fühlte sich etwas unbehaglich. Obwohl das Leben mit Bambi sich bisher als überraschend unproblematisch erwiesen hatte, konnte man doch nie ganz sicher sein. Vor zwei Tagen beispielsweise hatte er in einem unbeobachteten Moment das Pferd des Bierkutschers abgespannt und aus dem Regen ins Treppenhaus geführt. Vicky hatte schließlich einen zusätzlichen Knopf an ihrer Bluse öffnen müssen, um den Besitzer des Tieres davon zu überzeugen, dass hier kein versuchter Diebstahl vorlag.

»Fräulein, sein Sie doch so reizend, diese gelbe Kreation aus dem Schaufenster zu holen«, bat Bambi indessen. »Das, das ist wie geschaffen für heute Abend.«

»Aber in Gelb erinnere ich an eine Zitrone und außerdem ...« Sie deutete auf ihre Oberweite. »Das kann ich nicht anziehen. Das ist viel zu auffällig, außerdem bin ich zu alt für so ein topmodisches Ding.«

»Fräulein, die Sache ist entschieden. Wir nehmen das Gelbe, bringen Sie es gleich an die Kasse«, kommandierte der Bruder indessen freundlich und schenkte auch Vicky ein sanftes, ein wenig gönnerhaftes Lächeln.

»Bambi«, zischte sie ärgerlich. »Ich werde nicht dreißig Mark für ein Kleid ausgeben, in dem ich fürchterlich aussehe. Du weißt doch, wie kompliziert der Abend ohnehin schon ist. Ich hab ihn jetzt schon zweimal abgesagt.«

Eigentlich war Vicky sich noch immer nicht sicher, ob sie tatsächlich gehen würde. Oder was sie sich eigentlich davon erhofft. Das Einzige, was sie sicher wusste, war, das Willi vor Eifersucht auf Ebert im vergangenen Herbst den Kohleeimer zertreten hatte und so ein Kohleeimer ist stabil. Und in der Hoffnung, Bambi möge es Willi erzählen, ergänzte sie kokett: »Man muss ja nicht gleich heiraten.«

Seit Tagen schon schlich sie um ihre Kinder herum, suchte nach Anzeichen für Fieber oder wenigstens durchbrechende Zähnchen, die einen weiteren Aufschub der Begegnung gerechtfertigt hätten, doch nichts. Und irgendwie musste es ja weitergehen – so schön wie im Moment konnte es leider nicht bleiben. Dank eines topschlechten Gewissens war Willi nur zu gerne bereit, für die Kinder aufzukommen und ging ihr ansonsten aus dem Weg. Obwohl er fast täglich Bambi und die Kinder besuchte, hatten sie es seit der Ohrfeige vor bald drei Wochen geschafft, sich nicht zu begegnen. Meistens verzog sie sich in den Laden oder mit wachsender Begeisterung auch in den Kosmetiksalon drei Straßen weiter. Seit der *lumpige Schwiegersohn* ausgezogen war, zahlte ihr Vater ihr nicht nur ein sehr großzügiges Gehalt, sondern auch ein Taschengeld für *Weiberkram*.

Zum ersten Mal in ihrem Leben hatte Vicky dauergefärbte Wimpern, professionell gewachste Augenbrauen sowie etwas, das sich *Strähnchen* nannte und laut des Friseurs nur den einen Sinn hatte, die natürliche Schönheit ihres Haares zu unterstreichen. Es wirkte, befand Vicky mit einem zufriedenen Blick in die Spiegelwand des Ladens. So hätte es ewig weitergehen können, es war, als wären sie geschieden, nur besser, weil niemand über sie klatschte. Leider war auf Willis Zahlungsfähigkeit nicht mehr Verlass als auf seine Treue. Und ihr Vater würde auch irgendwann die Früchte seiner Großzügigkeit sehen wollen, in Form eines neuen, wohlhabenden Ehemannes. Vicky seufzte. Ihr hübsches Spiegelbild machte ihr schlagartig deutlich weniger Freude – wie eine für den Verkauf auf dem Viehmarkt herausgeputzte Sau ...

»Du hast mich gebeten, dir bei der Auswahl des idealen Kleides zu helfen«, riss Bambi sie aus ihren Gedanken. »Und genau das tue ich gerade. Wenn wir uns beeilen, erwischen wir noch die um sechzehn Uhr.«

Sie schüttelte hilflos den Kopf, und Bambi begann ärgerlich, den Rhythmus des Cancan auf der Sohle seiner Leinenschuhe zu klopfen. »Warum nicht das blaue«, fragte sie schließlich zaghaft.

»Habe ich dir doch gerade gesagt, die Farbe betont deinen hübschen Teint und die Länge ist perfekt für deine Beine. Wenn du so mit dem Ebert dinierst, wird dieser Kerl dich heiraten wollen, und wenn er dich heiratet, dann wirst du am Ende noch Gattin dieses Sockenfabrikanten und das wäre nicht gut für dich. Deshalb habe ich für dich, wie versprochen das vollkommene Kleid gefunden. Ich habe das Kleid mit der hässlichsten Farbe aufgespürt und glücklicherweise hat es auch noch einen Schnitt, der gleichermaßen unvorteilhaft wie absonderlich ist. Es ist also wie geschaffen für den heutigen Anlass.« Er deutete nun ziemlich entschieden in Richtung der Umkleidekabinen. »Magst du dich nicht umziehen?«

»Bambi, ich will ihn ganz sicher nicht heiraten. Ich hab ja den Letzten noch nicht mal los. Ich will ihn fragen, ob er mir eine Stelle vermitteln kann. Er kennt doch so viele Leute.« Und in der Hoffnung, Bambi möge es Willi erzählen, ergänzte sie boshaft: »Und ich möchte einen schönen Abend habe. Herr Ebert soll ein ganz hervorragender Tänzer und eine sehr angenehme Gesellschaft sein.«

Leider schien der Bruder die letzten Sätze überhört zu haben, stattdessen sagte er: »Ich finde wirklich, du solltest einen Buchladen aufmachen. Willi findet das übrigens auch.«

»Lass bitte Willi aus dem Spiel«, fauchte sie. »Ich werde das blaue nehmen.«

»Willi meint, du traust dich nie eine Buchhandlung aufzumachen. Er meint, du hättest viel zu viel Angst, was die Leute denken, wenn du plötzlich einen Buchladen aufmachst. Gerade du, wo du nach zwei Jahren vom Lyzeum runter bist.«

»Die Meinung von Herrn Genzer ist mir herzlich egal«, bestimmte sie. Zur Verdeutlichung ihres Standpunktes zog sie noch schwungvoll den Samtvorhang der Umkleidekabine zu. Vor Wut bekam sie rote Flecken auf den Wangen. Wie sie es hasste, wenn Willi auch noch recht hatte. Es stimmte doch, sie hatte keine Ahnung von all diesen gescheiten Büchern von Zweig, Mann, Lagerlöff und wie die alle hießen, nur von Liebesromanen, von Liebesromanen verstand sie wirklich viel.

»Willi meint, er würde dir sofort diesen Wisch ausfüllen, dass er als dein dir vorstehender Ehegatte keine Einwände gegen eine Erwerbstätigkeit deinerseits hat«, tönte es indessen draußen weiter. »Und er kennt jemanden, der jemand kennt, der einen leer stehenden Laden zu vermieten hätte. Nicht teuer und sehr günstig gelegen. Wir könnten auf dem Heimweg ja eine Haltestelle früher aussteigen und mal reinspicken.«

»Ich sehe nicht, was das bringen soll. Ich will keinen Buchladen aufmachen.« Das stimmte nun wirklich nicht, das wollte sie wohl. Mit jeder Faser ihres Seins wollte sie es, aber das letzte, das sie so verzweifelt gewollt hatte, war eine Ehe mit Wilhelm Genzer gewesen. Man sah, wo's hinführte. »Außerdem geht es auch gar nicht. Ich hab niemand für die Kinder, und im Frühling kommt schon das nächste.«

»Erstens hast du mich und zweitens hast du die doch bisher auch einfach mitgenommen – und so eine Metzgerei ist viel gefährlicher als ein Buchladen. Obwohl es beispielsweise Selma Lagerlöfs *Jans Heimweh* an Gewicht und Durchschlagskraft problemlos mit jeder Rinderhälfte aufnimmt, ist es doch eher unwahrscheinlich, dass man davon erschlagen wird. Natürlich gebe ich dir recht, ein Satz von Stefan Zweig übertrifft jedes Schlachtermesser an Schärfe, aber vielleicht kannst du Zweig ja wegschließen?«

Vicky überlegte – sie hing sehr an ihren Kindern und machte sich des Öfteren Vorwürfe, ihnen nicht mehr Zeit widmen zu können. Daran ließ sich nichts ändern, sie musste ja wirklich arbeiten, aber eine Buchhandlung war sicher ein angenehmeres Umfeld als eine Metzgerei. Um Zeit zu gewinnen, sagte sie: »Ich mag Zweig eh nicht besonders. Willi hat mir mal den *Brief einer Unbekannten* geschenkt, das war ein ärgerliches Buch. Warum soll ich was lesen, das mich nur bedrückt? Ich hab doch schon genug Sorgen.«

»Na, dann verkaufst du eben keinen Zweig. Wer Zweig will, soll nach Schöneberg fahren und zu Lachmann gehen. Und wegen des anstehenden Babys meint Willi, der Laden, der da leer steht, der läge so geschickt, da könnte ich dir das Kleine ohne Probleme alle paar Stunden zum Stillen bringen. Und bevor du weiter argumentierst, Lisbeth würde dir mit der Buchhaltung helfen. Ich hab sie schon gefragt. Sie meint übrigens, dass du es ganz bestimmt machst. Sie meinte, es wäre wie damals, als du Willi schreiben solltest, dass Konrad unterwegs ist.« Vicky starrte ärgerlich ihr noch immer etwas ungewohntes Spiegelbild an. Eine peroxidblonde Locke fiel ihr unordentlich ins Gesicht, sie klemmte sich die Strähne mit einer entschiedenen Bewegung hinters Ohr. »Wie oft denn noch, ich werde keinen Buchladen aufmachen. Ich weiß gar nicht wovon.«

»Von dem Fleisch, das dein Vater Willi gegeben hat, damit er schnell verschwindet. Er hat's an irgend so einen Ringevereinsboss verkauft und das Geld, das gehört ja wohl zur Hälfte dir. Ich denke nicht, dass Willi es komplett für sich will.«

»Und ich denke, dass der das Geld schon längst verjubelt hat. Ich kenn ihn doch«, stellte Vicky fest, nahm sich aber vor, Willi bei der nächsten Gelegenheit danach zu fragen. Wie viel mochte es sein? Ob es für die Ausstattung einer Buchhandlung reichte? Es musste ja nicht alles vom Feinsten sein? Am Ende würde sie ihre Kinder doch noch ganz allein versorgen können? Sie, als Frau, der Ernährer ihrer Kinder?

Und dann? Dann würde ihr kein Mann der Welt mehr reinreden und Vorschriften machen. Dann sollte noch mal einer versuchen, sie zu betrügen oder anderweitig zu demütigen. Vor Aufregung wurde ihr ganz heiß und ablenkend fragte sie: »Wann hast du eigentlich Lisbeth getroffen? Ich meine, wann habt ihr das mit der Buchhaltung besprochen? Trefft ihr euch jetzt hinter meinem Rücken? Verliebt?«

»Ich treffe mich nicht hinter deinem Rücken und außerdem bin ich ein erwachsener Mensch. Als solcher darf ich tun, wonach mir gerade der Sinn steht – solltest du auch mal probieren.«

»Das werde ich. Heute Abend gleich. Ach, jetzt wo ich das Kleid habe, freu ich mich richtig auf das Essen. Und auf Herrn Ebert.« Sie konnte sich nicht erinnern, ihren Bruder jemals derart dreist angelogen zu haben, aber sie hoffte inständig, er möge ihre Lüge wortwörtlich so an Willi weitergeben. Und wie beiläufig fragte sie:

»Was macht Herr Genzer eigentlich? Boxt er wieder? Oder schiebt er? Er hat plötzlich so viel Zeit nach den Kindern zu sehen.«

»Ich dachte, Herr Genzer interessiert dich nicht.«

»Tut er auch nur insoweit, dass ich möchte, dass es ihm gut geht.« Also diese Lüge war, wenn möglich, sogar noch dreister. Mit unschuldsvoll aufgerissenen Augen flötete sie: »Nur weil wir getrennte Leben führen, wünsche ich ihm ja noch lange nichts Schlechtes. Wie geht es denn seiner Christine? Ich habe gehört, die Schwangerschaft sei etwas problematisch?«

Das kam davon. Willi hatte mal erzählt, dass sie älter war als er und Willi war im Juni dreißig geworden. In so einem Alter bekam man eben keine Kinder mehr, da fing man langsam an, sich auf die Enkel zu freuen.

Von draußen kam jetzt gar nichts mehr. Vicky hängte das blaue Kleid auf seinen rosa gefütterten Bügel, fuhr sich einen kurzen vergnügten Moment über den noch kaum sichtbaren Bauch, schlüpfte dann in den neuen Strickpullover, den gleichfalls neuen, englisch anmutenden Tweedrock und richtete sich die Strumpfnaht. Sie warf sich einen zufriedenen Blick im Spiegel zu, Wilhelm Genzer war ein Volltrottel, sie für diese Christine zu verlassen. Das würde der schon auch noch merken, nur dann war es zu spät – Pech gehabt, Willi.

Unter Bambis anklagendem Blick schlüpfte sie in einen aus einer Unzahl toter Kaninchen bestehenden Mantel und schritt zur Kasse. »Ich nehme beide.« Ihr Ton dudelte keinen Widerspruch.

Der Abend begann vielversprechend. Mit Sturm und Eisregen, beides passte Vicky wunderbar in den Kram. Aus dem Fenster hatte sie nämlich gesehen, dass Willi in seiner Lederjacke frierend und schirmlos an der Ecke zur Praxis des Doktor Levi stand. Ganz offensichtlich wartete er den Moment ab, an dem sie ging und er ohne Begegnung, und nach Möglichkeit von den Schwiegereltern unbemerkt, in seine einstige Wohnung kommen konnte. Konrad, Linchen und Bambi hatten ihm zu Ehren ein Abendessen gezaubert, einen etwas seltsam riechenden, doch garantiert tierfreien Kohlsalat sowie einen Apfelkuchen ohne Butter, Milch und Ei, aber einer zusätzlichen Lage Birnenkompott – *der Papa isst doch so gern Birnen* hatte Linchen die Mutter belehrt. Vicky, die sich gerade am Küchentisch zwischen Kohlblättern und Mehlstaub zu schminken versucht hatte, drückte vor Zorn den Rougepinsel zu fest auf und musste ihre Malerarbeiten noch einmal von vorne anfangen.

Das war doch der Frechheit Gipfelpunkt – der Kerl verschwand zu irgendeinem dahergelaufenen Weibsbild, und statt dass die Kinder ihm das nachtrugen, wurde er hier kulinarisch verwöhnt und bekam noch Birne extra, der arme hungrige Mann. Sollte seine großartige Christine ihm doch Birnen einmachen.

Jetzt ließ sich Vicky mit dem Schminken extra Zeit, las zwischendrin immer mal wieder eine Seite in Courths-Mahlers *Ich lass dich nicht*. Sollte der ruhig schön durchweichen – bei den Temperaturen, vielleicht gab's eine Lungenentzündung? Als Witwe bekam man Mitleid von den Nachbarn und Unterstützung vom Staat, außerdem hatte die Kirche nichts gegen arme unglückliche Witwen und gegen Geschiedene schon. Wobei ihr wieder einfiel, dass Willi seit der Ohrfeige weder Papiere herbeigeschafft noch sonst etwas unternommen hatte. Einerseits war ihr das sehr recht, anderseits hätte sie ihn gerne daran erinnert, einfach nur, damit er merkte, wie abgeschlossen sie mit ihm und ihrer Ehe hatte.

Als Konrad ankam und aufgeregt verkündete, unten stünde ein Horch, blieb sie etwas am Küchentisch sitzen, las ohne Eile die Seite runter und kontrollierte ein letztes Mal sorgsam den Lack ihrer feuerroten Nägel.

»Wie seh ich aus?«, fragte sie schließlich und drehte sich in dem blauen Kleid um die eigene Achse. »Mama schön!«, kommentierte Rudi anerkennend und auch Bambi nickte, blieb jedoch stumm. Der war angesäuert, dass sie sich geweigert hatte eine Haltestelle früher aus der Elektrischen zu steigen, nur um diesen leerstehenden Laden durchs Schaufenster zu besichtigen. Es war nicht so, dass es sie nicht interessierte, im Gegenteil, sie platzte fast vor Neugier – nur wollte sie lieber allein, ohne den Bruder, in aller Ruhe hineinspicken und ihren Träumen nachhängen. Der Wunsch war zu groß, sie wusste nicht, ob sie es wirklich wagen sollte. Oder auch nur wagen konnte, es gab so viel, das dagegen sprach, so viel Ungewisses, so viel, das ihr Angst machte. Im Grunde war es nichts als ein Traum.

Der alberne Traum einer Schülerin, die jeden Tag auf dem Weg zum Lyzeum an einer Buchhandlung vorbeimusste, dabei im Gehen manchmal mit der Fingerspitze ganz sacht über das Glas des Schaufensters fuhr. Glatt und kühl wie Eis und dahinter eine fremde, ihr besser erscheinende Welt. Eine Welt voller Abenteuer, Leidenschaften und Gelehrsamkeit, so anders als der nach Blut, Fleisch und Geld stinkende Alltag. Nicht ein einziges Mal hatte sie sich in den Laden getraut und dann war der Besitzer eingezogen, das Geschäft geschlossen worden. Jetzt wurden in den Räumlichkeiten Haushaltswaren feilgeboten.

Bambi begleitete sie noch zur Wohnungstür, half ihr mit spitzen Fingern in das von Mutter geliehene Chinchila-Cape: »Ich wünsch dir alles Glück der Erde«, flüsterte er und plötzlich schlang er seine mageren Arme um sie, presste sie an sich: »Vic, mein Mädchen. Du kannst das mit dem Buchladen, du musst dich nur trauen. Ach, Vic, wenn du nur wüsstest, wie viel mehr du wert bist. Trau dich einfach.«

Sie lächelte und machte sich los. Sie wusste schon ziemlich genau, was sie wert war. Eine schwangere Frau mit Volksschulabschluss und keinerlei Ahnung von Literatur, niemals würde das gehen. Sie würde sich zum Gespött von ganz Charlottenburg machen. Sie konnte sich den Klatsch sehr gut vorstellen, ungefähr so wie damals, als sie ihre allgemein mit neidischem Wohlwollen betrachtete Verlobung hatte platzen lassen, um einen kaum großjährigen Vomag und Fürsorgestudenten zu heiraten. Mit diesem schmerzhaft nagenden Wissen war sie auf den ungewohnt hohen Absätzen etwas schwankend die Treppe hinunter gestiegen, und weil es immer noch schlimmer werden kann, war sie geradewegs in Willi gelaufen. Offensichtlich war es ihm draußen doch zu nass gewesen, tropfend stand er halbverborgen zwischen dem Regal mit den Gummigaloschen und einem trocknenden Schinken. Er sah sehr feucht und auch ansonsten ziemlich übernächtigt aus, vor allem aber trug er Vollbart – bei Willi immer ein eindeutiges Anzeichen dafür, dass ihm Kraft und Zeit für die notwendigen zwei Rasuren täglich fehlte. Aber bevor ihr dummes weiches Herz noch Mitleid hätte empfinden können, hob er spöttisch die rechte Augenbraue und kommentierte: »Oh la la, très chic! Madame sind also auf Gattenjagd! Na, dann Halali.«

Er ließ ihr keine Zeit für eine Erwiderung, sondern griff nach einer gleichfalls ziemlich nass aussehenden Kiste, drückte sich rasch an Vicky vorbei und verschwand die Treppe hinauf. Ganz offensichtlich hatte der Wunsch, sie zu ärgern, über den Wunsch, nicht von den Schwiegereltern bemerkt zu werden, triumphiert, denn er sang gut vernehmbar: »Mädchen von leichtem Blut, küssen so heiß und so gut, für eine Strumpffabrik und ein Franc ...«

Wütend starrte Vicky ihm hinterher. Und das plötzlich aufbrandende Jubelgebrüll, ob der Heimkehr des ach so Vermissten, trug wenig dazu bei, ihre Stimmung zu bessern. Natürlich, wenn Willi mal gnädig Zeit fand, nach seinen Erzeugnissen zu sehen, war das ein Grund für Indianergeheul und Kuchen mit extra Birne. Warum waren eigentlich immer alle auf Willis Seite? Sogar Lisbeth!

Beispielsweise diesen Sommer, als diese Geschichte mit der Nachtclubsängerin rauskam, da hatte Lisbeth bei aller Wut und Empörung über sein Verhalten doch tatsächlich gesagt, ein betrunkener Ausrutscher könne jedem passieren. *Wenn ich denke, neben wem ich schon alles mit Kater aufgewacht bin*, hatte Lisbeth kopfschüttelnd gegrinst und dann sogar noch vorgeschlagen, Vicky solle großzügig drüber wegsehen. Schließlich lebe man in den Zwanzigern. *Es geht ihm doch eh schon schlecht genug deswegen und einmal ist keinmal.* Aber genau das bezweifelte Vicky – einmal war es durch Zufall, durch eine wütende Bemerkung Willis aufgeflogen, wie oft war er ungeschoren davongekommen? Wenn Willi ihr im Zorn nicht die ganze Geschichte an den Kopf geworfen hätte, sie hätte es nie erfahren.

Es war der Tag gewesen, an dem sie gemerkt hatte, dass sie schon wieder schwanger war. Weinend hatte sie auf der Toilette gesessen, das strahlend reine Monatshöschen angestarrt und gewusst, dass sie das Kind nicht wollte. Sie und Willi hatten gerade erst angefangen, wieder besser miteinanderauszukommen. Wölfchen und Rudi waren doch noch so klein, sie war erschöpft, sie konnte nicht mehr. Sie war so verzweifelt gewesen, noch einmal die Qualen einer Entbindung, noch einmal die schlaflosen Nächte, die schmerzenden Brüste, noch weniger Geld und noch weniger Platz.

Und gleichzeitig hatte sie gewusst, dass ihr dieser Wunsch rein gar nichts nützte. Die Kirche verteufelte Abtreibung, und der Staat verbat sie. Lisbeth war einmal zu einem Hinterhofpfuscher gegangen, das hatte schon geklappt, das Kind war weg, aber seitdem verging für die Freundin kein Tag ohne Unterleibsschmerzen. Das wollte Vicky auch nicht.

Als Willi schließlich kam, noch dümmlich witzelnd fragte, ob sie ins Klo gefallen sei, da hatte sie ihn angeschrien.

Das war falsch gewesen, er konnte ja genauso viel oder wenig dafür wie sie. Hätte sie darüber nachgedacht, hätte sie tief in ihrem Inneren auch die Gewissheit gespürt, dass es irgendwie schon gehen würde, ja, sie sich eines Tages sogar auf das Baby freuen, es abgöttisch lieben würde, aber in diesem Moment war sie nur wütend und verzweifelt gewesen. Und die Wut hatte sie an Willi ausgelassen, und irgendwann hatte Willi mitten in ihre zornigen Vorwürfe hinein gesagt: *Weißt du eigentlich, dass ich dich letzten Herbst betrogen habe. Nein? Na, dann weißt du es jetzt.*

»Frau Genzer?«, erkundigte sich der Chauffeur und riss sie aus ihren Gedanke. Erst jetzt merkte Vicky, dass der arme Kerl bestimmt schon eine volle Minute neben der geöffneten Wagentür stand und einen Schirm bereithielt, damit sie zumindest trockenen Hutes, wenn auch nicht Fußes vom Hauseingang zum Auto schreiten konnte. Hoffentlich sah Willi das, der mit seinen bestenfalls über ihren Kopf gehaltenen Jacken!

Sie huschte hastig Entschuldigungen stammelnd unter seinen Schutz.

»Ah, Gusta, wie schön!«, begrüßte Herr Ebert sie und einen peinlichen Moment lang herrschte Schweigen – sie hatte keine Ahnung, wie dieser Mensch mit Vornamen hieß. Wenn sie es je gewusst hatte, war es ihr im Laufe der Jahre entfallen.

»Vielen Dank für die Einladung«, improvisierte sie – war sie mit dem per Du, weil sie ja mal verlobt gewesen waren und er sie dutzte? Oder dutzte er sie nur, weil er sie noch als Kind kannte und sie hatte ihn gefälligst zu siezen? Irgendwo hatte sie mal gelesen, dass sich elegante Ehepaare gegenseitig mit Vornamen und Sie ansprachen? Machten die feinen Leute das so? Eigentlich konnte sie sich das kaum vorstellen, Willis Bruder nannte seinen adligen Filmstar beim Sonntagsbratenessen zumindest immer *Kleines* oder auch mal *Putz*.

»Fahr uns jetzt ins *Rupinski*«, kommandierte Ebert indessen dem gerade wieder einsteigenden Chauffeur und an Vicky gewand: »Du wirst es dort lieben. Das Essen ist köstlich.«

»Ich weiß!«, entgegnete sie kühl. Der sollte sich bloß nichts einbilden – außerdem war sie tatsächlich schon einmal dort gewesen: zu ihrem 21. Geburtstag hatte Willi ihr eine Übernachtung mit Dinner geschenkt. Also eigentlich hatte irgendeiner von den Ringervereinsgroßen ihm das Arrangement samt Edelhure als Gratifikation für einen Boxsieg zukommen lassen, aber Willi hatte gemeint, er bräuchte nur Zimmer und Essen, die Dame brächte er selbst mit.

In den frühen Morgenstunden hatten sie nackt auf dem riesigen, riesigen Bett mit seinen blendend weißen Leintüchern gelegen, eng ineinander verknotet, und Willi hatte ihnen mit dem Taschenmesser Äpfel geschält. Vom Gang war das Grölen betrunkener Kriegsgewinnler zu ihnen gedrungen, der frische Geruch des Obstes hatte sich mit dem medizinischen Gummigestank der Fromms gemischt, und Willi hatte ihr vom Studium erzählt, wie schön es sei, jetzt wieder im Hörsaal zu sitzen, endlich, nach dem Krieg und den darauf folgenden wirtschaftlichen Nöten. Wie dankbar er ihrem Vater für die finanzielle Hilfe und die Wohnung war.

Sie hatte ihm gar nicht richtig zugehört, nur dem Auf- und Abschwellen seiner Stimme gelauscht und dabei hatte sie ganz langsam ihren sauren Apfelschnitz gekaut; sich überlegt, dass sie Willi bitten würde, ihr einen Geschirrschrank für den Flur zu tischlern. Einen schönen, stabilen Schrank, groß genug für das komplette Geschirr ihrer nach Beendigung des Studiums sicher noch wachsenden Familie. *Machst du mir ein Vertiko?* hatte sie ihn gefragt und Willi hatte einen Moment überrascht geschwiegen, er war wohl immer noch bei seinem Studium gewesen, aber dann hatte er lachend erklärt: *Zuckerkind, du kennst mich doch. Dir mach ich alles.*

Glück, so vollkommen, so zerbrechlich, man musste den Blick davor senken.

»Das letzte Mal hat es mir im *Rupinski* sehr geschmeckt, aber später hat sich herausgestellt, dass etwas nicht gut war. Ich habe mir gehörig den Magen verdorben«, stellte sie fest, und Ebert sah sie einen Augenblick verdutzt an. Man musste ihm lassen, so im Dämmerlicht der vorbeiziehenden Laternen war er eine durchaus nicht unattraktive Erscheinung. Mit siebzehn achtete man auf die vollkommen falschen Attribute, dicke Arme und braune Augen machten nicht satt – und glücklich übrigens auch nicht. Ha, sie konnte es gar nicht erwarten, die Erkenntnis Willi mitzuteilen.

»Wie geht es deinem Herrn Bruder Bernhard? Dein Vater hat erzählt, dass du ihn aufgenommen hast und pflegst.«

»Na ja, pflegen trifft es vielleicht nicht ganz ...«, entgegnete sie zögerlich. Wenn man davon absah, dass Bambi manchmal einige Sekunden ins Leere starrte und sich weigerte, etwas anderes als Obst und Gemüse zu essen, war er ihr mehr Hilfe als Last. Zum Beispiel hatte er eigentlich die komplette Haushaltsführung übernommen, wobei es ihm scheinbar problemlos gelang, mit dem zur Verfügung stehenden Geld auszukommen, obwohl er Unsummen für Seife, Sand und Soda ausgab. Vicky konnte sich nicht daran erinnern, seit ihren Kindertagen jemals in einer derart sauberen Wohnung gelebt zu haben, ein völlig neuer Geruch nach Sagrotan, Putzessig und Persil erfüllte die winzigen Zimmer. Kochen tat er obendrein – auf Grund seiner begrenzten Zutaten sicher ein wenig gewöhnungsbedürftig, aber für einen Mann nicht schlecht. Sie wusste schon gar nicht mehr, wie es ohne ihn gewesen war. »Es stimmt schon, er wohnt jetzt bei uns. Zumindest vorläufig, er muss erst langsam wieder ankommen. Und dann werden wir weitersehen.«

»Was hat er denn vor dem Krieg gemacht?«

»Er musste sich in der Prima freiwillig melden. Er war erst siebzehn, aber unser Vater ertrug keinen Feigling als Sohn.« Schriftsteller hatte er werden wollen oder Gärtner oder Förster oder Veterinär: »Er kann gut mit Pflanzen. Und mit Tieren.«

»Ah, dann wird er auch Schlachter?«

Vicky lachte sehr herzlich, zumindest bis sie merkte, dass Herr Ebert gar keinen Witz gemacht hatte. Und da dachte sie plötzlich, dass das gelbe Kleid vermutlich doch die bessere Wahl gewesen wäre.

Ohne jeden Anflug von Zynismus hatte Lisbeth einmal erzählt, Männer unterhielten sich nie so angeregt mit ihr, wie wenn sie einfach interessiert lächelnd schwieg, vielleicht noch manchmal kleine Laute der Bewunderung von sich gab. Dieses Gesprächskonzept übernahm Vicky nun erfolgreich und so gelangten sie ohne weitere Pannen durch die stuckgoldene Eingangshalle des *Rupinskis*, vorbei an dem schon stark nach Tannengrün duftenden hoteleigenen Blumenladen bis zu einer der elegantesten Adressen der Stadt, dem *Türkisen Salon* – so genannt wegen seiner komplett in Weiß, Schwarz und eben Türkis gehaltenen Fin-de-Siècle-Prächtigkeit. Heinrich Vogeler selbst, der König des Art déco, hatte die Stuckdecke und das damit korrespondiere Vorhangmuster entworfen. Ja, sogar die verspielte Form des Tafelsilbers war seinem genialen, unerschöpflichen Geist entsprungen.

Weniger genial, doch nicht minder unerschöpflich schien Eberts Wissen zu allem und jedem, aber da er sie in seiner plappernden Freude an Konrad erinnerte, wenn er beispielsweise die Nachbarländer Deutschlands herunterbetete, kostete sie der hingerissene Gesichtsausdruck recht wenig Mühe. Ganz nach Lisbeths Vorbild hörte sie nur mit halbem Ohr zu und beschäftigte sich ansonsten damit, die feine Gesellschaft zu bestaunen.

Wohlerzogenes Lachen, heiseres Geplauder, ein flüsterndes Orchester, sie spielten zusammen die ewige Melodie vom Besitz. Wie unverletzlich schön man hier war, schön wie in einem Roman – hier würden Tränen niemals Schlieren ins Wangenpuder ziehen, niemals Seidenstrümpfe reißen und keiner machte sich je Sorgen über Geld. Goldene Armreifen trug man bis zur Ellenbeuge, Perlen bis zum Nabel. Im tausendfach gebrochenen Licht des Kronleuchters wetteiferte Paillettenglanz mit Tafelsilber und spiegelndem Pomadenhaar. Ein Freitagabend im *Türkisen Salon*.

Während Vicky noch staunte, geleitete sie ein Kellner zu ihrem Tisch. Es war, wie Ebert und Kellner sich gegenseitig versicherten, ein sehr guter Tisch, nicht zu nah am Orchester, nicht zu nah am Eingang und dafür sehr nah an dem prächtigen, schon fast weihnachtlich anmutenden Amaryllisgesteck in der stuckgoldverzierten Bodenvase.

»Sie haben Glück«, flüsterte der Kellner vertraulich. »Sie haben direkten Blick auf unseren besten Tisch – dort beehrt uns heute ein seltener Gast. Ein besonderer Liebling der Damen.«

Vicky zog scharf die Luft ein. Ihr hatte ein Blick auf diesen blendend weißen Kragen, diesen blonden Nacken gereicht, auch wenn der Besitzer des Nackens heute deutlich weniger gelangweilt am Tisch lümmelte, als er es an Vickys Sonntagstafel zu tun pflegte. Einen kurzen Moment lang hoffte sie, Carl von Bäumer würde sie nicht bemerken, immerhin saß er mit dem Rücken zu ihr, doch dann sah sie, mit wem der Liebhaber ihres Schwagers heute zu speisen beabsichtigte.

Mit ihrem Schwager nämlich.

Und der hob soeben seinen Kopf aus der Speisekarte und sah direkt in ihre Richtung. Ein überraschter, nicht unbedingt erfreuter Ausdruck breitete sich auf seinen Sommersprossen aus.

»Kennst du den Herren persönlich?«, fragte Ebert, denn nun drehte sich natürlich auch der magere Liebhaber um und glotzte gleichfalls aus seinen übertrieben blauen Augen – ziemlich dümmlich, wie Vicky fand.

»Jeder kennt doch Herrn von Bäumer«, entgegnete sie zuckrig und hoffte, damit sei die Sache geregelt. Vermutlich wäre sie es auch gewesen, doch der dritte Herr, der zwischen ihrem Schwager und seinem Liebhaber saß, erhob sich nun lächelnd. »Jakob, du hier? Was für eine Freude.« Jakob! Genau, das war Eberts Vorname. »Und wer ist dieses reizende Fräulein?«

»Das ist die Frau von Pauls Bruder«, wusste Carl von Bäumer beizutragen und fügte entgegen seiner an der Sonntagstafel schon legendären Schweigsamkeit abfällig hinzu: »Sie arbeitet in einer Metzgerei.«

»Wie aufregend! Dann sind wir gewissermaßen Kollegen. Ich habe auch viel mit Toten zu tun, ich schreibe Kriminalromane.« Er machte eine kleine elegante Verbeugung, bei der Vicky seinen schnurgerade ins goldblonde Haar gezogenen Scheitel bestaunen konnte. »Nicki Wassermann, hocherfreut.«

Vor Schreck verschlug es ihr einen Moment den Atem. Aber sie beruhigte sich schnell, er würde sie kaum mit ihrem Bruder Peter in Verbindung bringen, wie denn auch? Sie hatten sich nie sehr geähnelt, und Wassermann würde ja kaum Nachforschungen zu ihrem Mädchennamen anstellen?

»Herr Wassermann schreibt auch Werbetexte, daher kennen wir uns«, erklärte Ebert etwas steif. Er schien nicht besonders erfreut über die Begegnung, was aber vermutlich mehr an Willis Bruder als an dem freundlichen Herrn Wassermann zu liegen schien. Soeben ergänzte der lächelnd:

»*Der gut gekleidete Herr verlässt das Haus nicht ohne! Eberts feinste Herrenstrümpfe.*«

»Nicki, ich möchte jetzt bestellen. Ich sterbe Hungers«, quengelte der Liebhaber ihres Schwagers plötzlich und vollbrachte dabei das Kunststück, seiner berühmten, ewigen Schmollschnute noch ein extra Quäntchen Unzufriedenheit hinzuzufügen.

Als es zwischen Willi und Vicky noch besser gelaufen war, hatten sie sich manchmal überlegt, was das Bübchen bloß im Bett können musste, damit Paul dieses Theater nun schon seit Jahren ertrug. Heute allerdings war sie ihm für seine Launen fast dankbar – zumindest bewegte sein nöliges Desinteresse Wassermann dazu, ihnen nur noch hastig »Einen wunderschönen Abend« zu wünschen und sich dann wieder an seinen Platz zu setzen. Paul wiederum beließ es bei einem freundlich neutralen Lächeln.

»Ich wusste gar nicht, dass Herr Genzer einen Bruder hat«, bemerkte Ebert, nachdem er Vicky unter den strengen Augen des Kellners den Stuhl zurechtgerückt hatte.

»Doch«, entgegnete sie ziemlich sinnlos. Sie fragte sich wirklich, ob dieses Treffen ein Zufall war – natürlich, rein theoretisch konnte so was schon passieren, Berlin war ein

Dorf, andererseits führte ihr Schwager seinen Liebhaber so gut wie nie aus, angeblich aus Angst vor dem Unzuchtparagraphen. Vicky jedoch unterstellte ihm vor allem Knickrigkeit. Aber wenn es kein Zufall war, was sollte das Ganze dann? Wenn es Willi interessiert hätte, was zwischen ihr und Ebert lief, hätte er nicht einfach Bambi gefragt? Oder wenn es um eine unauffällige Beobachtung ging, dann hätte ihr Schwager sich doch bestimmt nicht so offensichtlich platziert? Paul war Kommissar, der musste so was können.

»Wie geht es ihm denn, dem Herrn Wilhelm Genzer?«, erkundigte sich ihr Gegenüber inzwischen. »Dein Herr Vater hat erzählt, er habe sein Studium abgebrochen?«

»Nein, er pausiert nur. Es ist aktuell leider finanziell nicht anders möglich.« Sie war sich unsicher, ob sie log, aber das war die offizielle Version. »Nach der Geschichte mit meinem Bruder Peter, war es meinem Vater unmöglich, uns weiterhin das Geld für das Studium zu leihen.«

»Das Ganze ist eine Tragödie, dass es soweit kommen musste ...« Ebert nickte einige Male nachdenklich, dann fragte er unvermittelt: »Möchtest du überhaupt etwas essen? Oder nur ein Getränk? Oder nur eine Nachspeise? Du hast mir als Kind einmal erzählt, wenn du groß bist, würdest du nur noch Desserts essen?«

»Habe ich das wirklich gesagt?« Sie schüttelte überrascht den Kopf. »Da kann ich mich nicht daran erinnern.«

»Das wundert mich kein bisschen. Du warst bestimmt maximal fünf. Als mein Vater noch Metzgermeister war, hat er deinen oft zum Kartenspielen besucht. Manchmal hat er mich mitgenommen, ich war oft ein bisschen neidisch auf deine Geschwister und dich. Bei euch war es immer lustig. Deine Mama, so hübsch, so fröhlich, ständig am Kochen und Singen. Und dann du und deine Brüder, ihr wart so ein aufeinander eingeschworener Haufen. Ich war Einzelkind und Halbwaise. Später hat mein Vater ja diese Strumpffabrik geheiratet, da bin ich dann nach Hamburg zum Studieren. Und noch später nach London, bloß möglichst weit weg. Meine Stiefmutter ist ein ziemlich abscheuliches Weib. Oder wie du früher gesagte hättest: *Sie ist katastrofürchterlich.*« Er lachte und zum ersten Mal fielen Vicky seine Grübchen auf. Eigentlich ganz sympathisch.

»Ich kann mich leider gar nicht mehr dran erinnern«, gestand Vicky. »Vor dem Krieg haben wir viele Gäste gehabt. Meine Mutter ist nie recht über Ottos Tod weggekommen, danach war sie nie wieder dieselbe. Sie hat nie wieder gesungen.«

Vicky wusste selbst nicht recht warum, aber Jakob sah sie so interessiert und vertrauensvoll an, dass sie leise weitersprach: »Ich glaube, sie nimmt es Bambi übel, dass er lebt und Otto nicht. Und Peter hat sie es auch schon übel genommen.«

»Ja, Otto war immer ihr Liebling. Vielleicht, weil er der Älteste war?«

Vicky nickte vage. Sie hatte sich im Lauf der Jahre ihre eigene Theorie zu ihrer Mutter und Otto zusammengereimt. Otto, das Sechsmonatskind, Otto, der dem Bruder ihres Vaters so sehr glich, dem älteren, bei Ottos Geburt schon Jahre verheirateten Bruder.

»Vielleicht auch, weil er ihr so ähnlich sah?«, mutmaßte Jakob nachdenklich und schloss die Karte. Da bemerkte Vicky, dass seine Hände denen ihres Bruders Bambi glichen.

Dieselben schmalen Finger, dieselben muschelrosa Nägel und plötzlich überkam sie Erleichterung, dass er den Krieg auf dem Feldpostamt hatte verbringen dürfen. Solche Hände taugten wirklich nicht zum Soldatenhandwerk.

»Also einmal den Dessertwagen für dich?«, riss er sie aus ihren Gedanken. »Und zum Trinken ein Sodawasser? Du bist in anderen Umständen, nicht wahr?«

Sie nickte und bat: »Erzähl mir mehr von deinen Besuchen damals. Woran erinnerst du dich noch?«

»Einmal hab ich dich überrascht, wie du Peter mit zum Angriff hoch erhobener Flöte über den Hof gejagt hast, barfuß und mit wild gerafften Röcken. Und ein andermal, da hast du dich vor deiner Frau Mama in einem leeren Salzfass versteckt.«

»Oh, daran erinnere ich mich noch. Das war lieb, dass Sie mich damals nicht verpfiffen haben. Ich hatte keine Ahnung mehr, dass Sie das waren.« Vicky lächelte, und dann holte sie tief Luft. Natürlich hatte sie die ganze Zeit gewusst, warum sie so vor diesem Treffen zurückgescheut, den Termin zweimal verschoben hatte. Nicht, weil Jakob ein so unangenehmer Mensch war und auch nicht, weil sie sich erst überlegen musste, ob sie ihm nicht doch schöne Augen machen sollte. Sie hatte einfach ein topschlechtes Gewissen.

Sie hatte ihm ja nicht mal geschrieben und sich irgendwie erklärt. Sie hatte Willis Telegramm, sein knappes *Heiraten* STOPP *Brief folgt* STOPP, schon erhalten, hatte die Eltern schon in Kenntnis gesetzt, war vom erbosten Vater schon in den Eiskeller gesperrt worden, *Flittchen, Mit einem Bastard von einem Wohlfahrtstudenten schwanger,* und noch immer hatte sie nicht den Mut gefunden, Jakob zu schreiben. Lisbeth hatte es schließlich getan. Und mit vor Scham zusammengekrampftem Magen sagte sie: »Es tut mir sehr leid, was damals passiert ist.«

»Du warst siebzehn. Nur Idioten verlieben sich ernsthaft in siebzehnjährige Mädchen. Selber schuld.« Er zuckte die Schultern und ließ sein Grübchen aufblitzen. »Außerdem kann ich dich ganz gut verstehen. Herr Genzer hat mich einmal besucht, weißt du das überhaupt?« Und da sie nur den Kopf schüttelte, fuhr Ebert einfach fort: »Es ist schon über sechs Jahre her, es war kurz nach den Märzkämpfen, da ist er zu mir in die Metzgerei gekommen, hat um ein Gespräch gebeten und dann hat er sich bei mir entschuldigt. Er meinte, es sei nicht seine Art, anderen die Verlobte auszuspannen und er habe ein sehr schlechtes Gewissen deshalb. Ich war ziemlich überrascht und natürlich auch noch immer verletzt, ich habe irgendetwas Wütendes erwidert, da hat er nur genickt und erklärt, dass es ihm wirklich leid täte, aber er hätte dich gesehen und gewusst: *Die ist es.*«

»Das hat er mir nie erzählt, aber es klingt nach ihm.« Sie sah ihn richtig vor sich, in seiner notdürftig zum Zivilanzug umgearbeiteten Uniform, die er damals immer getragen hatte, die Hände mit den vom Boxtraining ewig zerschundenen Knöcheln in den Taschen, aber der Blick entschlossen und fest. Es hatte Zeiten gegeben, da hatte Willi zu wissen geglaubt, was richtig war. Und das, das hatte er dann einfach getan.

»Er hat mich ziemlich beeindruckt. Und es hat mich sehr für dich gefreut. Ich hatte ihn mir bis dahin als schmierigen Gigolo vorgestellt.« Ebert grinste und Vicky nickte, sie konnte das gut nachvollziehen. »Es wäre trotzdem gelogen, wenn ich behaupten würde, es täte mir leid, dass es mit euch nicht geklappt hat. Warum eigentlich? Dein Herr Vater wollte es mir nicht recht sagen.«

»Er hat mich betrogen.« Das war zumindest der Hauptgrund. All das andere, wie seine Weigerung in der Metzgerei zu arbeiten, seine Unfähigkeit sich wenigstens eine ordentliche Stelle zu suchen oder auch die Tatsache, dass er sie jahrelang über den Zustand ihres Bruders in Unwissenheit gehalten hatte, all diese Punkte behielt sie für sich, ergänzte nur noch: »Außerdem hat er eine seiner Affären in andere Umstände gebracht.«

Ebert schwieg einen Moment, schien zu überlegen, sagte dann: »Das tut mir aufrichtig leid. Herr Genzer ist ein Idiot, da haben er und ich endlich mal was gemeinsam.«

Darauf wusste sie nicht sofort etwas zu erwidern und nachdenkend beobachtete sie den Liebhaber ihres Schwagers. Dem schien mal wieder irgendetwas ganz und gar nicht zu passen, zwar sah Vicky nur seinen schmalen Rücken, doch Paul hatte bereits seinen berühmten Jetztmachbittekeine Szene-Gesichtsausdruck, der sich gerade in den schon leicht panischen WirsindunterLeuten-Ausdruck wandelte. Auch Nicki Wassermann schien beunruhigt und winkte recht hektisch nach dem Ober. Vicky hätte zu gerne gewusst, was diesen verwöhnten Zuckerwattekopf aktuell wieder störte – vor allem, da es diesmal nicht an ihren Künsten als Gastgeberin liegen konnte.

»Ich glaube, Herr von Bäumer schmeckt es nicht«, fasste sie für Ebert zusammen, der mit dem Rücken zu den beiden saß. Die Erklärung war jedoch hinfällig, da der Schauspieler soeben aufstand und mit allen Anzeichen äußerster Selbstbeherrschung in ihre Richtung nickte.

»Auf Wiedersehen, Frau Genzer. Auf Wiedersehen, Herr

Ebert.« Er klang wie ein artiges Kind und dem überrascht herbeigeeilten Kellner erklärte er: »Bitte rufen Sie mir einen Wagen und stornieren Sie unsere Bestellung. Ich bekomme eine Migräne.«

Paul, dem die ganze Geschichte offensichtlich sehr peinlich war, lächelte gleichermaßen bemüht wie besorgt. »Du weißt ja, wie schrecklich seine Anfälle sind«, erklärte er Vicky, die wiederum ein lahmes »der Arme« zustande brachte. Inzwischen glotzte der komplette Speisesaal, mal mehr, mal weniger diskret. Selbst das Orchester schien plötzlich noch leiser zu spielen. Herr von Bäumer stand aufrecht und blass unter den fremden Blicken. Er kam Vicky plötzlich sehr jung vor, sehr jung und sehr einsam, trotz ihres Schwagers und Nicki Wassermann, die ihn nun hilfsbereit aus dem Saal begleiteten.

»Möchtest du nicht mitgehen?«, fragte Ebert plötzlich. »Ich glaube, er ist sehr unglücklich. Ich glaube, er wäre froh, nicht mit Herrn Genzers Bruder allein sein zu müssen.«

»Nein, wir kennen uns nicht besonders gut.« Sie schüttelte den Kopf und dann gleich noch einmal, weil sie Ebert niemals zugetraut hätte, so weit zu denken. Vielleicht war er gar keine jüngere Version ihres Vaters? Und in ihre Verblüffung hinein konstatierte er: »Ich glaube, er liebt Herrn Genzer mehr als Herr Genzer ihn. Das ist sicher nicht leicht zu ertragen, besonders, wenn man noch jung und so gutaussehend ist.«

»Ich glaube nicht, dass er ihn überhaupt liebt. Was für ein Gedanke! Die beiden sind doch nur Freunde. Rein platonisch«, beeilte sich Vicky zu erklären. Auf Homosexualität stand Zuchthaus, eine Aburteilung nach dem Unzuchtparagrafen zerstörte den Betroffenen jede weitere Karriere, von der sozialen Ausgrenzung ganz abgesehen. Selbst wenn sie Paul nicht mochte, das hätte er nicht verdient. Mit Unschuldsmiene log sie deshalb weiter: »Mein Schwager ist halb-halb mit seinem Tippfräulein verbandelt, eine komplizierte Geschichte. Sie ist Protestantin und er Katholik. Und Herr von Bäumer, ist der nicht mit dieser Blonden verlobt? Der mit den Top-Beinen?«

»Mit Elle Lack? Vielleicht – ich bin kein großer Leser der Klatschseiten, aber ich mochte seinen letzten Film«, nahm er den Faden wieder auf, nachdem Vicky und er sich Mozartbombe vom eingetroffenen Dessertwagen genommen hatten. »Hast du ihn schon gesehen? Die Brüder Karamasow? Ganz großartig, mal etwas anderes als sein übliches Zeug, das sind doch nur auf Leinwand gebannte Groschenheftchen, nichts als Opium für Dienstmädchen. Wie ein Mensch sich so was antun kann, ist mir ein Rätsel. Das verklebt einem doch das Hirn. Nichts als Sirup für den Geist.«

»Na ja, so ein Dienstmädchenleben ist vermutlich bitter. Vielleicht ist da hin und wieder ein bisschen was Süßes ganz nett? Nehmen wir doch die Köchin von Dr. Levi die Straße runter, nur als Beispiel. Sie ist Mitte vierzig, sie ist dick, sie hat Wasser in den Beinen und Gicht in den Fingern. Ihr Mann ist nicht aus dem Krieg zurückgekommen, Dr. Levi ist herrisch und seine Gemahlin noch schlimmer. Warum soll diese Frau ihre schwer verdienten Groschen für einen Roman von Döblin oder Tucholsky ausgeben, wenn die ihr nur in unverständlichem Deutsch erklären, wie schrecklich alles ist? Das weiß Dr. Levis Köchin auch ohne Hilfe, da muss sie nur die Augen für öffnen. Aber eine Courths-Mahler, die zeigt ihr, wie es sein könnte. Die schenkt ihr eine gute Zeit, vielleicht sogar ein kleines Lachen oder eine Rührungsträne. Natürlich ist das Leben dort draußen nicht so, nur, müssen wir uns auch noch in unseren Mußestunden mit der harten Realität befassen? Wenn ich jeden Tag Schwarzbrot esse, dann nennen Sie mir doch einen guten Grund, warum ich nicht wenigstens im Geist Himbeersirup trinken darf? Warum soll es da auch noch angetrocknete Brotrinde sein? Und wenn schon angetrocknete Brotrinde, wo sind dann die weiblichen Autoren? Wo die weiblichen Kritiker? Ich finde es schlicht scheinheilig, darüber zu wettern, dass Frauen nur seichte Bücher kaufen und lesen, es aber gleichzeitig kaum ernstzunehmende, kritische weibliche Autoren gibt. Von mir aus, jetzt werden Sie gleich Emmy Ball-Hennings, Clara Viebig und Else Lasker-Schüler anführen. Aber das sind nur drei und zwei davon sind halbe Relikte des Kaiserreichs. Wo sind die modernen Autorinnen? Warum müssen Frauen im *Romanischen Café* an den schlechteren Tischen sitzen? Aber wenn sie hübsch und leger eingestellt sind, dann bittet man sie gnädig an den *Kükentisch* in der besseren Zimmerhälfte? Warum soll ich als Frau lesen, wie ein Herr Döblin sich die Ehe mit einem gewalttätigen Mann vorstellt? Das ist sicher interessant und gut gemeint, aber mehr auch nicht. Ich sage nicht, dass ich Kaiser gewesen sein muss, um über Wilhelm II. zu schreiben, dafür hat ein Autor schließlich seine Fantasie, nur um das Thema in Gänze zu erfassen, wäre es eben schon nett, wenigstens König zu sein.« Vicky schluckte. Das war ihr ein wenig heftig geraten, sie merkte es selbst, dafür musste sie nicht erst Eberts überraschtes Gesicht zu sehen. Und etwas schlapp sagte sie: »Natürlich fühlt sich ein Döblin oder ein Stefan Zweig sehr gekonnt in die weibliche Psyche ein…«»Meine Güte, Gusta! Kleene!« Er schüttelte lachend den Kopf. Vor lauter Amüsement löste sich eine dunkelblonde Strähne aus seinem ordentlich pomadisierten Haar und fiel ihm in die Augen. Mühsam wieder Ordnung in seine Frisur bringend, erklärte er: »Ich nehme alles zurück. Ich hätte nie gedacht, dass ich es mit einer so glühenden und so überzeugenden Verehrerin des Schundromans und der weiblichen Literatur zu tun habe. Ich fürchte, ich hab dich ein wenig zu einseitig wahrgenommen. Das muss ich ändern. Und du hörst gefälligst auf, mich zu siezen. Wenn du das weiterhin tust, dann werde ich dich auch siezen müssen und mir wird es schlecht, wenn ich dich mit dem Namen von diesem rothaarigen Idioten anreden muss. Das wäre schade um das teure Eis, also Gusta?« Er blickte sie mit aufblitzendem Grübchen an, und sie entgegnete: »Vicky, für Freunde einfach Vicky.«

»Jakob! Jakob, eins noch!«, rief Vicky plötzlich und so schnell es ihre hohen Absätze erlaubten, lief sie ihm hinterher. Jakob betrachtete sie etwas überrascht, immerhin hatte er sie gerade gegen den Willen seines diensteifrigen Chauffeurs persönlich durch den immer heftiger werdenden Eisregen bis zur Haustür gebracht.

»Entschuldige, aber ich muss es unbedingt wissen!«, erklärte sie und wickelte sich noch fester in das für ein derartiges Wetter wirklich ungeeignete Chinchilla-Cape. »Warum hast du mir denn nie geschrieben? Ich meine früher, damals, als wir verlobten waren? Warum hast du immer nur mit meinem Herrn Vater korrespondiert? Selbst den Antrag hast du eigentlich ihm gemacht.«

Einen Moment standen sie sich beide stumm im Laternenlicht gegenüber, Wasser tropfte von Jakobs Hutkrempe und die Haut über Vickys Wangen begann vor Kälte zu stechen.

»Ich weiß nicht?« Ratlos zuckte er die Schultern und griff nach der Wagentür. »Vielleicht weil ich Angst hatte? Dass du mir nicht antwortest oder meine Briefe albern findest und drüber lachst? Ich kann das nicht gut. Das mit den Worten. Das war ein Fehler, nicht wahr?«

In heftigen Böen trieb der Wind gefallenes Laub über die Straße, der Regen peitschte gegen Vickys nur durch Seidenstrümpfe geschützte Beine und aus dem Fenster des Gesellen fiel Licht auf das nass glänzende Pflaster.

»Ich bin sicher, du hättest es gekonnt«, lächelte sie und mit einer feuchten Hand fuhr sie ihm tröstend über die Wange. »Es ist schade, dass du dich nicht getraut hast.«

Wieder standen sie stumm und waren sich der Anwesenheit des Chauffeurs sehr bewusst.

»Ich glaube, es gab keinen Tag in den letzten neun Jahren, an dem ich meine Feigheit nicht bereut hätte. Ich denke, ich habe nicht geschrieben, weil ich Angst hatte, dass du dann merkst, was für ein langweiliger, einsamer Mensch ich bin. Wenn ich wenigstens an der Front gelegen hätte, dann …« Er zögerte einen Moment. Das Licht in der Kammer des Gesellen war erloschen. »… natürlich bin ich froh über die Sicherheit der Feldpostzentrale gewesen, aber andererseits … Und dann kannte ich dich ja auch kaum. Nur als Kind und aus den Erzählungen deines Vaters. Du warst eine vollkommen Fremde für mich.«

»Aber warum wolltest du mich dann überhaupt heiraten?«

»Ich mochte das lachende kleine Mädchen mit der Flöte. Ich glaube, ich habe gehofft, dadurch auch zu einem lachenden Menschen zu werden.« Wieder schwieg er einen Moment. »Und na ja, meine Stiefmutter war absolut dagegen. Deine Mitgift war ihr zu klein. Es wäre eine schöne Gelegenheit gewesen, ihr eins auszuwischen. Den Mut für den Antrag habe ich nur gefunden, weil sie sagte, ich würde es nie wagen. Sie hätte mir besser auch noch gesagt, dass ich mich nie traue, dir persönlich zu schreiben. Ich kann dir gar nicht sagen, wie leid mir das alles tut.«

Vicky nickte: »Ich glaube, ich weiß, wie du dich fühlst. Also, zumindest kann ich es mir vorstellen.«

Ja, sie konnte es sich vorstellen, aber sie würde es nicht erleben. Sie würde nicht in neun Jahren hier in der elterlichen Metzgerei stehen und jeden Tag darüber nachsinnen, was bloß gewesen wäre, wenn sie den Mut gefunden hätte, ihre Buchhandlung aufzumachen. Nein, das würde ihr nicht passieren. Gleich morgen würde sie den Laden besichtigen, und wenn es der nicht wurde, dann ein anderer. Und das Geld! Sie musste unbedingt das Geld von Willi einfordern, das stand ihr schließlich zu – also zumindest im gleichen Maß, wie es ihm zustand. Und wenn sie es dann hätte, dann, dann würde sie es einfach tun. Dann würde sie einfach einen Buchladen eröffnen. Würde sie das? Traute sie sich das? Sie, eine Metzgerstochter mit zwei Jahren Lyzeum?

»Du solltest reingehen, es ist kalt, und es wäre nicht gut, wenn du krank würdest. Schon wegen des Babys«, sagte Jakob schließlich, und Vicky nickte, dann bat sie lächelnd: »Schau morgen in die Nachmittagspost. Der Brief auf Feldpostpapier, der wird von mir sein.«

Und mit diesen Worten drehte sie sich um, rannte durch den Regen zur Haustür, fand glücklicherweise sofort den Schlüssel, und ohne sich noch einmal umzudrehen, stürzte sie in den Flur, und erst, als sie die Motorengeräusche draußen verstummen hörte, erst als die Hunde im Hof sich schon wieder beruhigt hatten, erst da merkte sie, dass sie noch immer lächelte.

Obwohl sie in ihren nassen Sachen zum Erbarmen fror, ließ Vicky sich im Flur Zeit. Seltsam unwirklich kam es ihr vor, zu ihren Kindern und Bambi in die winzige Wohnung zurückzukommen. Als sei sie sehr lange fort gewesen, dabei waren es nur ein paar Stunden. Und gerade als sie sich noch einen kurzen Moment gegen die Wand lehnen wollte, hörte sie eine ihr unbekannte weibliche Stimme.

Sollte der Geselle Damenbesuch haben? Wenn das der Vater mitbekam, war der die längste Zeit Geselle gewesen, und wenn sie fünfmal das Parteibuch teilten. Vicky lauschte angestrengt.

Nein, die Stimme kam nicht aus dem Zimmer des Gesellen. Die kam von weiter weg. Die kam aus ihrer Wohnung unter dem Dach – seit Bambi eingezogen war, durften sie die Tür zur Treppe nicht mehr ganz schließen. Was machte eine fremde Frau bei ihnen? Um diese Uhrzeit?

»Wie geht es Ihnen«, fragte die Frau nun und eine Vicky ebenfalls unbekannte Männerstimme entgegnete Unverständliches. Es klang russisch.

Was taten diese Menschen in ihrer Wohnung? Einbrecher?

Und wo waren die Kinder? Wo war Bambi? Sollten das wirklich Einbrecher sein? Aber die plauderten doch nicht so entspannt? Jedes Geräusch vermeidend, schlüpfte Vicky aus ihren Schnallenpumps, hielt den rechten Schuh mit dem spitzen Absatz voraus und schlich die Treppe hinauf. »Mir geht es gut«, erzählte die Frauenstimme inzwischen und diesmal war es Bambi, der Unverständliches entgegnete.

Was war da los?

Entschlossen stieß sie die Tür auf, den Schuh zum Angriff erhoben.

»Was ist hier los?«, brüllte sie und sah sich wütend im Zimmer um. Bis auf Bambi, der in Hosen auf seinem Bett rauchte, war es leer.

»Psst! Du weckst die Kinder!« Bambi warf ihr einen ärgerlichen Blick zu. »Bist du betrunken oder was soll das Theater?«

»Danke, mir geht es auch gut«, mischte sich die Frauenstimme ein und erst jetzt bemerkte Vicky das neue Koffergrammophon auf der Weinkiste mit Bambis Sachen. »Spasi ...«, wollte die Männerstimme gerade entgegnen, aber der Bruder nahm die Nadel von der Platte.

»Entschuldige, ich hab nur die Stimmen gehört und Wunder was gedacht«, rechtfertigte Vicky sich. »Was ist das überhaupt?«

»Das, mein Schwesterherz, nennt man Grammophon.« Bambi verdrehte die Augen und griff nach der Tabatiere neben seinem Kopfkissen. »Und die Sprache, die nennt man Russisch. Landessprache der Sowjetunion, zugleich jedoch auch Muttersprache von Tolstoi, Dostojewski und Gogol.«

»Ja, aber warum?«

»Was weiß denn ich? Vermutlich, weil sie in Russland in

russischsprachige Familien geboren wurden? Alles andere wäre seltsam.«

»Bambi, du weißt genau, was ich meine!«, fauchte sie. »Warum lernst du, Bernhard Greiff, russisch?«

»Warum denn nicht?« Und etwas in seiner Stimme machte ihr klar, dass weitere Fragen in dieser Richtung unerwünscht waren und unbeantwortet bleiben würden, dafür kannte sie ihn gut genug.

Dieser Gedanke traf sie mit unerwarteter Heftigkeit.

Oh ja, sie kannte diesen ungeduldigen, rechthaberischen, zauberhaften Menschen, er war ihr großer Bruder. Gut, er aß kein Fleisch und trank ausschließlich sündhaft teure Milch von sogenannten Demeter-Bauern, aber das war ihr Bruder. Ihr Bruder, wie sie ihn kannte – geistig vielleicht ein klein wenig neben der Spur, doch was machte das schon? Ihm einen Arm um die Schulter legend, fragte sie mit einer Stimme voll glücklichem Spott: »Und was macht das Grammophon nun hier? Und sag jetzt nicht: Es spricht russisch! Als ich gegangen bin, hatten wir noch kein Grammophon. Wovon hast du es gezahlt? So ein Grammophon ist doch topteuer!«

»Ja, das ist von Victor Talking Company. Ich wollte kein so ein schepperndes Ding, am besten noch mit einem Trichter von der Größe eines mittleren Regenschirms.« Schon beim Gedanken daran verzog er angewidert den Mund. »Aber keine Sorge, gezahlt hat es Willi. Wettschulden, und Wettschulden sind bekanntlich Ehrenschulden.«

»Ah, so ist das.« Halbwegs beruhigt öffnete sie die Kinderzimmertür einen Spalt, kontrollierte den ruhigen Schlaf ihrer Kinder und nachdem sie aus der Karaffe mit

dem Wasser einen großen Schluck genommen hatte, fragte
sie: »Worum habt ihr denn gewettet?«

»Wenn ich verloren hätte, hätte ich Willi beim Boden-
verlegen in seiner neuen Wohnung helfen müssen«, erklärte Bambi und drehte die Gaslampe herunter. »Grässliche
Tätigkeit, aber ich wusste eigentlich, dass ich gewinne.«

»Das weiß Willi gewöhnlich auch. Sonst wettet er erst
gar nicht. Er hat unser aller Lebensunterhalt lange Zeit mit
Sportwetten bestritten.« Sie zog das Kleid aus, rubbelte
sich die Haare mit einem Küchentuch trocken und während sie ihren Bauch wie jeden Abend mit Nivea-Creme
einrieb, sagte sie betont gleichgültig: »Ich hab übrigens
einen Entschluss getroffen.«

»Weiß ich schon. Wusste ich schon heute Nachmittag,
als du dich geweigert hast, den Laden durchs Schaufenster anzusehen. Ich kenn doch meine kleine Schwester,
wenn ihr was ernst ist, muss sie es allein in Augenschein
nehmen. Das hast du schon als Kind gemacht.« Er gähnte und nahm einen letzten Zug von seiner Zigarette, ver-
senkte sie anschließend zischend im Wasserglas. »Deshalb
auch das Grammophon. Willi hat gesagt, du machst das nie
und ich hab gesagt, das werde er sehen. Und vorhin, während du dich geschminkt hast, habe ich Konrad zur Traube
geschickt, seinen Vater anrufen, dass er den Wetteinsatz
gleich mitbringen kann.«

Sie schluckte und dachte wieder an Jakob, der ihr aus
Angst vor Spott nie geschrieben hatte und daran, dass vielleicht so vieles anders gekommen wäre, wenn Jakob nur
ein bisschen mutiger gewesen wäre. Außerdem, was konnte ihr schon passieren? Sie war sowieso schon die Sitzengelassene eines untreuen Tagediebs, schlimmer konnte

es kaum werden. Da konnte sie auch genauso gut das machen, was sie sich schon immer erträumt hatte. Und vielleicht klappte es ja, vielleicht würde sie wirklich ihre Kinder selbst ernähren können?

Sie gab ihrem Bruder einen Kuss auf die Haare und flüsterte stockend: »Du meinst, dann werde ich also wirklich Buchhändlerin?«

»Mmh, vermutlich, und wenn du bankrottgehst, versetzen wir eben das Grammophon«, Bambi drehte sich auf die andere Seite, zog sich die Decke über den Kopf, aber seine Schwester piekste ihn hartnäckig in die Kehrseite: »Du, wenn ich jetzt Buchhändlerin werde, dann machen wir von morgen an nie wieder Betten, in Ordnung? Du weißt doch, ungemachte Betten sind aller Laster Anfang.«

7. Kapitel

»Was hast du eigentlich deinen Eltern erzählt?« Neugierig, aber nicht ohne Mühe betrachtete Lisbeth sie am Rand ihres sehr schiefen, sehr tief in die Stirn gezogenen Glockenhutes vorbei. »Ich meine, dass du an einem Samstagmorgen nicht hinter der Theke stehen musst?«

Vicky schwieg einen Moment, schob geheimnisvoll lächelnd ihren inzwischen recht betagten Kinderwagen über das feuchte Laub des Savignyplatzes, schließlich erklärte sie: »Gar nichts habe ich gesagt, war nicht nötig.«

Der überraschte Ausdruck in Lisbeths Veilchenaugen machte ihr Vergnügen. Um sich noch etwas an der Neugier der Freundin zu weiden, tat sie so, als beobachte sie die schnell über den kaltblauen Himmel ziehenden Wolken oder bewundere die im Gegenlicht dunklen Silhouetten der Bäume. Erst als Lisbeth begann, ungeduldige Laute von sich zu geben, begann sie zu erklären: »Jakobs, also Herr Eberts Chauffeur hat heute Morgen in aller Frühe ein Paket für mich abgegeben. Das hat meinen Eltern als Begründung für einen freien Vormittag gereicht. Das Dienstmädchen steht hinterm Tresen, das macht es gern, es schäkert doch immer mit dem Lehrbuben.«

»Und was hat er dir geschickt? Schmuck?« Vor Begeisterung nahm ihre Stimme einen derart schrillen Klang an, dass sich ein älterer Herr in sehr sportlich anmutenden Knickebockers nach ihnen umdrehte. In gedämpfter Lautstärke fuhr sie deshalb fort: »Oder Pelz? Wenn ein Mann einer Frau Pelz verehrt, dann will er was Solides! Pfoten weg vor denen, die Wäsche schenken. Er hat doch keine Wäsche geschickt, oder?«

»Nö, was viel Besseres.« Vicky grinste breit: »Kriegspostpapier. Der ganze Karton war voll mit Briefpapier.«

»Hauptsache, du freust dich«, entgegnete Lisbeth etwas lahm, fragte dann jedoch mit frisch aufkeimendem Interesse: »Wie sieht er denn aus? Ich hab ihn ja noch nie gesehen. Ich hab ihn mir immer klein und fett vorgestellt. Wie den aus dem Zigeunerbaron, *mein idealer Lebenszweck ist Borstenvieh ist Schweinespeck.* Vermutlich, weil du mir erzählt hast, sein Vater wäre auch Metzger gewesen.«

»Nein, nein, gar nicht. Er ist jetzt kein Valentino, aber mir gefällt er. Er hat dunkelblonde Haare und ein Grübchen. Und hübsche Hände. Er ist aber ein bisschen klein, mit hohen Schuhen sind wir gleich groß.«

»Das ist nicht immer ein Nachteil. Ich geh vielen Männern in hohen Schuhen gerade mal bis zur Schulter, wenn's nicht so unromantisch wäre, würde ich nur auf einem Leiterchen stehend küssen.«

»Lissi, der Mann, dem du nicht bloß bis zur Schulter gehst, könnte im Zwergenzirkus auftreten«, spottete Vicky gutmütig und zupfte fürsorglich etwas an Wölfchens, aus dem Deckenberg des Kinderwagens herausblitzender Mütze herum, brüllte dann in Richtung ihrer vor ihnen hertobenden Söhne: »Konrad, nicht so weit. Ich will dich noch sehen können! Und pass auf deinen Bruder auf.«

»Ja, ja, Mama!«, entgegnete Konrad, nur um im nächsten Moment beinahe über einen an der Leine geführten Spitz zu stolpern und beim Ausweichen dann gegen die

Füße eines auf einem Bänkchen sitzenden, der Welt entrückten Liebespaars zu stoßen.

»Wo ist denn Linchen?«, erkundigte sich Lisbeth und lächelte entschuldigend, sowohl in Richtung der verängstigen Hundebesitzerin, als auch des in einer romantischen Erklärung gestörten Paares.

»Daheim. Sie und Bambi wollen die Fenster putzen. Mein Bruder ist verrückt auf Krankenschein, aber was mit dem Mädchen nicht stimmt, weiß ich nicht. Von mir oder von Willi hat sie das jedenfalls nicht.« Sie zuckte die Schultern. Eine Weile liefen sie schweigend, dann sog Vicky entschieden einen Schwall kalter, nach faulem Laub und nassem Gras riechender Luft ein und sagte: »Lissi, ich brauche deinen Rat. Wenn ich diesen Buchladen tatsächlich aufmache, benötige ich rein rechtlich dazu die Einwilligung meines Gatten beziehungsweise, wenn ich nicht mehr verheiratet sein sollte, die meines Vaters. Willi hätte kein Problem damit, aber mein Vater...«

»Du könntest deinen Vater umbringen, dann wäre Peter dein ältester männlicher Angehöriger, der hätte bestimmt nichts dagegen. Dem wäre es egal«, grinste die Freundin, schüttelte dann jedoch den Kopf. »Nein, im Ernst. Sag Willi eben, dass du dich nicht scheiden lässt. Ihr seid schließlich katholisch, das muss doch auch mal für was gut sein?«

»Aber ich hab ihm schon gesagt, dass ich mich scheiden lasse. Ich hab ihm sogar seinen dämlichen Ring zurückgegeben. Und jetzt komm ich angekrochen«, stöhnte Vicky auf. »Mir kann doch nicht plötzlich einfallen, dass wir katholisch sind. Siehst du, wo mein Problem liegt?«

»Nein, ganz entschieden nein.« Lisbeth blieb stehen und sah sie aus ihren unschuldsvollen Augen an. Die schon winterliche Luft hatte ihren Wangen eine gesunde Röte verliehen und mit sanfter Stimme ergänzte sie: »Du hast doch alle Trümpfe auf deiner Seite. Du bist blond, du hast Brüste und als ob das des Guten noch nicht genug wäre, bist du von dem Trottel auch mal wieder schwanger. Er kann einem fast leid tun, er hat keinerlei Chance gegen dich. Notfalls fängst du an, zu weinen und beteuerst, wie sehr du ihn liebst. Männer hassen das, da sind sie zu allem bereit, nur damit das Drama ein Ende nimmt.«

»Das ist so würdelos. Ganz ehrlich, da kommt mir mein Frühstück hoch. Nur weil ich eine Frau bin, bin ich von Rechtswegen gezwungen vor Willi das heulende Elend und die unglückliche Sitzengelassene zu spielen? Am Ende glaubt der noch, dass ich ihn wirklich wieder haben will und kommt zu mir zurück! Jetzt, wo ich mich gerade dran gewöhnt hab, das Bett für mich zu haben. Ach, du glaubst gar nicht, wie ich es genieße, nicht jede Nacht wachzuliegen und zu grübeln, wo er jetzt wieder steckt und vor allem mit wem.«

»Tja, das Leben ist kein Wunschkonzert. Und wenn du den Laden willst, wirst du eben in den sauren Apfel beißen müssen. Du kannst ihm ja großzügig gewähren, bei der Anderen wohnen zu bleiben. Dann macht er wenigstens da Schmutz und Wäsche.« Tröstend legte sie ihre Hand neben Vickys auf das Metall der Lenkstange des Kinderwagens. »Außerdem glaube ich, dass er auch gar nicht so wild auf eine Scheidung ist. Sonst hätte er längst angefangen, das in die Wege zu leiten.«

»Vermutlich hast du recht. Das ist nur wieder Willis Hitzköpfigkeit entsprungen gewesen. Wie kann man nur so unbeherrscht sein?«

»Na, das musst du dich schon selbst fragen.« Lisbeth schüttelte lachend den Kopf. »Du bist doch kein Deut besser.«

»Mama, Mama, da vorne ist es!«, brüllte Konrad und Rudi, der sich in seinen etwas großen, gestrickten Winterhosen nur wackelnd fortbewegen konnte, kam an und erklärte gravitätisch: »Da, Laen!«

»Laden«, korrigierte die Mutter gewohnheitsmäßig, aber dann sah sie ihn auch und ihr Herz vergaß einen Schlag.

Da war er also, in einem Jahrhundertwendehaus auf der Kantstraße gelegen, mit einem prächtigen, nun vollständig mit Zeitungen verklebten Schaufenster. Verklebt war auch das schöne Buntglasfenster der Tür, dieses jedoch mit einem Schild: *Laden zu vermieten.*

»Vic, da stimmt was nicht«, stellte Lisbeth fest. »Die Zeitungen datieren auf Juli und die Schrift ist schon ganz ausgeblichen. Wir haben Wohnungsnot, und bei den Läden sieht es ähnlich aus. Meine Modistin hat mir kürzlich erzählt, bei ihrem Kolonialwarenhändler könne man nun auch Zeitungen und Strümpfe kaufen. Und hier in bester Lage, zwei Minuten vom Bahnhof, hier soll was seit Sommer leer stehen?«

»Der Tipp kam von Willi«, musste Vicky zögernd zugeben. »Er meint, er kennt den Besitzer. Das ist nicht immer ein gutes Zeichen.«

»Probieren wir es aus«, beschloss Lisbeth und bevor Vicky es sich noch anders überlegen konnte, hämmerte sie schon entschieden gegen die Tür. Nichts regte sich, nur das schlafende Wölfchen gab einen unwilligen Laut von sich, saugte einige Male schmatzend an seinem Schnuller.

»Keiner da«, stellte die Freundin fest. »Vielleicht liegt es daran.« Doch plötzlich brüllte eine Frauenstimme aus dem Fenster im ersten Stock: »Zu wem wolln Se?«

»Wir kommen wegen des Ladens«, erklärte Vicky, woraufhin sich ein kleiner Kopf voller Lockenwickler zu ihnen auf die Straße hinabbeugte: »Sin Se die neuen Jirls?«

»Ich interessiere mich für den Laden. Ich möchte den Laden mieten«, wiederholte Vicky, doch sie hatte kaum ausgesprochen, da war das Fenster auch schon wieder zu. Und zu blieb es auch, trotz heftigen Klopfens und eines abschließenden Tritts gegen die Tür. Das kam davon, wenn man auf Willis Tipps hörte.

»Mach dir anständig, Roter! Kriechst Damenbesuch!« Und die skeptische Art, wie der Hausmeister von Willis Boxclub das Wort *Dame* betonte, bestätigte Vicky in der sorgfältigen Wahl ihres Kleides. Sie trug das Gelbe. Ein stilles Zeichen des Protestes dagegen, dass die Rechtsprechung von ihr verlangte, ihren ungeliebten Ehemann anzubetteln, doch bitte bitte bei ihr zu bleiben. Und das Ganze nur, damit sie sich ein von ihm unabhängiges Leben aufbauen konnte. Es war grotesk! Mindestens so grotesk wie der Schnitt ihres Kleides. *Die aktuelle Mode ist für Frauen und Schwule, Männer wollen sehen, was im Angebot ist* – diese Meinung hatten Bambi und Lisbeth einmütig vertreten, aber Vicky wollte nicht. Und ja, sie war sich bewusst, dass ihre Verhandlungschancen in einem engen Pullover deutlich besser gestanden hätten.

»Ne, ne hörn Se mal, hier entlang, junges Fräulein«, kommandierte der Hausmeister indessen und hinderte sie daran, in einen großen, nach Leder und Schweiß stinken-

den Raum voller aufeinander einschlagender Männer ab-
zubiegen. Stattdessen öffnete er eine Tür, über der in alt-
deutschen Buchstaben das Wort »Geselligkeitszimmer«
prunkte.

Einen kurzen Moment dachte Vicky hoffnungsvoll an
Sabri Mahirs elegantes *Studio für Boxen und Leibeszucht*
am Kurfürstendamm, dort gab es angeblich regelmäßig so-
genannte Teestunden am Ring, bei denen sich Intellektuel-
le über Tagesgeschehen und Sport austauschten. Doch so
etwas suchte man beim *Charlottenburger Turn – und Sport-
verein* wohl vergebens.

Das Geselligkeitszimmer roch ungefähr so, wie sich Vicky eine Ausnüchterungszelle vorstellte – nach Schnaps,
Bier, Tabak und Erbrochenem. Das einzige Mobiliar war
ein langer, klebrig aussehender Tisch, sowie zwei am Boden festgeschraubte Bierbänke, wobei bei der einen eines
der Beine durch eine leere Weinflasche ersetzt worden war.
Vor dem von Fliegendreck dunklen Fenster hing halb ein
staubgrauer Vorhang, und auf dem Brett stand eine schon
vor Monaten vertrocknete Primel, auch ihre Blätter schienen von Staub überzogen. Bilder an den Wänden suchte
man vergebens.

»Herr Jenzer wird jleich da sein«, erklärte der Hausmeister und seine speckige Portiersmütze zwischen den
Fingern knetend, schien er zu überlegen, welchen Grund
er vorschieben könnte, Vicky noch ein wenig zu begaffen.
Schließlich fragte er galant: »Möchten Se vielleicht etwas
trinken?«

»Nein, danke. Sehr freundlich.« Obwohl sie die Übelkeit der ersten Schwangerschaftsmonate hinter sich gelassen hatte, wurde ihr schon beim Gedanken an die vermut-

liche Sauberkeit der hiesigen Gläser spuckschlecht. »Ich möchte wirklich nichts.«

»Ja, dann werde ick wohl mal wieder jehen.« Widerwillig bewegte er sich in Richtung Tür, drehte sich dann aber doch noch einmal um. »Der Herr Jenzer is ener unsere besten Jungs. Wat wollen Se denn von ihm?«

»Die Dame ist meine Frau«, erklärte der plötzlich eintretende Willi an ihrer Stelle, und Vicky hätte nicht sagen können, wann sie sich das letzte Mal so über diese Bezeichnung gefreut hatte. Sie freute sich derart, dass sie einen Moment brauchte, um zu bemerken, wie schlecht Willi aussah. Zwar war es ihm seit Freitag gelungen, sich zu rasieren, aber er hatte schwarze Schatten unter den Augen, und der Hausmeister war noch nicht ganz aus dem Zimmer, da zündete er sich schon eine Zigarette an und fragte mürrisch: »Was verschafft mir die Ehre? By the way, es wundert mich, dass du weißt, wo mein Boxclub ist. In all den Jahren hast du es nicht ein einziges Mal geschafft, mich zu besuchen.«

»Ich dachte, wir wären uns einig gewesen, dass es für unsere Kinder besser sei, nicht im Publikum zu sitzen, wenn ihr Vater potenziell zusammengeschlagen wird«, entgegnete sie etwas spitz.

»Heute hast du die Kinder ja auch nicht dabei.«

»Weil mein Bruder nach ihnen sieht. Ich soll dir aber von allen Grüße ausrichten und von Linchen sagen, sie wüsste, was du zu Weihnachten bekommst.« Sie bemühte sich um einen versöhnlichen Ton, immerhin wollte sie ihn davon überzeugen, zumindest auf dem Papier verheiratet zu bleiben. Und wenn er schon dabei war, sollte er ihr bitte gleich ein Konto einrichten und da dann auch die Hälfte des Geldes drauf anweisen. Die Hälfte des Geldes, das ihr Vater ihm für die Scheidung gegeben hatte. Diplomatisch begann sie: »Du fehlst den Kindern sehr.«

»Mir fehlen sie auch. Ich wach jede Nacht mindestens dreimal auf und will nachsehen, warum Wölfchen noch kein Nachtfläschchen verlangt hat.« Er lächelte schief, betrachtete sie und ihr Kleid nachdenklich. »Warum bist du hier? Geht es dir um das Geld von deinem Vater? Die Hälfte gehört dir, hab ich ja Bambi schon gesagt. Oder um meine Einwilligung zu deiner neuen Stelle als Buchhändlerin? Du wirst auch ein Bankkonto benötigen, oder?« Sie war so überrascht, sie konnte nur nicken, während er fortfuhr: »Ich bin mir nicht sicher, wie es rechtlich ist, wenn wir geschieden sind? Aber ich habe jetzt noch nichts unternommen, ich wollte abwarten, ob du das wirklich durchziehst. Wegen mir können wir auch einfach verheiratet bleiben.«

»Jetzt plötzlich!«, fauchte Vicky wütend, wobei sie erst hinterher merkte, dass sie gerade ihre eigenen Absichten untergrub. »Und deine tolle Christine?«

»Christine legt keinen Wert darauf. Es war nur ...« Jetzt setzte er sich doch auf die Bank, und sich die Augen mit den Handballen reibend, erklärte er: »Ich hätte dem Baby nur gern stabile Verhältnisse geboten, aber ist ja jetzt eh egal.«

»Warum?«, fragte sie vorsichtig und erinnerte sich plötzlich an Bambis Schweigen, als sie nach dem Verlauf der Schwangerschaft gefragt hatte.

»Warum wohl?« Er klang mehr erschöpft als wütend, und einen Wimpernschlag lang dachte Vicky, dass die beiden genau das verdient hatten. Das war die gerechte Strafe für dieses Flittchen. Anderen Frauen den Mann ausspannen, anderen Kindern den Vater stehlen. Doch dann begriff sie wirklich und Tränen schossen ihr in die Augen. Nicht weil diese Christine ihr Kind verloren hatte, sondern aus Scham, aus Schuld, weil sie so tief gesunken war, einem anderen Menschen etwas Derartiges zu wünschen. Auch aus der grenzenlosen Dankbarkeit heraus, selbst vier gesunde Kinder und eine bisher vollkommen problemlose Schwangerschaft zu haben. Und plötzlich dachte sie wieder daran, wie sie ihr pieksauberes Monatshöschen angestarrt und um eine Fehlgeburt gefleht hatte. Wie hatte sie das nur tun können?

»Was ist denn los? Warum weinst du denn? Du kennst Christine doch nicht mal?« In Willis dunklen Augen stand Ratlosigkeit und dann plötzlich Panik: »Was ist mit meiner Tochter? Ist was passiert? Bist du deshalb hier?«

»Alles gut, auch wenn ich noch immer nicht weiß, wie du diesmal darauf kommst, dass es ein Mädchen wird? Wir kriegen doch immer Buben.« Sie schniefte, brachte aber ein halbes Lächeln zustande: »Nur bei Line, da hast du gedacht, es wird ein Junge. Aber alles in Ordnung. Sie tritt noch nicht, na, vielleicht erwarte ich das auch zu früh, weil Wölfchen so getobt hat? Erinnerst du dich, bei Rudi haben wir uns auch Sorgen machen wollen, weil er so ruhig war. Da lag fast schon Schnee, als der sich das erste Mal bequemt hat, die Beine zu bewegen.«

»Das war am 9. November '23, das Datum vergess ich nicht.« Er schüttelte einige Male den Kopf, dann reichte er ihr ein Taschentuch von höchst zweifelhafter Reinheit: »Jetzt kiek nicht so. Der Rotz stammt mindestens zur Hälfte von unseren gemeinsamen Kindern.«

»Danke, das tröstet mich nicht wirklich.« Nach einigem Suchen fand sie schließlich eine Stelle, die ihr leidlich sauber erschien, und weil es vor Willi egal war, schnäuzte sie sich geräuschvoll. Und wegen ihrer ersten Gedanken noch immer voll schlechtem Gewissen, fragte sie mitfühlender: »Wie geht es Christine? Es ist ihr erstes Kind?«

»Wäre gewesen und beschissen wäre geprahlt.« Er zuckte die Schultern und zum Zeichen, dass er das Thema für beendet erklärte, drückte er sich seine Zigarette an der Schuhsohle aus. »Und du, du machst jetzt wirklich einen Buchladen auf?«

»Jein, es soll ein Buchladen mit angeschlossener Leihbibliothek sein. Eine Mitgliedschaft kostet 2 Mark im Monat und wenn man gleich für ein Jahr abschließt, gibt es einen Monat gratis.« Aus Angst vor den skeptischen Falten auf seiner Stirn wagte sie gar nicht, ihn anzusehen, und rasch ergänzte sie: »Das gibt es ja jetzt viel, da wird Berlin einen mehr oder weniger auch noch ertragen.«

»Hauptsache, du hast auch ein paar echte Bücher und nicht nur dieses Schmonzettenzeugs, das du selbst liest. Wann schaust du dir den Laden am Savignyplatz an?«

»Hab ich schon, am Samstag, aber da hat nur so ein schreckliches Weib aus dem Fenster gebrüllt, ob wir die neuen *Jirls* wären, und als wir gesagt haben, wir wären wegen des zu mietenden Geschäfts da, ist sie verschwunden und wart nicht mehr gesehen.«

Willi lachte derart herzlich, er musste sich am Tisch festhalten, um nicht rückwärts von der Bank zu fallen.

»Zu schade, dass du ihre Frage nicht mit Ja beantwortet hast«, keuchte er, als er sich wieder etwas beruhigt hatte. »Wäre bestimmt lehrreich für dich gewesen. Da hättest du deinem Sockenkönig mal was bieten können, so was kennt der bestimmt noch nicht.«

»Er ist nicht mein Sockenkönig!«, korrigierte sie ärgerlich und stellt plötzlich fest, dass es sie ziemlich wurmte, dass er auf ihren Brief von Samstag bisher nicht geantwortet hatte. »Was ist denn das für ein komisches Etablissement? Ich dachte, der Laden steht leer?«

»Hab ich nie behauptet. Ich hab nur gesagt, ich könne dir einen *leeren* Laden verschaffen, da reicht ein Anruf. Willst du ihn haben?«

»Ja, natürlich, wenn die Miete akzeptabel ist. Die Lage wäre perfekt.«

»Dann schau einfach Ende der Woche noch mal vorbei. Zum 15. wirst du wahrscheinlich rein können, aber wie viel ihr renovieren müsst, kann ich noch nicht sagen. Die Jungs von der Sitte sind manchmal echte Rowdys.« Er gähnte, stand auf und machte Anstalten, den Raum zu verlassen. »Soll ich dich noch zur Tür bringen?«

»Willi, was ist mit dem Laden?«, fragte sie misstrauisch. »Ist da ein Puff drin?«

»Ein Puff? Was ist denn das für ein Wort? In meiner Funktion als dein Gatte verbitte ich mir solche unmoralischen Ausdrücke aber auf das Schärfste.« Mit vor Vergnügen zuckenden Mundwinkeln betrachtete er sie tadelnd. »Und nein, da ist selbstverständlich nichts Derartiges drin. Vielmehr handelt es sich um einen Hort der Kultur und der künstlerischen Darbietung.«

»'nen Nackttanzschuppen!«

»Ich bin überzeugt, sie interpretieren nur Schnitzlers *Reigen,* und ich muss mich wirklich wundern, wo du diese Worte her hast!« Kopfschüttelnd, doch grinsend begleitete er sie den engen, nur durch eine nackte Glühbirne beleuchteten Flur zur Straße entlang. An der Tür blieben sie noch einen Moment stehen, lauschten dem satten Schmatzen von auf Sandsäcke eindreschenden Fäusten und einem auf Dielen schlagenden Springseil.

»Mach's gut, Willi. Sag, wenn ich was für Christine tun kann ...«, bat sie, wobei sie insgeheim hoffte, er möge niemals auf das Angebot zurückkommen. »Beim nächsten Kind, da soll sie in den ersten Monaten einen Tee zu jeweils einem Drittel aus Fenchel, Frauenmantel und Zitronenmelisse trinken. Das hilft gegen die Übelkeit und sorgt dafür, dass sich das Baby wohlfühlt.«

»Danke, aber ich glaube nicht, dass sie noch mehr Kinder möchte.« Unschlüssig betrachtete Willi seine sich in geschnürten Boxschuhen befindenden Füße, sagte dann unvermittelt: »Das ist ein hübsches Kleid, das du da anhast. Mal was anderes. Ich hab dich noch nie in Gelb gesehen, steht dir.«

»Danke.« Vicky lächelte verlegen. »Die Einwilligung kannst du einfach auf den Küchentisch legen, wenn du die Kinder das nächste Mal besuchst.«

»Mach ich, aber warte. Komm mal her, du hast da was.« Er klatschte zweimal in die leeren Hände, griff dann nach ihrem Ohr, nur um ihr im nächsten Moment mit einem triumphierenden Grinsen ihren Ehering zu präsentieren: »Den ziehst du besser an, wenn du den Laden besichtigst. Nicht, dass sie dich wieder für eins der *Jirls* halten, das wollte ich dann doch nicht.«

8. Kapitel

»Frau Genzer, ich muss mit Ihnen sprechen.«

Vicky, die gerade über dem abendlichen Kassenschnitt der Metzgerei saß, blickte auf. Vor ihr stand der Geselle. Mit Pomade glänzendem Kopf und im frisch geplätteten, braunen SA-Hemd stand er ausgehfertig vor ihr. »Ja, bitte?«, entgegnete sie höflich. »Womit kann ich Ihnen helfen?«

»Ich wollte Ihnen sagen, dass es nicht gut ist, was Sie da machen.«

»Wie meinen?« Ratlos sah sie ihn an. Im Stil Ernst Röhms trug er sein flachsblondes Haar an den Seiten abrasiert und in der Mitte streng gescheitelt. Eine unglückliche Frisurenwahl für jeden, der nicht das Gesicht eines Filmstars hatte.

Eigentlich hatte sie den Gesellen immer gemocht – als er vor zwei Jahren als Ersatz für Peter aus dem Schlesischen zu ihnen kam, war er ein auf unsichere Weise freundlicher junger Mann, mit einem breiten Gesicht gewesen.

Im Krieg hatte er bei Verdun gelegen, sein Handwerk hatte er in Oppeln gelernt, auf Nachfrage gab er an, die Zentrumspartei zu wählen, außer beinahe grenzenlosem Arbeitswillen brachte er nicht viel mit. Er besaß einen Kaktus, den er sehr pflegte, und Abend für Abend konnte man seine Kaktee und ihn in ihrer kleinen Kammer am Fenster sitzen sehen. Er hatte Karl May gelesen und wenn die schwarze Nachbarskatze über das Sims balancierte, hatte er ihr ein Schälchen Milch gegeben. Manchmal verbog er für die Kinder Schürhaken und Eisenstange. Wenn sie lachten, lachte er auch. Post bekam er nie.

Und dann, eines Tages, hatte er beim Schlachten einen alten Kriegskameraden getroffen, der war Mitglied in Hitlers *Frontbann*. Der Kamerad lud ihn zu einer Veranstaltung ein, und der Geselle hörte auf, Dr. Levi zu grüßen.

»Es ist nicht gut, dass Sie Ihre Kinder bei einem Irren lassen, während Sie mit diesem Ebert ausgehen. Außerdem war Herrn Eberts Großmutter Jüdin, weiß kaum einer, ist aber so.«

Vicky war noch immer sprachlos. Sie wusste schlicht nicht, worüber sie sich zuerst aufregen sollte!

»Nein, das wusste ich nicht, aber danke, dass Sie mich darauf hingewiesen haben. Es ist doch immer interessant, wenn man weiß, mit wem man es zu tun hat.« Den letzten Satz betonte sie sehr ausdrücklich. »Und mein Bruder wurde als geheilt entlassen, Sie können ganz unbesorgt sein. Um seine geistige Gesundheit ist es bestens bestellt.«

»Ich glaube Ihnen ja, dass Sie das glauben wollen, aber es ist trotzdem nicht gut. Ein Mann, der sich vor dem Feind in den Wahnsinn flieht, ist keiner mehr. Er ist eine Gefährdung und außerdem gehört eine deutsche Mutter zu ihren Kindern. Ein Mann kann das nicht.«

»Dann ist es ja umso besser, dass mein Bruder Ihrer Meinung nach keiner mehr ist.« Langsam konnte sie Willi verstehen, dass der im Rahmen einer politischen Diskussion mit diesem Urvieh den Geschirrschrank zertrümmert hatte. Anders bekam man in diesen viereckigen Schädel vermutlich nichts rein. Aber weil er als Geselle tüchtig war und in einer Demokratie schließlich jeder den Unsinn glauben durfte, der ihm gefiel, fügte sie versöhnlich hinzu: »Haben Sie sonst noch etwas auf dem Herzen? Sie sehen ja, ich bin sehr beschäftigt.«

Wenn er das überhaupt als Rauswurf verstand, dann ignorierte er es geflissentlich. »Ihre Bücher, das ist Schmutz«, stellte er stattdessen fest, und zur Untermauerung seiner Ansicht deutete er auf Marlitts *Das Geheimniß der alten Mamsell,* das neben der Kasse lag. »Die bringen Frauen auf dumme Gedanken. Ihr Mann hätte Sie das nicht lesen lassen sollen, aber dem war's ja egal. Diesen Bolschewisten ist's nur recht, wenn die Frauen verschlampen. Die pfeifen doch auf Anstand und Moral.«

Zugegebenermaßen freute es Vicky ein klein wenig, dass dieser Idiot den kaisertreuen Willi für einen Kommunisten hielt, aber trotzdem war genug genug. »Herr Hessler, ich denke, es reicht. Sie vergessen, dass Sie mit der Tochter Ihres Dienstherren sprechen.«

»Ich sag Ihnen das doch nur, weil ich Sie mag. Und auch die Kinder.« Eine rührende Sorge lag plötzlich in seinen einfältigen Zügen. »Frau Genzer, Sie waren immer gut zu mir, und deshalb kann ich das nicht länger mitansehen. Sie lassen alles so laufen, wie es läuft und haben niemand, der Ihnen offen ins Gesicht sagt: *So geht das nicht.* Ich sage nur, was alle denken, aber sich niemand auszusprechen traut. Ich versteh schon, Sie konnten Ihren Mann nicht halten, und drum denken Sie, Sie sind wertlos. Das ist normal, aber Sie haben Kinder bekommen, Sie haben Wert, nur müssen Sie auf die Kinder achtgeben! Ihr Großer, der Konrad, der spielt mit Juden, ihr Linchen klettert auf Bäume und schlägt sich mit Gassenbuben. Die Kinder brauchen eine Mutter, eine richtige Mutter, keinen Irren, der sie langsam, aber sicher zu Tode hungern lässt. Der Mensch braucht Fleisch, das steht schon in der Bibel.«

Zum zweiten Mal innerhalb eines einzigen Gesprächs fiel Vicky rein gar nichts mehr ein. Da dachte man jahrelang, man hatte einen schlichten Gesellen und dann entpuppte der sich als bibelfester Frauenversteher, so war die Welt.

»Ich erwarte nicht, dass Sie an Ihrem Verhalten etwas ändern, aber ich möchte mir später keine Vorwürfe machen, dass ich Sie nicht gewarnt hätte.« Auf den Absätzen seiner Soldatenstiefel vollführte er eine sehr würdevolle Drehung und ihr zum Abschied einen melancholischen Blick zuwerfend, sagte er: »Es ist ein Jammer, dass Ihr Herr Vater nicht die Kraft hatte, Sie an der Ehe mit diesem Lump zu hindern. Wie viel Böses geschieht im Namen des Guten? Wie viel Böses?«

Liebe Kleene,
ich verstehe so wenig vom Briefeschreiben, dass ich dir jetzt
schon zwei Tage Antwort schuldig bin. Wenn du es mir nach-
sehen kannst, dann begleite mich morgen Abend zu einem uns
beiden bekannten Herren, der sowohl vom Schreiben als auch
von den Frauen so viel mehr versteht als ich. Um 19 Uhr? Ich
zähle die Stunden, hatte in dem auf dem Tisch liegenden Brief gestanden. Erst hatte sie absagen wollen, Bambi hatte an dem Abend einen furchtbar wichtigen Vortrag in einem Reformhaus und würde nicht nach den Kindern sehen kön-

nen, aber auf Nachfrage des Bruders war Willi sofort bereit gewesen, zu kommen.

»Und es macht Christine wirklich nichts aus?«, fragte Vicky schon in Mantel und Hut ein letztes Mal.

»Es macht ihr wirklich nichts aus. Sie ist, glaub ich, ganz froh, ihre Ruhe zu haben. He, Frontsoldat, kümmer dich um deine eigene Fourage!« Letzteres galt Rudi, der sich soeben von Konrads Abendbrotteller eine eingelegte Gurke genommen hatte. »Ich würde die um dreiundzwanzig zwanzig nehmen. Da hast du gut Zeit, oder? Wenn Bambi vor dir heimkommt, würde ich aber gern früher heimfahren.«

»Aber, Papa, du bist doch hier daheim!«, rief Linchen plötzlich und starrte ihren Vater mit vor Panik aufgerissenen Augen an. Von ihrem Kinn tropfte Milch. »Papa, du darfst nicht weg.«

»Ich hab's dir doch gesagt. Nur du hörst ja nie auf mich, das ist, weil du zu dumm bist! Der Papa mag dich nicht mehr und wohnt jetzt bei einer neuen Mama.« Triumphierend fuchtelte Konrad mit seinem Butterbrot vor dem Gesicht der Schwester herum. »Ich sag es dir seit Wochen! Ich hatte recht und du bist blöd!«

»Konrad, hör sofort auf, in diesem Ton mit deiner Schwester zu sprechen. Noch ein Wort, und du kriegst die Hosen voll! Linchen, mein Irrwisch, komm her. Nicht weinen!« Vicky einen hilflosen Blick zuwerfend, zog Willi sich seine Tochter auf den Schoß. »Konrad will dich nur ärgern. Ich hab dich furchtbar lieb und ich wohne auch nicht bei einer neuen Mama. Ich wohne bei Onkel Paul.«

»Papa wird immer bei euch daheim sein«, tröstete Vicky, wobei sie das aus Solidarität lautstark heulende Wölfchen aus der Wiege nahm und mit ihm beruhigend auf und ab ging. Unten hupte Jakobs Wagen.

»Warum bei Onkel Paul?«, fragte Konrad und musterte den Vater misstrauisch. »Warum nicht bei uns?«

»Weil Onkel Paul am Alex wohnt und ich von da schneller an der Uni bin.«

Vicky hörte schlagartig mit ihrem beruhigenden Gesumme auf. Sie hatte gedacht, das mit Onkel Paul sei nur die kinderfreundliche Version der Geschichte. »Du studierst wieder?«

»Nein, ist doch noch mitten im Semester.« Er schüttelte einige Male den Kopf, er schien richtig verlegen, und von unten drang inzwischen hartnäckiges Hupen. »Ich habe neulich zufällig Herrn Professor Dr. Haber getroffen, und er hat sich an mich erinnert, vermutlich mehr wegen meiner roten Haare als wegen meiner besonderen Leistungen, aber er braucht für sein neues Japan-Institut noch Leute.«

»Mein Gott, Willi, das wäre doch großartig!« Und zur ihrer eigenen Überraschung stellte sie fest, dass es sie tatsächlich freute.

»Wärst du beim Kaiser-Wilhelm-Institut angestellt? Würdest du forschen? Müsstest du dann nach Tokyio? Ich habe neulich im Einschlagpapier darüber gelesen, das wird eine richtig große Sache.«

»Du, das ist alles noch nicht sicher. Seine Meerwassergeschichte war ja ein Reinfall, die wird wohl in den nächsten Monaten offiziell für gescheitert erklärt. Da werden vermutlich viele gute Leute frei. Leute, die er kennt und mit denen er schon zusammengearbeitet hat.« Vicky hatte es ganz vergessen gehabt, aber wann immer Willi Freude nicht mit seiner männlichen Würde vereinbar fand, nahm sein Gesicht vor angestrengtem Ernstbleibens die Farbe seiner Haare an. Und in dem trotzigen Tonfall, den sie früher so gut gekannt hatte, ergänzte er: »Außerdem wusste er noch, dass ich nicht zum mündlichen Examen angetreten bin, fand er ja schon damals nicht top und ist jetzt nicht besser geworden. By the way, wenn dein Kerl noch länger so hupt, beschweren sich die Nachbarn.«

»Wenn wir uns nicht mehr sehen, sag liebe Grüße an Christine. Und natürlich viel Erfolg mit der Japan-Sache.« Sie lächelte etwas steif und weil sie nicht wusste, wie sie sich am unverfänglichsten von ihm verabschieden sollte, drückte sie nur dem schmollenden Konrad einen Kuss auf die Wange und rief ein neutrales *Tschüß* in die Runde.

»Entschuldige, dass ich dich habe warten lassen«, bat Vicky, während Jakob ihr die Tür zum Fond des Wagens aufhielt. »Die Kleinen weißt du ...«

»Du solltest dir ein Mädchen dafür einstellen. Ich kenne außer dir keine Frau, die ohne auskommt.« Es klang durchaus anerkennend, aber kam ihr doch ein wenig vorwurfsvoll vor.

»Und im Gegenzug kenne ich keine Frau, die nicht selbst nach ihren Sprösslingen sieht. Wie denn auch, Kindermädchen sind teuer. Rudi hat allerdings ab nächstem Frühjahr einen Platz in einer Kleinkinderbewahranstalt. Sagt dir Clara Grunwald etwas? Die Montessori-Pädagogin? Oder das neue Montessori-Volkskinderhaus in Friedrichshain?« Jakob jedoch schüttelte nur stumm den Kopf, das Thema schien ihn nicht besonders zu faszinieren, deshalb gab

Vicky auf und fragte: »Wo gehen wir denn so geheimnisvoll hin?«

»Zu Nicki Wassermann. Wir gehen zur Premierlesung seines neuen Krimis. Er wurde schon in der *Vossischen* abgedruckt, aber jetzt erscheint er endlich als Roman. Eigentlich gab es keine Karten mehr ...« Er ließ den Satz unvollendet schweben, doch Vicky war nicht zum Nachfragen aufgelegt. Sie freute sich nicht besonders auf eine erneute Begegnung mit Nicki Wassermann.

»Ich war schon einmal auf einer Lesung von ihm eingeladen«, erzählte sie stockend. »Das war allerdings bevor er so berühmt wurde. Willis Hauptmann ist im Zivilleben Autor, und der kannte wiederum Herrn Wassermann und hat in seinem Garten für ihn eine Lesung organisiert. Also nicht nur für ihn, da waren auch noch andere. Es gab Gedichte, die sich nicht reimten, und einer hat sich nackt bis auf die Fliegerstiefel ausgezogen und gebrüllt, er sei der Gott der Liliputaner. Peter und ich sind uns aber nie einig geworden, ob das ein Dadaist oder ein Betrunkener war.«

An einem Frühlingsabend ’23 war es gewesen, dass Herr von Keller sie zu sich geladen hatte, und auch in der Natur schien Inflation zu herrschen. Die Fliederbüsche hatten sich unter der schweren Last ihrer Blüten gebeugt, faustgroß waren schon die Pfingstrosen. Die Autoren standen auf der halb von Brombeeren und Efeu zugewucherten Treppe zur Villa des Gastgebers, lasen zum flackernden Schein von in Einmachgläser gestellten Teelichtern, während die Gäste im feuchten Gras auf alten Militärdecken saßen. Es roch nach Nacht, nach Erde und Opium. Man trank französischen Kognak aus der Flasche, und Willi, der am Vormittag irgendeine Prüfung gehabt hatte, war mit dem Kopf in ihrem Schoß eingeschlafen noch, bevor der erste Dichter geendet hatte.

Ihr Bruder Peter hatte sie begleitet, halb fasziniert, halb abgestoßen und manchmal hatte er ihr spöttische Bemerkungen ins Ohr geflüstert. Und dann war Nicki Wassermann auf die Treppe getreten, hohlwangig und romantisch hager hatte er Verse über den Krieg geholpert, aber der Bruder hatte nicht einmal den Blick abgewandt, denn dort, halb im Dunkel, stand sie, die Frau, von der man sagte, dass sie Wassermanns Geliebte sei.

»Ich war dieses Frühjahr zur privaten Buchpremiere von einem von Wassermanns Krimis eingeladen, aber ich musste absagen, weil ich in den Staaten war. Im Nachhinein tut es mir leid, es muss ein sehr gelungenes Fest gewesen sein.«

Vicky nickte vage, der Liebhaber ihres Schwagers war auch dort gewesen und der hatte noch drei Tage später wunde Nasenflügel gehabt. Und sicher nicht nur, weil er sich beim nächtlichen im Springbrunnen Getanze den Schnupfen geholt hatte. Sie konnte sich nicht recht vorstellen, dass Derartiges Jakobs Vorstellung von einem netten Abend entsprach.

»Aber die Reise hat sich natürlich trotzdem gelohnt. Habe ich dir schon von den Skyscrapern erzählt? Stell dir vor, ich wurde sogar Raymond Hood, dem Architekten des eben fertiggestellten American Radiator Buildings vorgestellt!«

»Nein, nicht möglich?«, entgegnete sie pflichtschuldig. Sie hielt es für eher unpassend, ihm zu erzählen, dass Willi bei der großen Wolkenkratzerausstellung im Rathaus einer der mit der Saalaufsicht betrauten Studenten gewesen war und sie einmal auf dem Schaukasten mit Hoods preisgekrönten Bauplänen des Tribune Towers mit ihm geschlafen hatte. Es gab einfach Erinnerungen, die man besser nicht teilte.

Ob das auch auf Jakobs Amerika-Reise zutraf, konnte sie natürlich nicht wissen, aber es blieben ihm ganz offensichtlich noch genug, um die komplette Fahrt bis zur Buchhandlung Lachmann am Bayrischen Platz damit zu füllen.

Entlang der breiten Fensterfront an der Speyerer Straße stand schon eine Schlange aus Fräuleins mit abenteuerlich tief in die Stirn gezogenen Hüten, mit Maulwurfsfellkragen und im Laternenlicht totenblaß wirkenden Pudergesichtern. Sie warteten stumm und geduldig, doch gerade als Vicky und Jakob aus dem Automobil stiegen, kam eine kreischende, schubsende, drängelnde, an den Haaren ziehende Bewegung in die Menge. Grund der Aufregung war ein junger Mann, der irgendetwas Kleines, Buntes schwenkte – eine Eintrittskarte. »Hier!«, »Nein, hier!«, »Ich!« »Ich!«, und dann plötzlich der markerschütternde Schrei: »Feuer! Feuer!« Einen Moment war die Masse Mensch verwirrt, manche schubsten nun in die andere Richtung, fort von dort, wo sie den Brand vermuteten, Vicky konnte über diesen alten Schwarzmarkttrick nur lächeln. Und tatsächlich hatte sich schon im nächsten Moment die Schreiende durch raschen Griff das Billet geschnappt, reichte es unter den wütenden Blicken der Genarrten dem Mann an der Tür.

»Herrn Wassermanns Publikum ist zu jung, die haben in den Hungerwintern ihre armen Mütter auf dem Schwarzmarkt schieben lassen«, stellte Vicky amüsiert fest und zog den noch immer etwas überrascht dreinsehenden Jakob hinter sich her. Drinnen war es derart überfüllt, dass man außer schwitzenden, aufgeregten Menschen zwischen bis an die Decke hinaufreichenden Regalen kaum etwas sehen konnte. Die Luft war zum Schneiden, doch nachdem sie sich durch den vorderen Verkaufsraum in das, was gewöhnlich die Leihbücherei war, durchgeboxt und sich dort durch erneutes Vorzeigen der Eintrittskarte als Zuhörer erster Klasse ausgewiesen hatten, wurde es etwas besser.

Zwar war es noch immer stickig, doch herrschte hier noch der für Buchläden so typische Geruch nach Druckerschwärze und Papier, nach Holz und langen, vertrödelten Stunden vor. Allerdings hatte man die Feldstühle derart dicht gestellt, dass zwischen dem Lesepult und der ersten Reihe kein Durchgang mehr geblieben war. Besonders der Autor selbst schien das zu bedauern, doch unternahm er, die Enge nach Kräften ignorierend, den tapferen Versuch, seine langen, in englischen Maßhosen steckenden Beine demonstrativ gelangweilt von sich zu strecken. Dass er sie dabei beinahe auf die Handtasche einer ältlichen Dame legte, schien ihn nicht weiter zu beeindrucken.

Hinter ihm standen zwei sichtlich zufriedene Herren. Hermann Ullstein, der Verleger, blass und spärlich blond; Benedict Lachmann, der Gastgeber, gebeugt und kunstvoll ungekämmt. Überhaupt schien der Kamm bei den anwesenden Herren ein mit Misstrauen beäugtes Objekt zu sein – wo man hinsah, stoben Locken in ungezügelter Kraft, vereinten sich fast schon russisch anmutende Vollbärte mit prachtvollen Kotletten und wer aus Mangel an Haar auf derartigen Ausdruck seines künstlerischen Temperaments verzichten musste, ließ auch im Raum den Hut auf.

»Das ist Joseph Roth!«, erklärte Jakob eifrig, während sie

sich setzten und deutete auf einen dunklen Hinterkopf in der ersten Reihe. »Er ist ein enger Freund von Herrn Wassermann. Und das dort, das ist Hans von Keller. Er schreibt für den *Uhu*, eine ganz brillante Serie über die Pariser Surrealisten. Ist das neben ihm ein junger Mann?«

»Nein, das ist Fritzi, Herr von Kellers Gattin«, erklärte sie, nach einem kurzen Blick auf den ausrasierten Nacken. Die Metzgerei Greiff belieferte die von Kellers schon seit Jahren und sich in ihrem Mehrwissen sonnend, ergänzte Vicky: »Frau von Keller schreibt für die *Vogue*. Und für die *Vossische*. Sehr amüsant, wenn du mich fragst.«

»Hatte die Läuse oder was ist mit den Haaren passiert?«

»Frau von Keller ist sehr emanzipiert!«, zischte Vicky leise, war aber dankbar, dass gerade in diesem Moment das Licht gedämpft wurde. Sie hatte wenig Lust, Jakob zu erzählen, dass Willi unter Hans von Keller gedient hatte und auch auf eine Diskussion über Sinn oder Unsinn langen Damenhaars war sie nicht aufgelegt gewesen. Insbesondere, da Fritzi von Keller bei aller Emanzipation und weiblicher Selbstbestimmung direkt nach der Hochzeit schwanger geworden war, wie man das von einer anständigen deutschen Frau ja wohl auch erwarten konnte.

»Meine Damen, meine Herren! Ich freue mich, Sie hier heute zur Premierenlesung des neuen und langersehnten Romans von Nicki Wassermann begrüßen zu dürfen«, begann Benedict Lachmann mit vornehmer, seltsam leiser Stimme zu sprechen, worauf sich auch auf den billigen Plätzen im Vorzimmer Schweigen ausbreitete. »Nicki Wasserman denke ich, brauche ich nicht mehr vorzustellen. Sein Name fällt in einem Atemzug mit Edgar Wallace und Conan Doyle. Seine Romane sind allesamt das, was man im englischsprachigen Raum Bestseller nennt und auch über die Verfilmungen brauche ich wohl kein Wort verlieren. Gerade die Damenwelt hält Carl von Bäumer ja für die vollkommenste Verkörperung eines Detektivs seit der Deerstalker aus der Mode gekommen ist. Also in medias res! Herr Wassermann, erzählen Sie uns doch einfach einmal, worum geht es in Ihrem neuesten Roman?«

»Nun«, sagte der Autor gedehnt und streckte sich dabei auf derart unwillige Art, man hätte annehmen können, er wäre soeben unsanft geweckt worden. »Nun, grundsätzlich geht es mir in jedem meiner Werke um die zentrale Frage nach der Schuld.«

Vicky, die sich nicht besonders viel aus Kriminalromanen machte, schloss die Augen. Sie hoffte, man möge es für hingerissenes Lauschen halten. Nicki Wassermann, mit seiner eleganten Magerkeit und seinem arroganten Desinteresse, erinnerte sie unangenehm an den Liebhaber ihres Schwagers. Kein Wunder eigentlich, dass die sich gut verstanden – vermutlich saßen sie bis morgens früh über leeren, aber sehr teuren Tellern und gähnten sich gegenseitig an.

»Der Kriminalroman als solches ist ja eine Kunstform für sich. Erst gestern habe ich mit einem Freund, dem amerikanischen Kunstkritiker S. S. van Dine gesprochen, und wir sind beide der Meinung, dass gerade der Detektivroman die höchste Form der Prosa darstellen kann. Leider betrachten viele ihn jedoch nur als das männliche Pendant des weiblichen Schunds einer Courths-Mahler. Was bei Courths-Mahler ein dümmliches Missverständnis, ein jeden Verstand beleidigendes Zerwürfnis ist, ist im schlecht gemachten Krimi der trottelige Mörder, dessen einziges

Glück die gleichfalls geringe Geisteskraft des Ermittlers darstellt. Und die der Leserschaft.«

Das Publikum lachte beifällig, und Vicky zog scharf die Luft ein. Sie hätte vor Wut platzen mögen, doch sie schwieg. Sie wusste ganz genau, wenn sie etwas sagen würde, käme nur ein großes, empörtes Durcheinander heraus.

»Möchten Sie damit ausdrücken, dass die Leser von Courths-Mahler dumm sind?« Die Frage kam so unvermittelt und dabei in so sanftem Ton, es dauerte einen Moment, bis die Gesellschaft in Fritzi von Keller die Sprecherin ausgemacht hatte. In ihrem leicht schwäbischen Dialekt sprach sie weiter: »Und wenn Sie dieser Meinung sind, dann würde mich persönlich interessieren, was Ihrer Meinung nach der Grund dafür ist? Verdummen die Leserinnen erst durch die Lektüre, oder sind sie von Anfang an geistig beschränkt und lesen deshalb Romane über *dümmliche Missverständnisse?* Und wenn das so ist, liegt das dann an der weiblichen Natur?«

»Frau von Keller, Sie verdrehen mir das Wort im Mund!« Er warf einen anklagenden Blick auf sie und einen eindeutig ärgerlichen auf ihren Gatten. Vermutlich nahm er diesem übel, sein aufsässiges Weibsbild nicht recht im Griff zu haben. »Außerdem wäre ich Ihnen dankbar, wenn Sie mich ausreden lassen würden. Ich wollte soeben erklären, dass es ja auch auf dem Gebiet der leichten Bücher sicher das ein oder andere Werk mit Berechtigung gibt. Außerdem möchten auch Dienstmädchen und Handwerksburschen unterhalten werden.«

»Aber wohl nicht durch Ihre anspruchsvolle Prosa«, zischte Vicky und brauchte einen Moment, bis sie merkte, dass sie selbst das soeben gesagt hatte.

»Nein, vermutlich nicht«, erklärte Wassermann spitz und diesmal bekam Jakob den ärgerlichen Blick ab, dabei konnte der nun ja wirklich nichts dafür, dass Vickys Gatte es mit der strengen Hand nicht so genau genommen hatte. »Dürfte ich nun fortfahren, oder haben die Damen noch weitere Einwände?«

»Wir versuchen es nur zu verstehen«, erklärte sie sanft, und Fritzi ergänzte honigsüß: »Wenn es uns wieder zu schnell gehen sollte, fragen wir aber natürlich nach. Das weibliche Geschlecht als solches ist ja sehr gelehrig.«

»Am besten, Sie geben uns einfach eine Kostprobe Ihres Schaffens«, schlug Lachmann vor, der dem Dialog bisher mit ausdruckslosem Gesicht gefolgt war, doch nun war es Vicky, als habe er ihr einen langen, fast dankbaren Blick zugeworfen. Fritzi aber drehte sich kurz um, flüsterte: »Frau Genzer, wie schön, dass Sie auch hier sind.«

»Ruhe!«, kommandierte Wassermann streng und dann kam erst einmal eine halbseitige Beschreibung einer hoch verschneiten, jedoch teilweise abgedeckten und dort logischerweise weniger verschneiten Baugrube. Ob danach noch etwas kam, konnte Vicky nicht sagen, sie schlief schon bei der Beschreibung des sich im Schnee brechenden Nachtlichts ein.

»Frau Genzer! Frau Genzer, warten Sie!«, rief Fritzi von Keller und Vicky, die wusste, wie Jakob es verabscheute, Willis Namen zu hören, drehte sich rasch um.

Jakob hatte direkt nach Beendigung der Lesung gehen wollen, noch nicht einmal der Kauf eines Buchs schien ihn zu reizen und so standen sie schon fast auf der Straße, als die Frau sie einholte. In einem abgetragenen, über dem fünf Monatsbauch nicht mehr zu schließenden Salzund-pfeffer-Mantel, die wirklich sehr kurzen Haare halb unter einer schief aufgesetzten Pudelmütze verborgen, stürzte sie winkend auf Vicky zu. »Ich freue mich ja so, dass Sie auch hier waren! Man fühlt sich oft so einsam, wenn alle anderen schweigen.«

Vicky nickte, die Hitze stieg ihr in die Wangen. Wie peinlich es war, für einen so kleinen Satz gelobt zu werden. Und da sie das Gefühl hatte, Jakob sei die ganze Geschichte ebenfalls peinlich gewesen, lächelte sie knapp und fragte: »Wo haben Sie denn Ihren Gatten gelassen?«

»Ach, der. Hans gibt noch Pfötchen. Er ist doch auch bei Ullstein. Aber ich hab gesagt, wenn er sich für meine Frage entschuldigt, verlass ich ihn. Was Nicki Wassermann an-geht, ist Hans nicht zu helfen.« Sie schüttelte einige Male den Kopf, nickte grüßend in Richtung des etwas betrunken wirkenden Joseph Roths und fuhr dann nachdenklich fort: »Die kennen sich schon ewig, und sobald man was sagt, heißt es nur, der arme, arme Nicki, der ist ja von seiner großen Liebe verlassen wurde und und und ... Unter uns, wenn ich dem seine Verlobte gewesen wäre, dem aufgebla-senen Kerl, wäre ich auch stiften gegangen.«

Dieser Gesprächsgegenstand war für Vicky nicht gera-de angenehm. Ihre Wangen glühten, doch Fritzi von Kel-ler wechselte dankenswerter Weise von selbst das Thema – wobei sie mit echt schwäbischem Taktgefühl gleich das nächste Fettnäpfchen fand: »Und Herr Genzer? Den ha-ben Sie bei den Kindern gelassen?«

Vicky gab einen eher vagen Ton von sich. Sie fand Frit-zi von Keller von jeher etwas einschüchternd, sie war so gebildet und wirkte immer, als könne sie nichts aus der

Ruhe bringen. Außerdem gab sie einen Dreck auf die Leute. Wenn sie kleine Provinzpflanze einen Grafen heiraten wollte, dann tat sie es eben, und wenn ihr nicht passte, was so ein Erfolgsautor erzählte, dann sagte sie es, laut und für jeden gut zu hören. Betrügen hätte die sich bestimmt auch nicht lassen – wobei sich Vicky eh nicht vorstellen konnte, dass irgendjemand den fast schon krankhaft hageren, ewig leicht abwesend wirkenden Hans von Keller attraktiv fand. Außer eben seine Frau, aber die sah in ihm vermutlich vor allem den genialen Literaten.

»Wir haben lustigerweise erst gestern über Ihren Willi gesprochen«, plauderte Frau von Keller inzwischen munter weiter, und da sie Jakob für einen Freund der Familie zu halten schien, berichtete sie an ihn gewandt: »Mein Mann hat wieder die Geschichte mit dem Pferd erzählt. Kennen Sie die? Nein? Es muss '17 gewesen sein, da lag ein angeschossenes Pferd im Graben und brüllte vor Schmerz. Ich hab es selbst nie gehört, aber das Geschrei muss unerträglich sein. Keiner hat sich aus dem Bunker getraut, weil die Tommys so in Feierlaune waren, und die Männer sind halb wahnsinnig geworden, das Trommelfeuer und das in seiner Todesqual schreiende Tier. Hans hat erst gestern wieder gesagt, nie wird er den Moment vergessen, als Willi aufgestanden ist und einfach raus. Alle dachten, er hat Bunkerkoller und wollten ihn zurückhalten, aber er ist einfach raus. Er ist durch den Beschuss, hat dieses Pferd erlöst, ist zurückgekommen, hat sich den Staub von der Uniform geklopft und gesagt: *Eigentlich wollt ich zu unserm gemütlichen Beisammensein hier Gulasch mitbringen, aber die Zwiebeln schienen mir nicht ganz frisch.*«

»Ihr Willi ist schon ein verwegener Halunke gewesen. Ein Draufgänger, wenn es je einen gab. Seine Männer haben ihn angebetet.« Hans von Keller war zu ihnen getreten, und obwohl er vollkommen davon in Anspruch genommen schien, seinen Mantel zu schließen und gleichzeitig eine Zigarette zu entzünden, schien er Jakob eher in die Kategorie Liebhaber, denn Freund der Familie einzuordnen. Wie beiläufig ergänzte er: »Man sieht natürlich nie hinein. Man kennt einen Menschen als begabten Zugführer, aber was weiß man schon sonst über ihn?«

Fritzi wechselte einen raschen Blick mit ihrem Mann, verstand, und als wäre ihr plötzlich sehr kalt, zog sie sich ihren Schal bis zu den Ohren, sagte kleinlaut: »Ich glaube, wir müssen dann auch gehen.«

Und das war der Moment, in dem Vicky beschloss, dass sie Freundinnen würden. Lächelnd legte sie eine Hand auf Fritzis Ärmel und bat: »Dürfte ich Sie vielleicht morgen Nachmittag besuchen? Ich bräuchte Ihren Rat.«

»Musste das sein?«, fragte Jakob und schloss die Scheibe zur Fahrerkabine seines Chauffeurs. »Das wäre doch wirklich nicht nötig gewesen!«

»Was wäre nicht nötig gewesen?« Und als bemerke sie seinen Ärger gar nicht, tat Vicky, als blicke sie aus dem Fenster, versuchte vielleicht noch etwas von dem jenseits der hohen, immergrünen Hecke am Fenster vorbeiziehenden Bayrischen Platz zu erblicken.

»Herrn Wassermann so bloßzustellen. Es war sein Abend, seine Feier anlässlich des Erfolgs seines Romans, warum muss man ihm das kaputtmachen? Gut, er mag vielleicht eingebildet wirken, aber er hat sehr schlechte Erfahrungen mit Frauen gemacht, seine Verlobte ...«

»Es war nicht seine Verlobte«, unterbrach sie scharf. »Fräulein Sayer war niemals seine Verlobte. Und ich verstehe nicht, weshalb ihm das das Recht geben sollte, schlecht über Frauen zu sprechen, die gerne seichte Bücher lesen. Ich lästere doch auch nicht über seine, obwohl ich sie gleichermaßen effekthascherisch wie langweilig finde.«

»Gut, sein Verhalten war unhöflich, nur warum muss man darauf in gleicher Weise reagieren? Hätte diese Frau von Keller sich nicht einfach ihren Teil denken können? Warum geht sie auf eine Lesung von ihm, wenn sie ihn doch offensichtlich kennt und nicht mag? Solche Leute suchen meiner Meinung nach einfach einen Grund, sich aufzuregen und sich in den Mittelpunkt zu drängen. Wahrscheinlich war sie nur neidisch, dass er solchen Erfolg hat und ihr Gatte für den *Uhu* und sonst nichts schreibt.« Vor Ärger zuckte ein Muskel unter seinem Auge, und erbittert fuhr er fort: »Und warum hast du ihr nicht gesagt, dass du dich von Willi scheiden lässt? Ich stand da wie der letzte Idiot. Erst durfte ich mir Lobeshymnen ob seiner militärischen Meriten anhören, und dann war ich plötzlich der Hausfreund. Na, danke auch! Warum hast du das gemacht?«

»Weil ich die von Kellers als modern denkende Menschen kenne. Heutzutage kann eine verheiratete Frau mit einem ledigen Mann ausgehen, ohne gleich ein Verhältnis mit ihm angedichtet zu bekommen.« Vicky starrte ihr Spiegelbild in der dunklen Scheibe an, holte tief Luft und sagte: »Und außerdem lasse ich mich nicht scheiden. Ich mache einen Buchladen auf und das geht rein rechtlich leichter, wenn ich verheiratet bin. Wir leben nicht zusammen, wir schlafen nicht zusammen, aber wir werden verheiratet bleiben. Es ist auch angenehmer für die Kinder.«

»Wie bitte?« Jakob sah sie vollkommen entgeistert an. »Verstehe ich dich gerade richtig? Warum um alles in der Welt machst du einen Buchladen auf? Es gibt doch gerade genug. Erst neulich habe ich gelesen, in Pankow haben sie jetzt schon in Treppenhäusern Leihbibliotheken eingerichtet. Und von welchem Geld überhaupt? Deine Eltern können diese Schnapsidee doch unmöglich gutheißen?«

»Von der Hälfte des Geldes, das mein Vater Willi gegeben hat, damit er in die Scheidung einwilligt und möglichst spurlos verschwindet«, gab sie etwas kleinlaut zu. »Ich zahl es ihm ja zurück, von mir aus auch mit Zinsen, aber erst mal brauch ich das Geld eben.«

»Für eine Buchhandlung! Ich fass es nicht! Und was willst du da dann verkaufen? Richtige Bücher oder nur so Schundromane?«

»Das Sortiment habe ich noch nicht abschließend geklärt.« Sie klang sehr von oben herab, und wie sie mit Zufriedenheit feststellte, fast ein bisschen wie Fritzi von Keller. »Aber ja, ich denke, ich werde den Schwerpunkt auf Bücher für Frauen legen. Kolportageromane, Romane, die das Leben leichter machen. Und jedenfalls keinen Nicki Wassermann.«

»Und weil du Heftchen verkaufen willst, bleibst du bei diesem Kerl? Tut mir leid, das ist zu viel für mich.« Er konnte gar nicht mehr aufhören, den Kopf zu schütteln. »Geht es dir um das Geld? Glaubst du auf diese Weise eigenes Geld zu verdienen? Soll ich dir in einem meiner Büros eine Stelle besorgen? Oder in einer Metzgerei? Dein Vater würde sicher dazu einwilligen.«

»Stimmt, ob ich jetzt Feuchtwangers *Die hässliche Herzogin Maultasch* oder an Exilschwaben die Füllung dafür verkaufe, bleibt sich eigentlich gleich.« Sie verdrehte die Augen. »Nein, im Ernst. Ich wollte schon immer in einer Buchhandlung arbeiten und jetzt werde ich es endlich tun. Und wenn ich dafür mit Wilhelm Genzer verheiratet bleiben muss, werde ich auch das tun.«

Aber weil sie schon an Doktor Levis' Praxis vorbeifuhren, beeilte sie sich zu erklären: »Bitte Jakob, vertrau mir einfach. Vertrau mir, dass ich weiß, was ich tue. Du hast selbst gesagt, du müsstest dich erst daran gewöhnen, dass ich eine erwachsene Frau bin, dass ich mehr Facetten habe, als du angenommen hast. Fang jetzt damit an und vertrau mir einfach.«

»Viel mehr Möglichkeiten habe ich ja auch nicht, oder?« Er griff nach ihrer Hand und einen Moment lang war Vicky überrascht, wie weich und kühl sie war. Willis Hände waren immer warm, aber rau, rau von Grabendreck, rau vom vielen Waschen im Labor. Rau und oft auch zersprungen vom Boxkampf.

Und den Druck dieser ihr noch fremden Hand erwidernd, nickte Vicky stumm.

Bitte leise hochkommen! Lisbeth schläft!

So stand es in Willis fast unlesbarer Schrift auf der Rückseite eines auf die unterste Treppenstufe gelegten Briefumschlages, wobei Vicky nicht wusste, was sie mehr verblüffte. Der Umstand, dass ihre Freundin Lisbeth bei ihr nicht nur unangemeldet zu Besuch, sondern gleich als Übernachtungsgast gekommen war, oder die Tatsache, dass Willi es für nötig hielt, sie um Ruhe zu bitten. Was erwartete der denn? Dass sie volltrunken und schmutzige Lieder grölend heimkehrte?

»Wenn ich so betrunken wäre, dass ich laut heimkomme, wäre ich auch zu betrunken, um deinen Zettel zu lesen«, stellte sie statt einer Begrüßung fest, doch der am Küchentisch eingeschlafene Willi gähnte nur herzhaft.

»Du kannst es dir nicht vorstellen«, erklärte er, wobei er seinen zerlesenen *Langescheidt* zuklappte und entschieden auf einer Ausgabe der *Science* legte. »Wenn wir Fernsprecher hätten, ich hätte bei Dr. Dr. Fuchs angerufen und mich einweisen lassen. Konrad hat versucht, Linchen mit den Zöpfen an seinem Bettpfosten festzubinden, weil Linchen ihn einen *vaterlandsverräterischen Bollenschneewisch* genannt hat, ihr Wort, nicht meins. Während ich da geschlichtet hab, ist mir Wölfchens Milch angebrannt und dann hat Rudi Bauchweh bekommen und wollte getragen werden, was eigentlich nicht ging, weil ich schon das vor Hunger brüllende Wölfchen tragen musste, ich hab die Milch ja nicht so schnell kalt gekriegt, aber irgendwie ging es dann natürlich doch. Und dann, viel später, dann kam irgendwann der köstliche Moment, in dem ich sie alle, alle in ihren jeweiligen Betten hatte, ich hatte mir eine Zigarette angesteckt und überlegte gerade, ob meine Nerven was Hochprozentiges brauchten oder nicht...«

»Wenn das der Schnaps ist, der bei meinem Abschied noch halbvoll auf der Eiskiste stand, dann scheinen mir deine Nerven reichlich angegriffen gewesen zu sein«, unterbrach sie ihn und deutete missbilligend auf die fast leere Flasche. Mit Blick auf den über den Tisch verstreuten Zucker stellte sie fest:»Du klingst betrunken. Hast du Cocktails gemacht?«

»Lass mich doch mal ausreden. Und, wo wir schon dabei sind, wie wäre es mit: *Danke, liebster Willi, dass du bei Wind und Wetter klaglos hierher gekommen bist, dich allein und ohne Murren um diese Plagegeister gekümmert hast, damit ich mir einen schönen Abend mit meinem Neuen machen kann.*« Er funkelte sie zornig an und begann, seine verstreut liegenden Stifte in eine mit Schnur zu verschließende Zigarrenkiste zu packen. »So einen Idioten musst du auch erst mal wieder finden. Wenn das mein Boxclub erfährt, kann ich austreten. Das darf ich mir sonst noch '45 anhören.«

»Es sind ja wohl auch deine Kinder, und wie oft hab ich hier allein gesessen, während du in irgendwelchen Tanzpalästen Amüsemang gemacht hast«, entgegnete sie hitzig, aber innerlich musste sie zugeben, dass ihr aktuell kein Mann einfiel, der dazu bereit gewesen wäre. Die meisten beschränkten sich ja aufs Machen und später vielleicht noch aufs Verdreschen. Fläschchengeben und Windelnwechseln war Weiberkram. Und das Willi so problemlos bereit war, sie bei ihrem Buchladen zu unterstützen, das war auch nicht gerade die Norm. »Aber von mir aus: *Danke, oh eure Großherzigkeit.* Und jetzt sei so süß und erzähl mir, warum Lisbeth in Bambis Bett liegt und du hier dreiviertels betrunken am Küchentisch schläfst?«

»Also, jedenfalls waren die Kinder endlich ruhig, und ich hatte gerade angefangen, einen Artikel über Kupellation zu lesen, da hat deine Freundin Lisbeth Steinchen gegen das Küchenfenster geworfen.« Er streckte sich derart ausgiebig, dass die Nähte seines Hemdes knirschende Geräusche machten. »Sie wollte raufkommen und hat geheult wie ein Schlosshund, vollkommen aufgelöst, ich hab erst mal eine halbe Stunde gebraucht, bis ich verstanden hab, was überhaupt los war. Und dann ist mir klargeworden, dass ich immer noch kein frisches Taschentuch habe und Taschentuchreichen ist bekanntlich der einzige Trösttrick, den ich bei Frauen beherrsche. Also gut, vielleicht nicht der einzige, aber der einzige, den ich jetzt bei deiner besten Freundin anwenden konnte. Und da hab ich mir eben gedacht, ihr wollt doch immer wie Männer behandelt werden, und wenn mein Bruder wieder Streit mit seinem Hungerhaken hat, dann füll ich ihn ab und morgen ist's vergessen. Deshalb die Cocktails.« Hilflos zuckte Willi die breiten Schultern. »Die Details kannst du ja morgen mit ihr klären. Kochst du mir einen Kaffee? Ich bin mir nicht sicher, wer hier wen abgefüllt hat.«

»Aber was war denn?«, fragte Vicky und stocherte in der Glut des Herdes herum. »Lisbeth ist doch sonst nicht der melodramatische Typ.«

»Sie ist ihre Stelle los, ohne Empfehlung, ohne Zeugnis und ohne Strümpfe. Also einen Strumpf hat sie noch, den anderen hat ihr Chef kaputt gemacht. Also erst hat er ihr die Strümpfe verdorben und dann hat sie ihm eine geknallt, aber nicht wegen der Laufmasche, sondern aus Prinzip, und daraufhin hat er sie entlassen. Sorry, ist etwas durcheinander, ich bin echt hinüber.«

»Oh mein Gott, die arme Lissi!« Vor Schreck fiel Vicky ein ganzer Löffel Bohnen in die Mühle, das war eigentlich nicht so geplant gewesen – für jemanden in Willis Zustand taten es auch Buchecker und Kaffeegewürz. »Was macht sie denn jetzt? Ohne Zeugnis findet sie nicht so schnell was Neues. Sie braucht doch das Geld, sie muss doch ihre Großtante unterstützen. Erspartes hat sie auch keins. Oh, Willi, was soll sie nur tun?«

»Jetzt werd nicht hysterisch. Das schadet nur meiner Tochter und bringt nichts. Aber ich hab mir gedacht, du könntest sie vielleicht einstellen?«

»In meinem Buchladen? Ich hab nicht mal Räumlichkeiten oder Ware, geschweige denn Kunden für die Ware, und dann soll ich jemanden einstellen?« Jetzt war sie wirklich hysterisch und ihren noch immer kaum sichtbaren Bauch haltend, lehnte sie sich tief atmend gegen das Bretterregal mit den Töpfen. »Wovon soll ich sie denn zahlen? Ich habe dir eben erklärt, sie braucht ein regelmäßiges Einkommen.«

»Genau wie du und ich und der Rest der Republik. Und deshalb macht mein Gedanke Sinn. Vicky, du kriegst im Frühjahr ein Baby, und ich weiß, du bist hart im Nehmen, aber selbst wenn du direkt nach der Entbindung wieder im Laden stehst, wirst du nicht sofort voll arbeiten können. Wenigstens zum Stillen musst du weg, und erinnere dich, bei Rudi hast du uns alle beinahe umgebracht, weil du mitten im Feuer machen eingeschlafen bist. Außerdem, nimm es mir nicht übel, aber du vergisst nach jeder Geburt erst mal die Hälfte. Es hat ja schon Gründe, warum es keine weiblichen Buchhändler gibt. Ich werde versuchen, dich nach Kräften zu unterstützen, aber wenn ich tatsächlich als Chemiker arbeiten darf, dann kann ich nicht eben mal weg. Bambi ist mit dem Haushalt und der Rasselbande hier auch mehr als bedient. Du siehst also, du wirst Hilfe brauchen, sonst machst du den Laden gleich wieder dicht. Und ehrlich, den Triumph, den gönnst du diesen klatschsüchtigen Spießern doch nicht?« Willi war aufgestanden und hatte begonnen, etwas unsicher zwischen Herd und Esstisch herum zu tigern. »Das mit dem Gehalt wird sich fin-

den. Vielleicht könnt ihr die Räumlichkeiten abends unter-
vermieten?«

»An Nackttänzer, oder was?«

»Was weiß denn ich? Nimm einen Verlag mit rein, mach
deine eigene Zeitung. Gab es schließlich bei Lachmann
auch, der *Fröhliche Anarchist* oder so. Und außerdem bin
ich betrunken.« Er machte eine entschuldigende Geste
mit den Händen, bat dann: »Zuckerkekschen, darf ich hier
schlafen? Bitte!«

»Nenn mich nicht Zuckerkekschen.« Sie schüttelte ablehnend den Kopf, aber Willi tat ihr schon leid. Der machte keinen guten Eindruck mehr. Draußen begann es gerade
zu regnen. Er war der Vater ihrer Kinder und er bemühte sich wirklich, sie zu unterstützen. »Ich hab grundsätzlich nichts dagegen, aber Christine würde sich Sorgen machen.«

Eigentlich wäre das mal eine nette Abwechslung, bisher
war die einsam zu Hause wartende Frau immer sie selbst
gewesen. Andererseits hatte Christine gerade schon genug
zu leiden, und so ergänzte Vicky: »Sie ist noch nicht lange
genug mit dir zusammen. Sie hat vermutlich noch nicht
verinnerlicht, dass es dir meistens prächtig geht, wenn du
nicht heimkommst.«

»Sie kriegt es gar nicht mit. Ich wohne wirklich bei
Paul, und der ist ja die ganze Zeit bei seinem Zuckerwattekopf. Der springt höchstens mal morgens kurz rein, wenn
ihm die Wäsche auszugehen droht. Meistens schickt sein
Blondschopf dafür allerding irgendeinen Hausgeist.«

»Ich hab die beiden übrigens neulich im *Rupinski* getroffen«, erzählte Vicky, in Gedanken kaute sie noch auf Willis
Wohnsituation herum. Obwohl die Nähe zur Universität

natürlich ein stichhaltiges Argument für die Übernachtung in Pauls Zimmer am Alexanderplatz war, betrachtete Vicky das Ganze mit Skepsis. Als Willi vor bald fünf Jahren in der Gartenwirtschaft ihres Onkels ausgeschenkt hatte, da war er täglich vom Wannsee nach Charlottenburg mit dem Rad gefahren, eine Stunde hin, eine Stunde zurück. Dabei hatte ihr Onkel Fritz ihm ein Zimmer ganz in der Nähe angeboten, keine fünf Minuten entfernt, aber Willi wollte nicht. *Ohne dich und die Kleinen kann ich eh nicht schlafen,* hatte er erklärt und weil die Kinder gerade beschäftigt waren, hatte er ihr gleich noch einen Kuss auf den Mund gegeben. *Und das, das mag ich auch nicht nur an meinem freien Tag machen.* Scheinbar sah er das inzwischen anders?

»Das mit dem *Rupinski* hat Paul mir schon erzählt«, unterbrach Willi ihre Grübeleien. »Er hasst den Laden ja, er ist nur mitgekommen, weil er Nicki unlautere Absichten in Bezug auf seinen Blondschopf unterstellt und du weißt ja, wie eifersüchtig Paul ist.«

»Du hast ihm aber schon von Nicki, Peter und Miss Sayre erzählt?«

»Natürlich, außerdem hat er's ja auch miterlebt. Er geht wohl trotzdem lieber auf Nummer sicher, so hübsche Knochen findet er doch so schnell nicht wieder.« Willi zuckte die Schultern und blickte sie aus dunklen Hundeaugen flehend an. »Bitte lass mich hier schlafen. Ich mag nicht erst zur Elektrischen laufen, da warten, dann zum Alex fahren und dann durch den Regen zu Pauls Wohnung rennen. Ich bin müde, ich bin besoffen und es stürmt!«

»Na, von mir aus.« Vicky seufzte demonstrativ. »Den Kaffee brauchst du dann nicht mehr?«

»Nein, aber ein Kissen und eine Decke wären schön. Ich schlaf auf der Eckbank, Lisbeth liegt in Bambis Bett, dann kann der mit dir in unsers.«

Sie nickte und während sie Leintücher holen ging, spürte sie einen nagenden Ärger darüber, dass er ihr zuvorgekommen war. Sie hätte ihn zu gern selbst darauf hingewiesen, dass er aber in der Küche schlafen werde.

»Willi, Willi, wach auf!« Energisch schüttelte Vicky ihn an der Schulter, vermutlich hatte Willi noch im Trommelfeuer ruhig geschlafen, mit sanften Stupsen kam man bei ihm nicht weit. »Wach doch auf!«

»Was zum Henker ist denn jetzt schon wieder los?« Ohne die Augen zu öffnen, tastete er nach seinen Zigaretten. »Ist was mit den Kindern?«

»Nein.«

Das hätte sie besser nicht gesagt, denn Willi quittierte diese Information mit einem sehr unwilligen Laut und dem Versuch, sich die Decke über den Kopf zu ziehen.

»Willi, Bambi ist noch immer nicht zurück!«, stieß sie hervor. »Es ist jetzt vier. Um drei ist Sperrstunde, bestimmt ist ihm was zugestoßen!«

»Kann man ihm nur zu gratulieren« Er gähnte herzhaft, nahm einen Schluck aus der Wasserkaraffe und schob sich jetzt endgültig eine Zigarette zwischen die Lippen. »Wenn er schnell war, schläft er inzwischen schon.«

»Jetzt mach keine blöden Witze!« Und Willi etwas gegen die Wand drückend, setzte sie sich neben ihn auf die Eckbank. Die Beine unter dem Nachthemd anziehend, schlang sie die Arme um die Knie, fragte: »Was können wir nur tun?«

»Hoffen, dass sie gesund ist oder er Fromms dabei hat. Zuckerkekschen, dein Bruder ist siebenundzwanzig. Er ist Junggeselle, nett anzusehen und man merkt nicht auf Anhieb, dass er vollkommen manoli ist. Außerdem wäre dies das erste Mal, dass Wahnsinn eine Frau abgeschreckt hätte.« Er legte ihr die Decke um die Schulter, hielt ihr die Wasserkaraffe entgegen: »Komm, trink was. Und dann denk logisch: Wir leben in Berlin, in den Zwanzigerjahren. Ich fände es viel besorgniserregender, wenn er heimgekommen wäre.«

»Aber Bambi ist nicht so«, entgegnete sie matt. »Und außerdem war er auf einem Vortrag zur vegetarischen Ernährung. Bei so was lernt man niemanden kennen.«

»Warum nicht? Die Fräulein da sind doch wohl alles Expertinnen zum Thema Fleischeslust.« Er lachte und sich ihren Kopf tröstend gegen die Brust pressend, fuhr er ihr beruhigend übers Haar. Einen Moment versteifte sie sich unter seiner Berührung, aber dann merkte sie, wie sehr sie es genoss. »Komm, Zuckerkekschen, dein Bruder liegt nicht mehr an der Ostfront. Er ist ein erwachsener Mann, er kann auf sich selbst aufpassen. Und wenn er bis morgen Nachmittag nicht wieder aufgetaucht ist, werden wir Hundestaffeln losschicken und sein Bild an jede Litfaßsäule der Stadt kleben.«

»Aber wenn ihn jemand überfallen hat?« Langsam kam ihr ihre Angst selbst lächerlich vor. Willi hatte ja recht. »Oder wenn er sich verlaufen hat?«

»Sie sagt: »Du kommst ja erst um vier!« Er sagt: »Ick hab verloofen mir. Berlin ist ja so groß – so groß – so groß – Ick kam woanders hin. Wer hier nicht richtig aufpaßt, ist gleich woanders drin«, summte er. »Zuckerkekschen, ehrlich. Es besteht kein Grund zur Sorge. Nimm es gelassen. Und by the way, du hast mir erst vor ein paar Stunden einen Vortrag gehalten, dass du bei mir ja grundsätzlich immer wusstest, dass ich mich köstlich amüsiere, wenn ich nicht heimgekommen bin.«

»Stimmt doch auch!«, flüsterte sie in die schlafwarme Wolle seines Pullovers. »Du hast jeden Abend eine Neue gehabt und am Morgen durfte ich dir Aspirin gegen den Kater bringen. Und nur, weil du dir zu fein warst, in einer Metzgerei zu arbeiten.«

»Das stimmt nicht. Das stimmt einfach nicht. Ich habe dir bestimmt hundertmal erzählt, wie ich damals dieses verdammte, verwundete Pferd erschossen habe und wie ich da einen Pakt mit Mutter Maria geschlossen habe. *Du lässt mich heil wieder in den Bunker kommen und das war das letzte Tier, das ich umgebracht habe.* Das hast du genau gewusst! Und ich hab dir gesagt, ich kann nicht an Peters Stelle in diese verschissene Metzgerei einsteigen, weil ich anfange zu kotzen, wenn ich nur dran denke, noch mal irgendein Lebewesen töten zu müssen. Und du? Du hast gesagt, ich soll mich gefälligst zusammenreißen.« Er hatte aufgehört ihre Haare zu streicheln, stattdessen zog er ärgerlich an seiner Zigarette. »Du hast gesagt, ich hätte Verantwortung gegenüber dir und den Kindern. Du hast gesagt, du würdest den Tag bereuen, an dem du mich getroffen hast. Du hast gesagt, du hättest lieber Ebert geheiratet.«

»Mein Gott, Willi, ich war wütend. Und ich hatte Angst vor meinen Eltern. Und außerdem hast du nur einfach postuliert, du gingst nicht in die Metzgerei.« Am liebsten hätte sie ihn geohrfeigt. Jetzt war sie auch noch Schuld, dass er ihr untreu gewesen war. »Mit keiner Silbe hast du erwähnt, dass es dir Angst macht.«

»Vicky, wir standen hier in diesem Zimmer und ich habe wörtlich zu dir gesagt: ›Ich kann das nicht, ich ertrage das Blut und die Panik der Tiere nicht. Das erinnert mich an den Krieg.‹ Weißt du, was mich das gekostet hat, das zuzugeben? Und du? Du hast darauf zu mir gesagt, ich solle mich nicht anstellen und mich wie ein Mann benehmen.«

»Ich ertrage das nicht. Ich ertrag das nicht«, äffte sie ihn nach. »Und ich ertrag dieses Wort nicht, seit ich denken kann, ertragen irgendwelche Menschen um mich herum etwas nicht und ich muss es ausbaden. Wenn du Angst hattest, hättest du sagen sollen: *Vicky, ich habe Angst.* Das versteht auch deine Frau mit Volksschulabschluss. Willi, ich war im sechsten Monat mit Rudi schwanger und Linchen mit Masern mehr tot als lebendig. Wir hatten eine wahnsinnig gewordene Inflation, Ruhrkampf und Hitler in München. Wenn ich auf die Straße bin, standen da Mütter, die hatten ihre Säuglinge ins Zeitungspapier gewickelt und haben um Abfall gebettelt. Was glaubst du, was ich für eine Angst hatte! Und wie hilflos ich mich gefühlt habe! Wir sind alle wirtschaftlich von dir abhängig gewesen und du wiederum warst von meinem Vater abhängig. Und dass mein Vater uns restlos alles streicht, wenn du nicht in die Metzgerei gehst, das war klar und ist ja auch so gekommen. Wir hatten nur Glück, dass er uns nicht auch noch aus der Wohnung gejagt hat!«

»Aber ich hab uns trotzdem durchgebracht. Wir haben vielleicht nicht jeden Tag Kalbsbries gegessen, aber die Kinder sind nie hungrig ins Bett.« Er öffnete die Ofenklappe, schnippste den Zigarettenstummel in die Glut und für einen kurzen Moment war Willi in rot-tanzendes Licht getaucht. »Du hast doch gewusst, dass ich manchmal vor Albträumen wochenlang nicht richtig schlafen kann. Dir musst doch klar gewesen sein, dass ich nicht einfach aus einer Laune raus unsere komplette Zukunft über den Haufen werfe.«

»Ich hatte keine Zeit darüber nachzudenken. Ich stand in der Metzgerei, ich war schwanger, ich hatte zwei kleine Kinder und einen Ehemann, der plötzlich jeden Abend in ein anderes Nachtlokal verschwunden ist.« Die Tränen liefen ihr über das Gesicht, aber sie hätte nicht sagen können, ob sie aus Mitleid mit sich selbst oder aus Scham vor ihrem Verhalten weinte. »Ich bin immer mit dir aufgestanden, wenn du Albträume hattest. Immer, und wenn ich noch so müde war. Wenn wir hatten, hab ich dir Milch gemacht und wenn wir Gas hatten, hab ich dir vorgelesen. Wie kannst du da glauben, dass es mir egal ist, wenn du Angst hast? Ich wusste doch nur nicht, wovon leben? Und weißt du noch: Linchen? Rot getupft wie mein bestes Sommerkleid, und wir hatten kein Geld für den Arzt und für Medikamente schon zweimal nicht. Jede Nacht hab ich gebetet, dass wir sie behalten dürfen – und du, du warst tanzen!«

»Ich war aber nicht tanzen, weil es mir so viel Spaß gemacht hat, sondern weil ich versucht habe, irgendwo Geld für die Medikamente herzukriegen. Komm, du darfst dich in meinen Ärmel schnäuzen. Mein legendäres Taschentuch ist inzwischen ganz verschwunden.«

Sie schüttelte einige Male den Kopf, fuhr sich mit dem Saum ihres Nachthemds über die Augen und dann fragte sie, was sie sich nie zuvor getraut hatte, zu fragen: »Warum hast du das gemacht? Ich meine, warum hast du mich betrogen? Mit dieser Nachtclubsängerin und all den anderen?«

»Vicky, wie oft denn noch. Ich hab dich ein einziges Mal betrogen. Mit dieser Friedel Scheller. Ich war betrunken, sie war betrunken, wir alle waren betrunken. Das war der Tag, an dem dieser arbeitslose Maschinenschlosser hingerichtet wurde. Du weißt schon, der, der den Schupo erschossen hat, weil der sich wiederholt an der Tochter des Maschinenschlossers vergangen hat, zumindest nach Aussage des Vaters. Das Mädchen konnte man nicht befragen, das hatte sich schon vor der Ermordung des Schupos ertränkt. Zwölf ist es gewesen. Erinnerst du dich, Paul war vollkommen fertig?«

Vicky schüttelte den Kopf. Sie war damals gerade mal wieder in anderen Umständen gewesen, mit Wölfchen und von all ihren Schwangerschaften war es die schwierigste. Nachts konnte sie nicht schlafen, weil Wölfchen in ihrem Bauch tobte, tags konnte sie nicht schlafen, weil sie im Laden stand und natürlich auch wegen der anderen Kinder. Einmal klappten ihr während des Stillens von Rudi vor Erschöpfung einfach die Beine weg, hätte Lisbeth nicht blitzschnell reagiert, Rudi wäre auf den Steinboden in der Küche geknallt.

»Ja, natürlich, du hattest andere Sorgen.« Willi klang anklagend, fuhr aber fort: »Wir waren in der Weißen Maus, ich, Paul und Alfred Kapp, du weißt schon, Pauls Kollege mit den Locken. Aber Kapp war schon vor Stunden mit irgendeiner abgezogen, nur Paul wollte noch bleiben. Er war so am Ende, wegen des Maschinenschlossers. Er machte sich Vorwürfe, den Mann nicht einfach laufen gelassen zu haben. Gibt ja genug unaufgeklärte Morde in Berlin, einer hin oder her, macht den Kohl nicht fett. Paul war vollkommen blau und hat ständig wiederholt, dass der Mann für die Tat einen Orden und nicht den Strick verdiente. Und ich hatte keine Ahnung, wie meinen Bruder heimbringen, gehen konnte er nicht mehr und von der Jägerstraße zum Alex läuft man ja schon nüchtern eine halbe Stunde. Ich war auch nicht im Zustand, ihn den ganzen Weg zu schleppen und da hat Friedel, eine von den Sängerinnen, vorgeschlagen, wir sollten ihn eben in ihr Zimmer bringen, das war in der Nähe, am Gendarmenmarkt. Ich glaube eigentlich, sie war scharf auf Paul, sie hat ihn schon den ganzen Abend über angeschäkert, nur mit dem war wirklich nichts mehr anzufangen, der hat vors Preußische Staatstheater gekotzt. Da hat sie halt mich genommen.«

»Aber warum? Willi, warum hast du sie genommen?« Vor wütender Verzweiflung schnappte ihre Stimme noch immer über. »Du hattest eine schwangere Frau zu Hause. Und du warst es, der unbedingt gleich noch ein Baby wollte. Du warst es, der meinte, nach der Geschichte mit Peter brächte uns das wieder näher zusammen.«

»Ich war betrunken und ...« Er zündete sich eine neue Zigarette an, zog einige Male daran, stieß Rauch aus und erklärte fest: »... und außerdem wollte ich am Ende nicht der Depp sein.«

»Wie bitte?« Sie starrte ihn vollkommen konsterniert an. »Du schläfst mit irgendwelchen Schlampen, weil du kein Depp sein willst? Wirklich Willi, ich versteh dich nicht.«

»Ja, klar war es dumm. Nur du hast dich so geweigert, gleich noch ein Kind zu kriegen und dann warst du plötzlich schwanger und ...«

»Ich war schwanger, weil du gesagt hast, du passt auf!«,

fauchte sie, ergänzte jedoch wahrheitsgemäß: »Und weil ich es wollte, weil du es so gern wolltest.«

»Ja, aber erinnerst du dich, wie ich mich über den Besuch vom Ebert geärgert habe? Und ein paar Tage darauf hat mich dein Vater mit zu einem Bauern genommen, ich sollte helfen, Schweinehälften schleppen und weil mir während der Fahrt nichts zu reden eingefallen ist, hab ich gesagt, dass deine Eltern sich bestimmt über den seltenen Gast gefreut hätten. Dein Vater hat genickt und gesagt, das stimme, sonst käme Herr Ebert ja immer nur dich besuchen. Und als wir kurz darauf Rast gemacht haben, um die Wagenpferde nicht so zu schinden, hat er mir mit mitleidiger Geste eine Halbe ausgegeben. Das war das erste und einzige Mal, dass mir dein Vater was spendiert hat. Da war mir dann klar, woher der Wind weht.«

»Du hast geglaubt, ich hätte was mit Ebert? Das war doch vollkommener Quatsch«, stammelte Vicky fassungslos. »Ich hab Ebert jahrelang nicht mehr getroffen gehabt.«

»Weiß ich inzwischen auch. Ganz davon abgesehen, dass Wölfchen mir von all unseren Kindern am meisten ähnelt, hab ich ein paar Tage darauf den Gesellen gefragt, ob er den Ebert öfters gesehen hätte. Und man mag von Hessler politisch denken, was man will, er ist ein hoch moralischer Mensch, er sieht alles und er hätte es niemals gedeckt, wenn du Herrenbesuch gehabt hättest.«

Vicky rannen die Tränen nun vollkommen haltlos über die Wangen: »Und weil du gedacht hast, ich schieb dir Eberts Baby unter, hast du mit dieser Nachtclubschlampe geschlafen?«

»Ja, irgendwie schon. Ich war betrunken und wütend wegen Ebert und außerdem hab ich mich top mies gefühlt,

wo ich doch eh fast jeden Abend in irgendwelchen Knei-
pen Geschäfte machen musste und dann hätte ich mal eine
Nacht bei euch bleiben können, aber gleichzeitig ging es
Paul so schlecht. Ich musste mich auch um ihn kümmern,
er ist doch mein kleiner Bruder. Alles war grauenhaft, du
hast mir ständig nur Vorwürfe wegen der Metzgerei gemacht und dann das abgebrochene Studium, die dauern-
de Sorge, Geld auftreiben zu müssen. Da ist es halt passiert. Ich hab mich top mies gefühlt deshalb, das kannst
du mir glauben. Ich hab mir immer was drauf eingebildet,
dass mir so was nicht passiert. Mein ganzes Leben ist mir
zwischen den Fingern zerfallen – erst das Studium, dann
meine Ehe.« Mit dem Handrücken wischte er sanft über
ihre feuchten Wangen. Sie ließ es zu, sie mochte die Wär-
me seiner Hände noch immer. »Ich hätte es dir gleich sagen sollen, aber es hat nichts bedeutet und ich wollte dich
nicht verletzen. Ich habe immer gedacht, es muss einen guten Moment dafür geben, nur der, den ich dann ausgesucht
habe, war vermutlich die schlechteste Wahl. Ich hätte das
nicht tun dürfen, aber ich war so zornig auf dich.«

»Ich weiß. Ich hätte dir auch die Schwangerschaft nicht
vorwerfen dürfen, da sind wir beide dran Schuld und ich
bin jetzt sehr glücklich, dass es so ist. Außer natürlich, ich
habe eine Panikattacke, aber das haben ja alle werdenden
Mütter hin und wieder.« Sie rang sich ein kleines Lächeln
ab. »Und nach all dem, was ich dir an den Kopf geworfen
habe, kam dann Christine?«

»Ist kein schönes Gefühl, wenn einem die eigene Frau
täglich sagt, dass sie einen verabscheut und nur noch der
gesellschaftlichen Konvention halber bei einem bleibt.«

»Und dann bist du zu Christine…«

Er nickt nur und darauf wusste auch sie nichts mehr zu sagen. Lange Sekunden war es nun sehr still. Das Ticken von Willis Armbanduhr, das Knacken des Holz' im Ofen und manchmal in weiter Ferne ein Automobil. Mondlicht lag auf seinem kantigen Gesicht, er wischte ihr wieder und wieder mit dem Daumen die Tränen von den Wangen. Sie konnte einfach nicht aufhören zu weinen. Irgendwann presste sie ihr Gesicht gegen seine tröstlich warme Schulter. Seine Hand fuhr nun wieder ruhig und gleichmäßig über ihr Haar. Er hatte nicht die schönen, eleganten Hände von Jakob, aber sie waren ihr so vertraut. Nie würde sie den Moment vergessen, als diese Hände sich das erste Mal um Konrads winziges Köpfchen legten, ganz leicht und der schwarze Grabendreck noch unter der Nagelhaut; nie den Moment, an dem sie ihr zitternd seinen ersten Artikel im Jahresheft der Kaiser-Wilhelm-Akademie entgegenstreckten. Und noch immer, nach all dem, was passiert war; vor all dem, das vielleicht noch passieren würde, trotz allem, vermochten diese Hände Ruhe in ihr Herz zu bringen.

»Ich habe oft nachts wachgelegen und mich gefragt, wo wir den Fehler gemacht haben. Den ersten Fehler, den, der all die anderen nach sich gezogen hat. Es gibt immer einen Initialfehler, das kann ich dir als Chemiker mit Sicherheit sagen.«

»Aber wenn der Fehler gefunden und behoben ist, dann kann man ihn doch beseitigen und neu anfangen.« Eine seltsame Hoffnung hatte sich in ihre Stimme geschlichen. »Du hast mir immer gepredigt, man dürfe nie nach dem ersten Versuch aufgeben. Man ändert eine Winzigkeit im Versuchsaufbau und schon funktioniert es.«

»Nur wenn die Grundvoraussetzungen gleich geblieben

wären und das sind sie in diesem Versuch ja nicht. Christine bedeutet mir viel.« Und mit diesen Worten zog er die Decke über ihre Beine, erklärte: »Komm, Zuckerkekschen, lass uns noch ein bisschen schlafen. Du willst morgen den Laden besichtigen und ich möchte am Montag mit Herrn Haber sprechen, bis dahin sollte ich diesen Artikel über Kupellation gelesen und verstanden haben. Komm, leg deinen Kopf an meine Schulter und vielleicht träumen wir was Schönes. Am besten, wir träumen von der Zukunft.«

9. Kapitel

»Sin Se die neue Doppeltanznummer? Wer sin jeschlossen, tut mich leid!«, tönte es aus dem Fenster über dem noch immer verklebten Ladeneingang. Ein sehr junges, katzenhaft schmales Geschöpf lehnte sich gefährlich weit über die Straße. Obwohl es auf zwölf ging, schienen Vicky und Lisbeth die Katzenhafte durch ihr fortgesetztes Klingeln und Klopfen geweckt zu haben, zumindest stand ihr rabenschwarzes Haar über der linken Schläfe in horizontalem Winkel ab und sie hielt sich ein nicht mehr wirklich weißes Leintuch vor die vermutlich blanke Brust. Mit der anderen Hand steckte sie sich eine Zigarette zwischen die Lippen und verkündete gut gelaunt: »Sitte war da. Wer sin' dicht.«

»Wir sind gekommen, um den Laden zu besichtigen«, erklärte Vicky, was die Katzenhafte mit einem überraschten Kieksen quittierte. »Aber top das, ick hab halt jedacht, Se wären och Künstlerin. Ick hab sonst en Auge für sowat.«

»Danke.« Vicky, deren künstlerische Begabung nach Meinung ihrer Söhne gerade so für das Zeichnen von Brandlöschfahrzeugen und Panzerwagen reichte, errötete leicht. »Sie sind die Erste, die das sagt.«

»Ne, wirklich! Se hätten jewiss Talent! Wenn Se mich jestatten, Se haben en Jesicht wie en Püppken und sin' bemerkenswert fesch um die Bluse. Ick hab jedacht, Se wären ens von den Busenjirls aus'm *Toppkeller*«, fuhr die

Katzenhafte fort; worauf sich Vickys Röte noch vertiefte, diesmal allerdings nicht aus Stolz. »Wenn Se den Laden sehen wollen, komm ick aber jleich runter. Warten Se nen Sekündchen.«

Damit flog der Fensterladen derart schwungvoll und krachend ins Schloss, es regnete blaßblaue Lacksplitter. Von Innen dröhnte Getrappel und nach einem kurzen Moment riss die Katzenhafte die Tür auf. Noch immer ungekämmt, aber dafür mit brandrotem Lippenstift und in einem mitternachtsblauen Kimono, dessen reichlich zerschlissenen Saum passenderweise eine Reihe von schwarzen Siamkatzen zierten. Sie wickelte sich die Kunstseide um die flache Brust und rief: »Immer rin in die jute Stube. Ick bin übrigens die Mietzi. Können ruhig Mietzi zu mich sagen, tun alle.«

»Vicky Genzer, ich freue mich Ihre …«, setzte sie an, doch Mietzi unterbrach sie mit dem für sie offensichtlich typischen Kiekslaut. »Aber top, dat freut mir jetzt aber! Se sin die Frau vom Willi! Na, du kriechst die Motten!« Sie klatschte einige Male erfreut in die Hände. »Ick bin ene Freundin von ihrem Jemahl, also nur so, nix mit Schlafzimmer. Aber an mich hat's nich jelegen. Ick bin ene romantische Natur, wenn mich jemand jefällt, dann sag ick immer: Bitte jerne. Weil schad ja nix. Also, das wär jetzt der Laden.«

Zur besseren Beleuchtung riss sie kurzerhand etwas von der Zeitung aus dem Schaufenster, sodass nun kaltes Winterlicht auf ein Bild der Verwüstung fiel. Umgestoßene Tische, umgeworfene Stühle, auf dem Boden eingetrocknete Lachen von Unbestimmbarem und ein würgend machender Gestank nach Alkohol, kaltem Rauch und Schweiß. Ein Strassstirnband lag einsam in einer nach Cherry Cobbler aussehenden Pfütze. Die Wände waren nackt, nur an einer hing, halb herunter gerissen eine Schautafel mit der Abbildung verschiedener Schmetterlinge.

»Haben erst allet kaputt machen müssen, bevor se jesehen haben, dat es hier nischt Unmoralisches jibt«, seufzte Mietzi betrübt und hielt versuchsweise die untere Hälfte der Schautafel wieder empor. »Ihr Willi hat mich rechtzeitig telefoniert, deswejen. Dat die och so jar kein Kunstverständnis haben. Der menschliche Körper als solchet ist doch Kunst. Und Jottesdienst. Denn warum hat Jott uns denn erschaffen, wenn nicht, um uns an unserer Schönheit zu erfreuen.«

Vicky nickte stumm. Sie betrachtete den verschmutzten, klebrigen Plankenboden und die dreckigen, schlampig gekalkten Mauern, aber sie sah türkisblaue Wände, cremeweiße Regale und zwei Plüschsessel in chinesischgelb. Farbe! Farbe und Licht, das war es, was diese Räume brauchten und das war es, was ihr Leben, was das Leben jeder Berlinerin brauchte.

»Wie viel?«, fragte sie, wobei sie Mietzi in ihren noch immer andauernden Ausführungen zur Kunst unterbrach.

»Wat? Ach, die Miete? Ick weß nich? Wat wollen Se denn verkofen?«

»Glück!«, erklärte sie knapp und stieg über die verstreut liegenden Möbel an die große Fensterfront.

»Se wollen nen Opiumjeschäft ufmachen?«, fragte Mietzi bestürzt, aber Lisbeth unterbrach eifrig: »Nein, einen Buchladen.«

»Nicht irgendeinen«, erklärte Vicky und linste durch das Loch im Zeitungspapier ins Freie. Draußen waren sie wieder, die grauen, müden Gesichter der Arbeitenden.

»Ich möchte einen Laden für Sirupbücher. Für Bücher, die nicht literarisch sind, nicht gut oder kritisch. Ich möchte Bücher verkaufen, die einfach glücklich machen. Eine gute Zeit schenken, einem das Gefühl geben, dass die Welt nicht ganz verloren ist. Bücher, die Kraft geben und Mut schenken – Sirupbücher eben.«

»Ick bin Ihr erster Kunde!«, kiekste Mietzi begeistert und dann lauschte sie plötzlich angespannt. In der Wohnung über dem Laden schien jemand aufgestanden zu sein. »Kommen Se mit, dat mit die Miete, dat klären wir über enem Kaffee. Dat Haus jehört eigentlich meinem Jatten, aber der is uf Reisen, Jott weß wo. Kommen Se mit, ihr Herr Bruder wird sich bestimmt freuen, Se zu sehen.«

»Mein Herr Bruder?« Schlagartig fiel Vicky wieder ein, dass Bambi bei ihrem Aufbruch noch immer nicht wieder dagewesen war, Willis Besorgnis aber nur zu einem *Na, da ist er wohl zum Frühstück geblieben* gereicht hatte. »Was macht mein Herr Bruder …«

»Morgen, Vicky. Morgen, Lisbeth«, unterbrach Bambi sie und einen Moment lang war Vicky einfach nur sprachlos. Da stand also ihr Bruder, barfuß, in Unterhemd und Hosen, eine dampfende Kaffeetasse zwischen den Händen und schien das für die selbstverständlichste Sache der Welt zu halten.

Sollte sie diese Mietzi nicht darüber aufklären, dass Bambi … nun ja … irre war? Oder besaß jede Frau das Recht und das Vergnügen selbst herauszufinden, wie irre der Mann war, mit dem sie das Bett teilte? Und außerdem war Bambi schließlich als geheilt entlassen worden – nachdem Willi vernünftig mit Dr. Dr. Fuchs gesprochen hatte, von Mensch zu Mensch, wie er ihr inzwischen schon bestimmt dreimal erzählt hatte. Also beließ sie es bei einem etwas matten: »Morgen, Bambi. Wie kommst denn du hierher?«

»Willi hat mich doch den Tipp wejen die Sitte jejeben und hat jemeint, am besten wärst, wenn ick janz woanders wär. Und da bin ick halt uf enen Vortrag zur vegetarischen Ernährung jegangen. Willi hat mich den empfohlen.« Ihr dreieckiges Gesicht an Bambis Schulter pressend, plapperte sie munter weiter: »Und da hab ick Ihren Bruder jesehen und war sofort romantisch für ihn entbrannt. Es war ja och so nett, weil es doch wejen mich war, dat der Bambi aus dem Bekloppenthaus raus hat dürfen.«

»Wie bitte?«, fragte Vicky entgeistert. Sie kam noch immer nicht darüber hinweg, dass ihr Bruder hier in ihrem zukünftigen Buchladen stand, mit dieser romantisch veranlagten Katzenfrau schmuste und im Grund vollkommen normal wirkte – so normal ein halb verkaterter, siebenundzwanzigjähriger Berliner Junggeselle eben wirken konnte.

»Na, ick bin och ene Freundin vom Dr. Dr. Fuchs, so richtich mit Schlafzimmer, aber nich aus Liebe, sondern weil ick manchmal halt och kieken muss, wo ick bleibe.« Sie seufzte und einen Moment lang war all die aufgedrehte Fröhlichkeit aus ihren Zügen gewichen. »Und als der Doktor zum Willi jesagt hat, dat se den arme Bambi nich mer behandeln, da hat der Willi ihm jesagt, dass dat aber schade ist, weil dann der Willi ja nach einer neuen Anstalt suchen muss und so wat, dat braucht Zeit. Und wenn der Willi dafür seine Zeit braucht, kann er nich mer mit mich rumpousieren – wat er ja nicht tut, aber halt so jesagt hat – und wenn er nich mehr mit mich rumpousiert, dann hät ich Zeit und die würde ich dann sicher nützen, um die Jattin vom Doktor zu telefonieren und ihr zu erzählen, was der Doktor tut, wenn se jlobt, er is ufm Kongress. Dat wollte der Herr Doktor dann aber nich. Ach, ihr Willi, der kann's mit den Menschen!«

Vicky unterdrückte ein Lächeln und entgegnete: »Ja, so von Mensch zu Mensch, das liegt ihm. Wollen wir die Miete besprechen?«

»Und jetzt erzähl mir, was ist mit deiner Stelle?« Mit diesen Worten biss Vicky herzhaft in den Reibekuchen, den sie sich in einem Mitnahmerestaurant gekauft hatte. Aus der Hand und auf der Straße essen war aus Sicht von Vickys Mutter eine Trippelbrüdern und bestenfalls noch Wandervögeln vorbehaltene Art der Ernährung und so schmeckte es der Tochter ganz besonders gut. »Willi hat gemeint, du wärst gegangen?«

»Gegangen worden, ist richtig. Ach, du kennst mich doch. Ich kann halt blauen Augen nicht widerstehen. Die haben so etwas Unschuldsvolles.« Lisbeth seufzte tief. »Jetzt bin ich bald siebenundzwanzig Jahre und noch immer blöd wie ein Backfisch. Du brauchst nicht schimpfen, ich lern's auch beim nächsten Mal nicht. Es muss was Biologisches sein.«

»Vermutlich drängt dein nachgedunkeltes Schrumpfgermanenblut nach Veredelung mit der Herrenrasse – frag mal unseren Gesellen, der erklärt es dir gern.« Den Reibekuchen auf die Lehne der Parkbank ablegend, schlang sie die Arme um die Freundin. »Aber Spaß beiseite, was ist passiert? Dein Chef ist doch gar nicht blond und blau-äugig.«

»Nein, aber sein Neffe. Und der hat ihn gestern besucht, während ich noch an dem Brief zu der Wohnung in der Parkstraße saß. Ach, du kannst dir nicht vorstellen, was das wieder für ein langweiliges Geschreibsel ist – zum vierten oder fünften Mal geht das jetzt schon hin und her. Die möchten eine Wand verrückt haben, das kann man aber nicht, weil sonst das Dach einstürzt. Ist ja jetzt nicht besonders schwer zu verstehen, kriegen die aber nicht in ihre schön ondulierten Köppe. Jedenfalls saß ich gerade an der zweiten Seite, da kam der Martin rein. Blond und schön wie Conrad Veidt. Er ist Großwildjäger, stell dir vor.«

»Ich hab noch keinen Mann getroffen, der was taugt und Großwildjäger ist«, wand Vicky ein, wobei sie zugebenermaßen überhaupt noch nie einen Großwildjäger getroffen hatte. »Anständige Männer sind Oberschulrat oder von mir aus Briefträger. Ich sag dir immer, Briefträger ist ein völlig unterschätzter Berufszweig. Ich glaub, die sind pensionsberechtigt!«

»Sei still, gerade du mit deinem Leutnant mit roten Haaren und ohne Geld. Komm du mir nicht mit pensionsberechtigen Postboten!« Aber zum Dank bekam Vicky einen Kuss auf den Hutrand. »Jedenfalls ist er blond und breit und wir sehen uns heute Abend. Wir wollen ins *Romanische*.«

»Ins *Romanische?* Ich dachte, da gehen nur Schriftsteller und andere Hungerleider rein?« Grübelnd schleckte Vicky Apfelmus von ihrem Handschuh. »Was macht der denn überhaupt, wenn er nicht gerade auf Safari ist?«

»Er schreibt darüber. Meistens für die *Frankfurter*.« Lisbeth kaute und ignorierte Vickys demonstratives Seufzen. »Wo wir schon bei Hungerleidern sind, was ist das mit dir und deinem rothaarigen Taugenichts jetzt eigentlich?«

»Wir bleiben verheiratet. Nur meinen Eltern muss ich das irgendwie noch schonend beibringen, die ersten zwei Monatsmieten hab ich nämlich gerade mit dem Geld gezahlt, dass mein Vater Willi für die Scheidung gegeben hat.« Allein schon beim Gedanken an dieses Gespräch krampfte sich Vickys Magen vor Angst zusammen. Sie musste sich sagen, dass sie ja schwanger war, ihr Vater sie also vermutlich nicht schlagen würde – nur leider flüsterte eine leise kleine Stimme, dass ein Kind von Willi in den Augen dieses Mannes vermutlich heute noch weniger Wert besaß als 1916. Um sich abzulenken fragte sie: »Soll ich dir für heute Abend meinen blauen Rock leihen? Den neuen?«

»Ja, aber das ist jetzt nicht Thema.« Zum Zeichen, was sie von diesem leicht durchschaubaren Manöver hielt, kniff Lisbeth die Mundwinkel ein und fragte dann: »Du und Willi, ihr seid also wieder zusammen?«

»Hab ich dir doch eben erklärt. Wir bleiben auf dem Papier verheiratet, sonst nichts.« Sie lächelte gegen das Stechen in ihrem Herzen an. Sie sah Willi so gern beim Schlafen zu, noch immer suchte sie dann nach Sternbildern in seinen Sommersprossen. In den letzten beiden Jahren hatte sie oft gewünscht er möge einfach verschwinden, doch als sie ihn heute an der Tür verabschiedet hatte, war sie neidisch gewesen. Neidisch auf Christine und all die gemeinsamen Stunden, die sie noch mit Willi haben würde.

Aber natürlich war es besser so, ohne die Trennung hätte sie nie den Mut gefunden, den Buchladen zu eröffnen. Und andere Mütter hatten auch schöne Söhne. Ebert musste sie zum Beispiel auch noch einen Dankesbrief schreiben. Sich innerlich einen Ruck gebend, sagte sie: »Aber Jakob hat mich gestern mit auf eine Lesung genommen.«

»Weiß ich, hat Willi mir erzählt. Sag mal, bist du dir da wirklich sicher? Ich meine mit Willi. Er ist so ein lieber Kerl, wenn ich so einen haben könnte, könnten mir alle Großwildjäger gestohlen bleiben. Und er liebt seine Kinder, du solltest hören wie er von ihnen spricht. Kannst du ihm nicht verzeihen? Erinner dich, damals als er bei deinem Onkel Fritz Bier gezapft hat und die ganzen kleinen Schieberbräute Wetten laufen hatten, bei welcher er die Moral vergisst? Und er hat sich besser gehalten als jeder Konfirmand. Gut, er hatte was mit dieser Bardame oder was das war, aber kannst du ihm nicht noch eine Chance geben?«

»Lissi, selbst wenn ich wollte, er ist vergeben. Und seine Neue hat gerade ein Kind verloren – übrigens das Kind, wegen dem er unsere fünf hat sitzen lassen.« Sie versuchte es mit einem Lachen. »Mathe war wirklich noch nie Willis starke Seite.«

»Er hat es nur gemacht, weil Christine so zart ist und wohl nicht besonders gut allein zurechtkommt. Er hat ihr, glaube ich, nicht zugetraut, ohne seine Hilfe für ein Kind zu sorgen. Jedenfalls meinte er, du wärst eine so gute Mutter, du bräuchtest keine männliche Unterstützung. Bei dir hätte er sich da nie Gedanken gemacht. Er hat erzählt, dass er sich nicht mal gesorgt hat, als er im Feld war und du allein zu Hause mit Konrad und mit Line schwanger. Du weißt, dass ihm die Kinder furchtbar fehlen?«

»Das zweifel ich gar nicht an, nur ändert es nichts an der Tatsache, dass er vergeben ist und nicht an mich. Und auch nicht daran, dass er Christine ein Kind gemacht hat, während er noch mit mir zusammen war – so viel zum Thema einmal ist keinmal.« Sie lachte etwas gezwungen. »Jetzt Schluss davon. Erzähl mir lieber, warum du deine Stelle los bist. Und deine Strümpfe. Willi hat irgendetwas von deinen Strümpfen erzählt.«

»Das war der Alte, mein damals noch nicht ehemaliger Chef. Nachdem Martin wieder weg war. Er dachte halt, er ist weder jung noch blond noch Großwildjäger, dafür aber verheiratet und halb kahl, das ist ja fast dasselbe. Erst wollt er Essen gehen und als ich das abgelehnt habe, wollte er ganz umsonst. Ich hab ihm eine geklebt, daraufhin hat er gebrüllt und mich gefeuert. Scheibenkleister, meiner Mutter muss ich es auch noch beichten. Warum sind Eltern eigentlich immer so eine Last? So eine Mischung aus Schuldgefühl und eingeforderter Dankbarkeit. Stört's dich, wenn ich rauche?«

Vicky schüttelte den Kopf und beobachtete ein Kinderfräulein, das seinen Schutzbefohlenen in einem dieser neumodischen Kinderwagen mit blitzendem Stahlgerüst herumschob. »Mein Vater hat Willi letzten Herbst weisgemacht, dass ich ein Verhältnis mit Ebert habe und Wölfchen vielleicht ein Kuckucksei ist. Das war vermutlich der Hauptgrund für diese Geschichte mit der Bardame. Ich weiß nicht, womit ich diese Eltern verdient habe.«

»Strafe oder letzte Prüfung? Gibt es das bei den Buddhisten nicht?« Lisbeth strich ihr tröstend über den Handrücken. »Armer Willi. Ich glaube, er hat immer sehr darunter gelitten, dass er dir nicht denselben Lebensstil bieten kann, wie Ebert es getan hätte.«

»Ich weiß. Es wäre gelogen, wenn ich behaupten würde, ich hätte gewusst, worauf ich mich bei der Ehe mit einem Fürsorgestudenten einlasse, aber ich denke, ich hätte ihn genauso geheiratet, wenn ich es gewusst hätte«, entgegnete Vicky nachdenklich. »Was wirst du jetzt machen?«, fragte sie schließlich. »Hast du was, wo du dich bewerben kannst?«

»Ich krieg Ewige Hilfe und kann mich auch bei dem Schreibbüro am Alex bewerben, die zahlen so schlecht, die schauen nicht auf fehlende Empfehlungsschreiben. Wird schon werden, gestern war nur zu viel auf einmal.«

Vicky nickte bestätigend, aber sie fühlte doch einen kleinen Stich. Sie hätte die Freundin gerne gefragt, ob sie ihr nicht in ihrem Buchladen helfen wollte, aber natürlich war eine richtige Stelle mit gesichertem Einkommen besser. Mit einem entschlossenen Biss schlang sie den letzten Rest ihres Reibekuchens herunter. »Ich muss los, ich muss doch zum Grunewald.«

»Hallo, und als allererstes wollte ich mich entschuldigen, wegen gestern.« Fritzi, die Vicky am Tor zur von Keller-schen Grunewaldvilla erwartet hatte, nestelte an ihrem Schal herum. »Ich wusste nicht, dass Sie und Ihr Mann...«

»Das hätte mir genauso passieren können. Und eigentlich gibt es da auch nichts zu wissen, also nichts Offizielles.« Mit einem Blick erkannte sie, dass der parkgleiche Garten des Grafen in den letzten Jahren nicht gepflegter geworden war. Noch immer gab es nur einen quer durch feuchtes Gestrüpp führenden Trampelpfad, glitschig vor Nässe und Laub. Noch immer lagen auf der gekiesten Fläche vor dem Haupteingang zerschlagene Champagnerflaschen, abgebrochene Äste und langsam verfaulendes Laub. Nur die einst prächtige, ehemals weiße Freitreppe war noch stärker von Efeu und etwas Grünem überwuchert als in Vickys Erinnerung und eines der französischen Fenster im ersten Stock war mit Pappkarton notdürftig repariert worden.

»Es fehlt an Geld, aber man gewöhnt sich daran«, erklärte Fritzi, die Vickys Blicken gefolgt war:

»Mir gefällt es so besser. Mein Bruder Peter hat einmal zu mir gesagt: *Ich ertrage diese glatt gestrichenen Schonbezüge nicht länger. Sie stecken mir im Hals und erwürgen mich von Innen.* Ich habe ihn damals leider nicht verstanden.«

»Ihr Bruder ist auch Autor?« Mit Schwung warf Fritzi sich einige Male gegen die verzogene Eingangstür, die schließlich mehr aus Gefälligkeit, denn aus physikalischer Notwendigkeit nachgab.

»Nein, ich glaube nicht. Das heißt, ich weiß es nicht. Mein Bruder ist vor zwei Jahren gegangen und nie mehr zurückgekommen. Er wollte nicht warten, bis er erstickt.«

Die Empfangshalle war gleichermaßen riesig wie bitterkalt. Auch schienen die Bewohner in ihr den idealen Abstellort für Fahrräder und Gerümpel aller Art erkannt zu haben – vom Ofenrohr bis zu zerissener Leinwand sah Vicky restlos alles.

»Das mit dem Ersticken verstehe ich!«, erklärte Fritzi entschieden, während sie Vicky einen kleinen Gang, mit sich in der Feuchtigkeit wellender, gestreifter Tapete entlangführte. »So ging es mir auch, deshalb bin ich kleines Tippfräulein nach Berlin. Ich komm aus Süddeutschland, hört man nen bissle, gell?«

»Aber wenn es einem in Berlin so geht, kann man nicht mehr nach Berlin fliehen. Letzten Sommer kam mal eine Karte von der Riviera. Da hat er als Kellner in einer Likördiele gearbeitet.« Sie zuckte resigniert die Schultern und ohne recht zu wissen, woher ihr Vertrauen in ihr Gegenüber kam, ergänzte sie: »Kennen Sie dieses Gefühl, dass Sie jemanden hassen und es Ihnen gleichzeitig vor Liebe das Herz zusammendrückt?«

»Wir sollten uns du sagen!«, bestimmte Fritzi und hielt ihr die Tür zur Bibliothek auf. »Das ist neben der Küche, der einzige Raum mit Feuer. Und in der Küche, da ist immer Tohuwabohu. Das ist der Gregor.«

Letzteres galt einem vor dem offenen Kamin liegenden, sehr großen, sehr zotteligen Wolfshund, der ihr Eintreten mit pflichtschuldigem Schwanzwedeln kommentierte, dann aber sofort weiter schlief.

»Setz dich doch.«

Sie deutete auf ein wirklich quietschgelbes Plüschsofa, dessen kükenhafte Fröhlichkeit nicht recht zur gravitätischen Schwere der Lederfolianten und goldgerahmten Porträts passen wollte.

»Haben wir von unseren Trauzeugen zur Hochzeit bekommen«, erläuterte Fritzi, doch Vicky staunte noch. So viele Bücher! Und dieser Geruch! Nach Papier, nach Leder, nach Staub und brennendem Holz.

»Ich wusste gar nicht, dass du auch büchersüchtig bist. Es ist mir ein bisschen peinlich, aber eine Metzgerstochter liebt in meiner Vorstellung keine Bücher.«

»Dafür liebt in jeder besseren Schnulze das Tippfräulein seinen Chef. Besonders, wenn's ein Graf ist«, grinste Vicky und probierte durch leichtes Wippen die Sprungfedern des

Sofas aus. Es war genau richtig. »Mit Schnulzen kenn ich mich persönlich recht gut aus.«

»Möchtest du einen Espresso? Wie Kaffee, nur kleiner und intensiver im Geschmack – Hans und ich waren gerade wegen einer Artikelserie in Paris, da haben wir das kennengelernt.« Ohne Vickys Antwort noch abzuwarten, stellte sie ein kleines, etwas an einen Wasserhahn erinnerndes Metallgerät auf ein wohl dafür konstruiertes Gestell im Kamin und positionierte zwei Emailletässchen unter den Hähnen. »Also, warum wolltest du mich sprechen? Wir sind aber nicht mal wieder mit den Rechnungen im Rückstand?«

»Nein, nein. Es ist was ganz anderes.« Vicky schluckte, holte tief Luft und haspelte: »Ich möchte einen Buchladen aufmachen. Einen Buchladen beziehungsweise eine Leihbücherei mit Büchern für Frauen, aber ich habe nur Volksschule und verstehe rein gar nichts von Literatur. Ich möchte auch keine hochgestochenen Werke verkaufen, nur vielleicht gibt es auch anspruchsvollere Bücher als Courths-Mahler, die meinen Käuferinnen Freude bereiten könnten. Freude, darum geht es mir. Ich möchte nur solchen Bücher verkaufen, die glücklich machen und ein wenig vergessen lassen, wie schlimm die Welt ist.«

»Aber es gibt auch traurige Bücher, die glücklich machen. Und natürlich brauchst du Gedichte, nichts macht so glücklich wie ein Gedicht. Lasker-Schüler, Benn, sogar der alte Jammerkloß Trakl. Und dann brauchst du Bücher, die uns zum Nachdenken anregen, weil wir uns besser, glücklicher als die Heldinnen glauben.« Fritzi schwieg einen Moment, dachte nach. »Etwas in Richtung von Döblins *Zwei Freundinnen und ihr Giftmord*. Das ist gut zu lesen, bietet Identifikationsmöglichkeiten und zeigt gleichzeitig die Schwächen unserer Justiz.«

»Ich wusste, dass ich dich nur fragen brauche«, strahlte Vicky, doch Fritzi war schon nicht mehr zu bremsen: »Und dann natürlich ein paar Klassiker. Tolstois *Anna Karenina*, da gibt es eine großartige, noch recht neue Übersetzung von Hermann Röhl. Und Fontanes *Effi* und alles von Selma Lagerlöf. Die kannst du sicher von uns hier mitnehmen. Hans hat bestimmt nichts dagegen.«

»Ich würde auch dafür zahlen.« Sie bemühte sich, nicht zu eifrig, aber auch nicht zu verhalten zu klingen. »Ich möchte sie nicht geschenkt.«

»Unsinn, dafür krieg ich den Leihbüchereiausweis das erste Jahr umsonst. Hast du da schon einen Entwurf? Und für das Ladenschild? Für die Wände – hast du da schon Künstler, die das machen? Nein? Na, umso besser! Wir haben hier alles im Angebot, von expressionistisch über Dada bis zur Neuen Sachlichkeit. Oder vielleicht was Surrealistisches? Wie soll der Laden denn heißen?«

»V. Genzer, Buchhandlung für Liebesromane«, entgegnete Vicky prompt. »Eigentlich wollte ich ihn Sirupladen nennen, aber ich hatte Angst, dass dann ständig Leute vor der Tür stehen, die eine Saftbar erwarten.«

»Warum denn Sirupladen?«

»Mir hat neulich jemand erzählt, meine Art Bücher wären Sirup für den Geist und würden den Verstand verkleben. Aber ich finde, wir Frauen kämpfen jeden Tag so hart, wir haben uns etwas geistigen Sirup verdient.«

»Großartig! Einfach nur großartig!«, jubilierte Fritzi. »Ich werde gleich nachher meiner Freunden Sylvia nach Paris kabeln. Sie hat da seit ein paar Jahren einen Buchladen für englische Bücher, Shakespeare & Company. Sie und ihre Freundin sind schreckliche Literatursnobs, aber kolossal fabelhafte Menschen. Vielleicht hat sie ein paar Tipps? Oder sogar Bücher? Oh, das wird absolut top!«

10. Kapitel

»Wow, das sieht ja schon richtig gut aus!« Willi lächelte anerkennend und drückte, die kalte Winterluft ausschließend, die Tür hinter sich ins Schloss. Er wickelte sich aus seinem grünen Strickschal und blickte sich in dem um, was in nicht ganz zehn Tagen als Buchladen Eröffnung feiern sollte. Auf Anraten von Fritzis Freundin Sylvia Beach hatte sie die Außenwände mit hessischem Leinen gegen die Feuchtigkeit bespannen lassen, die inneren waren heute eben frisch gestrichen worden und leuchteten nun in prächtigstem Türkis. Es roch noch sehr stark nach frischer Farbe. »Doch wirklich sieht schon richtig top aus.«

»Ja, man glaubt gar nicht, was vierundzwanzig Stunden für einen Unterschied machen können«, entgegnete Vicky, wobei sie die Betonung auf die vierundzwanzig Stunden legte. Es sollte leicht genervt klingen – sie wollte auf jeden Fall vermeiden, dass Willi glaubte, seine täglichen, unangekündigten Besuche würden sie am Ende noch freuen. So viel Stolz wollte sie sich dann doch bewahren. »Morgen kommen noch mehr Regale. Ein Freund von Herrn von Keller hat mir sehr günstig welche besorgt. Sie werden jetzt gerade lackiert. Cremeweiß.« Plötzlich hielt sie im Erzählen inne, stutzte dann und betrachtete Willi neugierig: »Du hast ja den Mantel deines Bruders an? So vornehm heute? Warst du bei einer Beerdigung?«

»Nein, bei Herrn Haber im Kaiser-Wilhelm-Institut, wegen meines Vertrages.« Willi klang sehr männlich, sehr würdevoll, sehr bescheiden und sein Gesicht leuchtete mit seinen Haaren um die Wette. »Zum Januar fang ich an, erst mal nur Papierkram, nichts Tolles. Eigentlich bin ich ein Tippfräulein mit haarigen Beinen.«

»Und krumm sind sie obendrein. Aber die Röcke werden ja jetzt wieder länger«, witzelte Vicky gegen ihr Herzklopfen an. Eine Stelle am Kaiser-Wilhelm-Institut! Willi hatte eine Stelle am Kaiser-Wilhelm-Institut bekommen! Richtige Arbeit, keine bezahlten Boxkämpfe, kein Schwarzmarkt, eine saubere Lohntüte. Eine Lohntüte vom Kaiser-Wilhelm-Institut. Aber weil es ihr nicht zustand, ihm jubelnd um den Hals zu fallen, sagte sie förmlich:»Ganz, ganz herzlichen Glückwunsch!«

»Ach, ist wirklich nur Schreibarbeit. Er meinte, er hätte meinen Hefe-Artikel damals mit großem Interesse gelesen.« Vor Verlegenheit wickelte er sich den Schal nun wieder um. »Ist schön, dass du dich freust.«

»Ich bin so …« *stolz auf dich* hatte sie eigentlich sagen wollen, aber auf einmal kam ihr das unpassend vor, stattdessen improvisierte sie: »… so erleichtert, dass du endlich eine vernünftige Stelle hast. Möchtest du heute Abend zur Feier des Tages mit uns essen? Wir alle zusammen, als Familie. Wie früher? Die Kinder würden sich riesig freuen.« Vor Aufregung zitterte ihre Stimme ein wenig. Hatte sie es nicht immer gewusst, dass aus ihrem Willi ein brillanter Chemiker werden würde. Also, ihr Willi war es nun natürlich nicht mehr, Grund zur Freude war es trotzdem und so sagte sie: »Ich würde Waffeln machen? Weißt du noch, als du aus dem Krieg heim bist, hab ich auch Waffeln gemacht. Drei Eier gegen ein Wienerwürstchen auf dem schwarzen Markt und du weißt, was meine Waffeln Eier brauchen.«

»Die waren aber auch gut! Die besten Waffeln meines Lebens, wirklich wahr. Weißt du noch, da war Linchen noch gar nicht da. Die kam erst ein paar Tage drauf, war auch das erste und einzige Mal, dass die auf mich gewartet hat.« Er lachte amüsiert. »Diese Waffeln, verdammt waren die gut – nur hatte ich die ganze Zeit Angst, dass sich Konrad dran überfrisst und Bauchweh bekommt und nicht fest schläft. War ja unsere erste gemeinsame Nacht seit einer halben Ewigkeit.«

»Und dann bist du noch vor Konrad eingeschlafen und als ich dich wecken wollte, da hast du dich auf den Bauch gedreht und gesagt: ›Lassen Sie das, Fräulein, ich bin verheiratet.‹«

Einen Moment mussten sie beide lachen, dann sagte Willi plötzlich wieder ernst: »Ich kann leider nicht. Ich habe Christine schon versprochen, dass wir zu *Schwanickes* gehen. Sie hat doch gerade so wenig Freude.«

»Natürlich.« Jetzt nur nicht traurig oder gar verletzt klingen. »Sie ist bestimmt sehr, sehr stolz!«

»Sie weiß es noch gar nicht.« Er schüttelte den Kopf. »Ich dachte, ach … keine Ahnung, was ich dachte.«

Vicky nickte und um ihre zitternden Hände zu überspielen, begann sie, die Werke von Bachem's Novellensammlung auf der ersten Seite als Eigentum des Buchladens zu stempeln. Ihr Herz überschlug sich schon wieder. Willi war zuerst zu ihr gekommen! Vermutlich gab es dafür ganz praktische Gründe, wie den kürzeren Weg oder so etwas, aber sie freute sich trotzdem maßlos. Es war ja auch nur gerecht, dass er zuerst zu ihr kam. Schließlich war sie es doch gewesen, die ihn die Säuren abgefragt und seinen Hefe-Artikel gefühlte fünfzig Mal abgetippt hatte.

»Wissen deine Eltern eigentlich, was du treibst? Oder bist du wieder bei hilfsbereiten Freundinnen? Zum Strümpfe stopfen?«

»Ich stopfe keine Strümpfe mehr, Eberts Socken reißen nicht«, entgegnete sie schnippisch. Sie mochte es noch immer nicht, wenn man sie an ihre Lügen erinnerte. Allerdings ergänzte sie wahrheitsgemäß: »Meine Eltern denken, dass ich bei ihm bin, vermutlich sind wir unter den Linden spazieren. Meine Eltern erwarten jeden Tag, dass er sie um ein Gespräch ersucht, der Hochzeitsmodalitäten wegen. Ich habe behauptet, die Scheidung wäre am Laufen.« Sie bemühte sich um einen leichtfertigen Ton, um ihre Angst vor der anstehenden Unterredung zu vertuschen. Seit sie von der Lüge ihres Vaters wusste, hatte sie den Kontakt zu ihren Eltern noch weiter minimiert. Eine Konfrontation hielt sie von vornherein für sinnlos, doch sie fürchtete ihren eigenen Jähzorn. Sie brauchte schließlich die von den Eltern gemietete Wohnung, Wohnraum war bekanntlich knapp.

»Mein Vater hat schon ein zweites Mädchen eingestellt, weil ich ja kaum noch hinter der Theke stehe, aber in drei Tagen kommt die Bekanntmachung der Neueröffnung in allen größeren Blättern. Da sag ich es. Da können sie ja nicht mehr viel machen.«

»Deine alte Taktik also? Na, ich bin eigentlich wegen was anderem gekommen«, setzte Willi indessen an und steckte sich dann erst einmal eine Zigarette in den Mund. »By the way, was soll denn das vorstellen?«

»Keine Ahnung. Kunst?« Sie zuckte die Schultern und

betrachtete den massiven Gusseisenklotz, auf den er zeigte: »Ich war wegen des Sofas für meine Leseecke beim Trödler und hatte das Strickkleid mit dem Ausschnitt an, da hat er mir das Ding geschenkt. Ist aus einer Bahnschiene, vielleicht nehm ich's als Briefbeschwerer?«

»Wenn der Eisenpreis steigt, kannst es bestimmt gewinnbringend versetzen.« Die unangezündete Zigarette im Mund, fuhr er nun eilig fort: »Ich werde nicht zu deiner Einweihung kommen können.«

Vicky schluckte trocken. So war das also, er hatte einfach das unangenehme Gespräch weghaben wollen, bevor er mit seiner Christine gemütlich essen ging. Das mit Herrn Haber war nur ein netter Zufall gewesen. Warum verletzte sie das so?

»Sei nicht traurig.« Hilflosigkeit breitete sich auf Willis Zügen aus. Es schien ihm tatsächlich leid zu tun.

Sie kam sich sehr albern vor. Was hatte sie denn gedacht, sie waren doch nur noch auf dem Papier verheiratet und das war ja schon nett genug von ihm.

»Ich bin nicht traurig«, erklärte sie rasch und stempelte Polkos *Herzensfrühling*. »Ich bin nur überrascht. Es ist vermutlich eh besser, wenn du nicht da bist. Jakob, also ich meine Herr Ebert, wird vermutlich auch kommen und das wäre bestimmt ein bisschen unangenehm geworden. Was hast du denn vor? Musst du arbeiten?«

»Nein, ich möchte mit Christine an die Nordsee fahren. Ich telegrafiere dir, sobald ich weiß, wo wir wohnen, damit du mich erreichen kannst, wenn was mit unserer zukünftigen Tochter oder der restlichen Bande ist.« Offensichtlich erleichtert, dass sie keine Szene machte, zündete er nun seine Zigarette an. »Es geht Christine immer noch so schlecht. Aber ich bin zum 23. wieder zurück, an Weihnachten und an Rudis Geburtstag bin ich bei den Kindern, keine Sorge.«

»Du lässt die geliebte Weihnachtsfeier deines Boxclubs ausfallen?«, fragte Vicky ernsthaft überrascht. In Willis Boxverein trainierten auch einige der Ringervereinsberufsschläger, weshalb es der allgewaltige Adolf Leib, Herr über Berlins organisierte Unterwelt, für seine stolze Ehrenpflicht nahm, die jährliche Weihnachtsfeier zu unterstützen – mit Unterhaltungsprogramm, Freibier und Schnittchen bis zum Abwinken. Um allen Vereinsmitgliedern zu ermöglich, den Heiligenabend wieder halbwegs nüchtern zu erleben, fanden die Festlichkeiten in der Regel schon am 21. Dezember statt.

»Du kommst wirklich erst am 23.? Aber du wirst doch in deiner Gewichtsklasse geehrt?«

»Ja, mein Bruder nimmt den Pokal für mich an. Wir wollen so lange wie möglich am Meer bleiben. Ich hoffe, dass sie ein bisschen auf andere Gedanken kommt. Paul ist natürlich unglücklich, wegen der Weihnachtsfeier, da sind wir doch immer zusammen hin. Ich kann's nur nicht ändern.« Er inhalierte tief an seiner Zigarette, dann sagte er: »Weißt du, wenn mir in den letzten zwei Jahren was klar geworden ist, dann, dass es in Berlin zwar viele hübsche Beine gibt, aber was bringen mir auf Dauer hübsche Beine? Ich hab verdammt Angst, es wieder zu vergeigen.«

Vicky nickte knapp, sie war inzwischen schon bei Band 18 angelangt. Wenn sie in dem Tempo weiterstempelte, hatte sie nach der Unterhaltung die komplette Bücherei gekennzeichnet.

»By the way, ich hab dir was mitgebracht. Wenn ich doch schon nicht zur Einweihung kommen kann.« Er hielt ihr ein Fläschchen Himbeersoda entgegen. »Champagner solltest du ja gerade nicht trinken, aber ich wollte trotzdem mit dir auf deinen Erfolg anstoßen.«

Er reichte ihr zwei leere Marmeladengläser und nachdem er den Kronkorken mit seinem Feuerzeug geöffnet hatte, schenkte er ihnen ein. Es reichte für beide knapp zwei fingerbreit.

»Auf dich. Und deinen Erfolg. Ich hätte nie gedacht, dass du dich das traust! Wirklich nicht.«

Die Limonade war warm, schal, zuckrig und Vicky hätte plötzlich gerne geweint, vielleicht aus Angst, vielleicht aus Sehnsucht, doch tapfer lächelnd sagte sie: »Danke, das wäre nicht nötig gewesen.«

»Doch, ich hab nach unserem Gespräch neulich ziemlich viel nachgedacht.« In einem großen Schluck trank er das Glas komplett aus. »Ganz ehrlich, das hier fiele mir nach zwei fingerbreit Whiskey auch leichter, aber in Ordnung: Ich habe nachgedacht und es tut mir leid, wie ich mich dir gegenüber seit der Sache mit Peter verhalten habe. Und es tut mir wahnsinnig leid, dass ich dich betrogen habe und dass ich es dir dann so an den Kopf geknallt habe, das auch. Ich wäre dir gern ein besserer Ehemann gewesen.«

»Du warst mir immer ganz genau der Ehemann, den ich verdient hatte. Mir tut es auch leid, wirklich. Ich hätte versuchen sollen, dich zu unterstützen, statt dir auch noch Vorwürfe zu machen.« Sie stellte das Glas auf Rieds *Keine Wahl* und legte einen Arm um Willi. »Wir haben es beide vergeigt. Gemeinsam.«

Eine Weile standen sie so, still aneinander gelehnt. Die

Wolle seines Schals kratzte rau an ihrer Wange und eine klebrige Bitterkeit breitete sich in ihrem Mund aus. Seine Hand lag tröstlich warm in ihrem Nacken. Glückliche Christine, der die Zukunft gehörte.

»Warte, ich hab auch was für dich.« Mit einem Ruck machte sie sich von ihm los, ging an das einzige, bereits vollständig eingeräumte Regal und nahm ein Buch heraus: »Ich habe mich nie bei dir bedankt, dass du immer versucht hast, für die Kinder und mich zu sorgen. Und ich kann mir vermutlich nicht einmal ansatzweise vorstellen, wie schwer es oft für dich war. Danke, Willi.« Sie gab ihm den schmalen, in grünes Leinen gebundenen Roman, erklärte: »Das ist von deinem ehemaligen Hauptmann. Er ist erst in ein paar Tagen offiziell zu kaufen, aber Herr von Keller hat ihn mir geschenkt und ich schenke ihn jetzt dir.«

»Ist er so mies, dass du ihn nicht behalten möchtest?«, witzelte Willi etwas gezwungen. Im Kampf zwischen Freude und männlicher Würde nahm sein Gesicht mal wieder die Farbe seiner Haare an: »*Endstation Hoffnung*, ich mag's ja, wenn der Titel schon was Heiteres verspricht. Worum geht es denn?«

»Um die Liebe, ich verkaufe nur Liebesromane. Solche, die gut sind und solche, die weniger gut sind, aber versprochen gut ausgehen.« Sie lächelte und blinzelte die Feuchtigkeit aus ihren Augen. »Es handelt von einem jungen Mann, der für eine Frau seinen Traum von der Kunst aufgibt und sich in Mittelmäßigkeit einrichtet. Er ist innerlich verzweifelt, aber zu feige und zu bequem, etwas gegen sein gemütliches Unglück zu unternehmen. Mir hat es gefallen, obwohl es ein sehr bitteres, sehr böses Buch ist. Sprachlich ist es brillant, geschliffen und glasklar. Bei Propylän erschienen, das ist ein ziemlich neues Verlagshaus, sie gehören zu Ullstein.«

»Aha«, machte Willi und mit einem Blick, den er sonst vermutlich für unerfreuliche Überraschungen unter seinem Mikroskop bereithielt, legte er das Buch auf Karl Mays *Waldröschen*. »Weißt du, ich mag ja Herrn von Keller sehr und er schreibt sicher gut und alles, aber kann ich nicht lieber einen Adventskalender haben? Ich hab eh gerade so viel, worum ich mir Gedanken mache ...«

»Weil du's bist, darfst du beides nehmen. Möchtest du mit Türchen zum Öffnen oder Bildchen zum Ausschneiden und Aufkleben? Ich hab eine Krippe oder eine Waldlandschaft?«

Willi schien sich gerade für die Krippe entscheiden zu wollen, da klopfte es sehr wütend. Und ehe Vicky noch *Es ist offen* hätte rufen können, war die Tür schon aufgeflogen und herein trat, scheinbar etwas verlegen, der Metzgersgeselle, dicht gefolgt von seinem keineswegs verlegenen Dienstherrn, dem alten Metzgermeister Greiff. Statt einer Begrüßung verabreichte der ihr eine schallende Ohrfeige. »So sieht das also aus, wenn du Herrn Ebert besuchst, du ...«

Als was genau er seine Tochter bezeichnen wollte, sollten sie nie erfahren, denn Willi hatte ihrem Vater das verpasst, was man im Fachjargon eine *rechte Gerade gefolgt von einem linken Haken* nannte. Im Sommer hatte Willi mit eben dieser, seiner Lieblingsschlagkombination Baby-Bert, den Schwergewichtschampion eines befreundeten Boxvereins besiegt, doch der alte Metzgermeister taumelte nur einige Schritte rückwärts, zeigte sich ansonsten kaum beeindruckt. Stattdessen griff er nach dem künstlerisch vermutlich wertvollen Gusseisenklotz und schleuderte diesen auf Willi, der allerdings auswich, weshalb das Kunstwerk krachend ein Loch in die frisch gestrichene Wand schlug. Gleichzeitig eröffnete er die Diskussion, in dem er »dreckiger Bolschewist!« brüllte, was Willi etwas atemlos und wenig einfallsreich mit »Arschloch« konterte.

Vielleicht hätte er noch mehr zu sagen gehabt, doch schon schickten ihn zwei gezielte Schwinger des alten Greiff auf die Bretter, beziehungsweise auf das, was in zehn Tagen der Verkaufstisch sein sollte, und dort blieb er reglos liegen.

»Hör sofort auf!«, brüllte Vicky, worauf ihr Vater aufblickte und zu ihrer Überraschung tatsächlich mitten im Schlag innehielt. »Lass ihn in Ruhe!«, befahl sie, selbst vollkommen fassungslos, ob der Wirkung ihrer Worte. »Lass ihn sofort in Ruhe.«

Willi richtete sich auf, würgte, schniefte Blut und fiel wieder zurück.

Der alte Metzgermeister jedoch stand stumm versteinert. Erst nach einigen Sekunden begriff Vicky, dass er keineswegs sie, sondern etwas hinter ihrem Rücken anstarrte. Dort stand aber eigentlich nur der Geselle.

»Was nen das für en Jetöse?«, erklang es plötzlich. »Hier kann ja keen Mensch schlafen!«

Mietzi!

Wild zerzaust, den hübschen Katzenkörper nur sehr notdürftig mit Bambis halb geknöpftem Hemd bedeckt, dafür aber in Pumps und mit ordentlich aufgetragenem brandrotem Lippenstift stand sie in der Tür zum Treppenhaus.

»Hier möchten Menschen ruhen!«, erklärte sie dem Gesellen in vorwurfsvoller Förmlichkeit. »Ick muss doch sehr um Mäßigung des Lärms bitten!«

»Entschuldigen Sie, gnädiges Fräulein!«, stammelte der Geselle, wobei er in sinnlosem Eifer versuchte, seine SA-Bluse zurechtzuzupfen. »Es wird gewiss nicht wieder vorkommen, gnädiges Fräulein.«

»Dat will ick Ihnen auch raten!« Und dem Metzgermeister einen vernichtenden Blick zuwerfend, machte sie auf dem Absatz kehrt und stöckelte davon. Ganz offensichtlich hatte ihre Zeit nicht für das Anziehen eines Höschens gereicht.

»Das war meine Vermieterin und ich freue mich, dir meinen Buchladen zeigen zu dürfen. Wie schade, dass du Mutter nicht mitgebracht hast«, flötete Vicky in die verzückte Sprachlosigkeit ihres Vaters hinein. »Ich wollte euch überraschen, aber wenn du schon einmal da bist: Das hier wird der Verkaufsraum und die Leihbücherei. Dort wo Mietzi verschwunden ist, da habe ich noch ein kleines Büro und im Keller gibt es Abstellfläche.«

»Was macht der Lump hier?« Langsam schien der alte Greiff sich aus seiner Verzauberung zu lösen und deutete auf seinen Schwiegersohn, der inzwischen dazu übergegangen war, Blut auf den Boden zu spucken.

»Er hat mich besucht, um mir von seiner Stelle bei Herrn Professor Dr. Haber zu erzählen, dem Nobelpreisträger.« Sollte ihr Vater ruhig sehen, was er da für einen Schwiegersohn verjagt hatte. »Er wird beim Aufbau der neuen Japan-Abteilung des Kaiser-Wilhelm-Instituts maßgeblich beteiligt sein ...«

»Haber klingt jüdisch«, stellte der Metzgermeister fest und damit war dieses Thema für ihn scheinbar erschöpfend abgehandelt. Ohne rechten Schwung erkundigte er sich: »Was wird das hier?«

»Mein Buchladen, sagte ich doch eben. Und bevor du fragst, das Geld dafür habe ich von Willi geliehen und nein, wir lassen uns nicht scheiden.« Und in Gedanken an seine dreiste Lüge und deren Folgen, holte sie tief Luft und fuhr fort: »Willi wird die Kinder und mich besuchen, so oft er möchte und wenn du ihn, mich oder eines unsere Kinder noch einmal anrührst, werde ich als erstes zur Wache gehen und es danach Willis Kameraden aus dem Boxclub erzählen. Und ich werde ihnen sagen, welchen Weg du immer vom Stammtisch nach Hause nimmst, verstehen wir uns?«

Der alte Greiff nickte abwesend, aus dem ersten Stock erklang das rhythmische Quietschen eines Bettes.

»Die Reparatur der Wand zahlst du mir. Und das zerstörte Kunstwerk auch. Das hat mich fünfzig Mark gekostet, das ist ein Lowood! Ein Einzelstück.« Sie setzte sich neben ihren ziemlich blassen Ehemann und strich ihm mit einer zärtlichen Bewegung die Haare aus der Stirn: »Wenn du dich aber in Zukunft uns gegenüber anständig verhältst, dann lade ich dich zur Einweihungsfeier ein. Meine Vermieterin wird auch da sein.«

»Ein Rasseweib«, konstatierte der Metzgermeister verträumt, der Geselle nickte stumm und Willi begann, sich auf *Jane Eyre – die Waise von Lowood* zu übergeben.

11. Kapitel

»Schlachtet Opa Judensäue?«

Konrads Frage traf Vicky so vollkommen überraschend, dass sie einen Augenblick brauchte, um sie zu verstehen. Bis zu diesem Moment hatten Bambi, Konrad und sie gemütlich unter der leise zischenden Gaslampe am Küchentisch gesessen. Sie über einer letzten Vorbereitungsliste für die am kommenden Tag anstehende Eröffnung, Bambi über einer Lektion Russisch, Konrad über einem Brief an den Vater.

Willi, der inzwischen schon über eine Woche in Büsum war, schrieb viel, fast täglich erhielten die Kinder Post. Konrad und Linchen, die beide noch nie am Meer gewesen waren, bekamen sehr ausführliche, teilweise mit spitzem Bleistift bebilderte Beschreibungen der dortigen Pflanzen- und Tierwelt, Rudi und Wölfchen aber *Die Abenteuer des Abenteurers Kalle aus Pankow*. Kalle war eine Hausmaus, die durch Übermut in Willis Koffer gestiegen war und nun in Büsum ausharren musste, bis sie am 23. Dezember endlich zu ihrer Mäusefamilie zurückdurfte, währenddessen schlug sie jedoch allerhand Schlachten mit Schiffsratten und riesigen Wattwürmern. Für die Illustration der Geschichten hatte Willi sogar irgendwo Buntstifte aufgetrieben – im ersten Moment war Vicky überrascht, wie schön und detailliert die Bilder waren, doch dann hatte sie sich erinnert, dass Willis Vorlesungsmitschriebe früher immer halbe Gemälde gewesen waren. Wie fremd ihr Willi in den letzten beiden Jahren geworden war, was sie alles vergessen hatte.

»Mama!«, wiederholte Konrad in drängenderem Tonfall. »Ich hab dich was gefragt. Schlachtet Opa wirklich Judensäue, ich will Papa nichts Unwahres schreiben.« Aus neugierigen Augen sah ihr Sohn sie an, Tintenspuren an Finger und Lippen.

»Eine Judensau gibt es nicht. Das ist einfach ein hässliches Schimpfwort, wie dummer Hund oder so etwas«, erklärte Vicky mit Bestimmtheit. »Aber ja, dein Opa schlachtet Schweine. Davon lebt er und die Schweine, die leben auch dafür. Sie werden gezüchtet, aufgezogen und geschlachtet, damit wir sie essen können.«

»Wir wohl kaum.«

Das hatte Vicky jetzt gerade noch gefehlt – ihr Bruder und seine kruden Theorien zur Unantastbarkeit des Lebens. Zum Glück unterbrach Konrad ihn, bevor er ins Grundsätzliche geraten konnte: »Meinen Freund Benny, den möchte niemand schlachten?«

»Nein, natürlich nicht!« Sie schüttelte den Kopf. »Wie kommst du nur auf solche Ideen? Und woher hast du dieses Wort? Wenn Onkel Bambi und ich etwas Derartiges gesagt hätten, hätte deine Großmutter uns die Münder mit Kernseife geschrubbt.«

»Die großen Jungs rufen das Benny immer auf dem Schulhof hinterher. Aber es kann nichts wirklich Böses sein, weil die Aufsicht schimpft dann nie und wenn man *Arsch* sagt, gibt es Karzer und Tatzen.« Konrad legte seine Bubenstirn in Falten und begann nachdenklich auf seinem Füllfederhalter herum zu nagen. »Die mögen den Benny nicht, weil er so schlecht Ball spielt und eine Brille trägt. Ich mag ihn aber trotzdem, außerdem darf ich immer von seiner Vesper beißen.«

»Und wer hat gesagt, dass der Opa Benny schlachten würde?«, fragte Bambi, wobei er sein russisches Lexikon schloss.

»Der Opa, aber nicht zu mir, sondern zur Oma. Also eigentlich wollte er nicht Benny schlachten, sondern überhaupt die Judensäue. Und von Schlachten hat er im Grund auch nicht gesprochen, er und der Geselle wollen Hackbraten aus den Judensäuen machen, aber dafür müssen sie ja erst geschlachtet werden, oder?« Hilflos blickte er abwechselnd von der Mutter zum Onkel. »Ich hab's vielleicht falsch verstanden?«

»Bestimmt! Hier wird niemand geschlachtet«, stellte Vicky mit entschiedener Stimme fest. Und Bambi mit den Augen signalisierend, es beruhen zu lassen, bat sie ihren Sohn: »Schreib Papa doch lieber etwas, das ihn freut. Zum Beispiel wie es heute bei den Proben für das Krippenspiel war. Wie war es eigentlich, du hast gar nichts erzählt?«

»Schön war's«, entgegnete Konrad abwesend, aber er stand dabei auf und sagte: »Ich hol mal Linchen, die wollte, dass ich Papa von ihr auch noch schreibe. Sie selbst ist ja zu dumm dafür. Sie kann nur o und u und i schreiben, das wäre ein blöder Brief.«

»Das hat mit Dummheit nichts zu tun, vor einem Jahr um diese Zeit konntest du auch nur o und i und u«, gab die Mutter sanft zu bedenken, doch kaum war der Junge aus dem Zimmer, zischte sie: »Unser Vater und dieses widerliche braune Stück Dreck von einem Gesellen! Ich wette meine kompletten Courths-Mahler, der war's auch, der unserem Vater den Tipp und die Adresse meiner Buchhandlung gegeben hat. Der hängt an jedem Schlüsselloch.«

»Na, der Schuss ging wohl nach hinten los.« Bambi lächelte versonnen. »Ich bin gestern dazu gekommen, wie unsere Mutter sich vor der Haushälterin des Apothekers mit ihrer Tochter, der erfolgreichen Geschäftsfrau gebläht hat. Geschäftsfrau, das war ihr Wort, hab ich vorher noch nie gehört gehabt. Muss sie eigens für dich erfunden haben.«

»Aber Willis Nase ist Matsch.« Sie musste sich bemühen, den Gedanken an ihren über ihrer Verteidigung zusammengeschlagenen Ehemann zu verdrängen. Sie war inzwischen allerdings schon wieder fast restlos davon überzeugt, dass sich ihre Gefühle beim Anblick des blutenden, würgenden Willis sich vollkommen im Rahmen der gesellschaftlichen Konvention bewegt hatten. Jeder normale Mensch empfindet schließlich Mitleid und Sorge, wenn er so etwas mit ansehen muss. Dass sie ihm die Haare aus dem Gesicht gestrichen hatte, war ein rein mütterlicher Reflex gewesen und schließlich lebte man in den Zwanzigerjahren. Heutzutage konnte man sich nach einer Trennung eben noch in den Arm nehmen oder auch mal über die Stirn streichen, das zeigte, dass man ein modern denkender Mensch war und sonst zeigte das rein gar nichts. Sie musste Willi ja nicht hassen, nur weil sie getrennt waren. Entschlossen begann sie von Neuem mit der Bearbeitung der Gästeliste.

Sie hatte abwechselnd Angst, dass zu viele oder zu wenig Gäste kommen würden. Lisbeth und Fritzi waren überzeugt gewesen, dass handschriftliche Einladungen gleichermaßen dilettantisch wie altmodisch wirkten und hatten ihr schließlich über sechzig Briefe auf ihren Schreibmaschinen getippt.

Vor allem die prominente Nachbarschaft von Else Ury über Leo Blech und Tilla Durieux bis zu Hedwig Courths-Mahler persönlich hatte sie mit ihren Schreiben beehrt, doch als nach drei Tagen immer noch nur der *Querschnitt*-Herausgeber Alfred Flechtheim und Fritzis beste Freundin, das Starlet Elle Lack, ihr Erscheinen zugesichert hatten, waren die beiden dazu übergangen, mündlich jeden einzuladen, der entweder im *Romanischen Café*, dem *Café unter den Linden* und der Kellerschen Künstlerkolonie verkehrte oder in ihren Augen besonders literaturaffin wirkte. Woran die beiden Buchliebhaber erkannt haben wollten, war Vicky ein Geheimnis geblieben, seit die halbblinde Frau ihres Kohlelieferanten ihr jedoch voll Freude zugesagt hatte, waren ihr gewisse Zweifel hinsichtlich der Auswahlkriterien gekommen – oder, um es mit Fritzis Worten zu sagen, *wer atmet, lebt und wer lebt, braucht Bücher.*

»Kommen eigentlich die Eltern?«, erkundigte Bambi sich.

»Ich habe ihnen kommentarlos eine Einladungskarte unter der Tür durchgeschoben, aber ich hoffe, sie verstehen das als Ausladung.« Sie schauderte demonstrativ und weil ihr sofort wieder Willis zerschlagenes Gesicht einfiel, ergänzte sie kokett: »Jakob kommt auf jeden Fall.«

»Ah, brauchst du dann wieder ein perfektes Kleid?« Und als sie lachend den Kopf schüttelte, schlug Bambi vor: »Ich hab doch neulich die Mottensäckchen ausgetauscht, da hab ich so ein fliederfarbenes Crepes-Ding in deinem Schrank hängen sehen? Das wäre sicher geeignet.«

»Nein, das wäre es nicht«, entgegnete sie scharf. Das hatte sie sich damals für die offizielle Vorstellung von Willis Hefe-Artikel genäht. Es gab sogar noch ein kleines Duplikat davon, das hatte sie Linchen angezogen und all die Perlen behängten Professorengattinnen waren vollkommen verzückt gewesen, konnten gar nicht aufhören, Willi zu seinen hübschen Frauen zu beglückwünschen. »Also nein, das kann ich nicht anziehen. Das ist passé, vollkommen aus der Mode. Das zieh ich bestimmt nicht an.«

»Ach, hat wohl Willi mal gefallen.« Bambi verdrehte die Augen und wollte gerade fortfahren, seine russischen Übungen zu machen, als er plötzlich innehielt. »Weißt du, wer auch zugesagt hat? Der Hessler!«

Überrascht fragte Vicky: »Wer hat denn den Gesellen eingeladen?«

»Das war Mietzi. Sie hat mich neulich abgeholt und da hat sie ihn auf der Straße vor der Metzgerei getroffen« Ein etwas nachdenklicher Ausdruck hatte sich in die Züge des Bruders geschlichen. »Findest du eigentlich, dass der gut aussieht?«

»Nicht besonders. Aber die Geschmäcker sind verschieden. Meines Wissens nach fand Lisbeth ihn immer ziemlich ansprechend, von seinem Parteibuch mal abgesehen. Sie meint, er hätte Kommant und so eine männliche Ausstrahlung. Warum fragst du? Sorgen?«

»Sicher, wegen dem mit seiner albernen Ernst-Röhm-Frisur. Außerdem sind Eifersucht und Besitzdenken überholt, furchtbar 19. Jahrhundert.« Bambi schüttelte den Kopf. »Es interessiert mich nur. Als Mann kann man das bei anderen Männern eben schlecht einschätzen.«

Vicky war sich nicht so ganz sicher, ob sie ihrem Bruder glauben sollte, doch bevor sie etwas sagen konnte, kommandierte das eintretende Linchen:

»Wo ist dieser Brief?«

Das durchaus zufrieden dreinsehende Wölfchen hatte sie sich lässig über die Schulter gehängt, wobei sie im Gehen die letzten Knöpfe seines Schlafanzügchens schloss und sich gleichzeitig das Nachthemd glattstrich. »Konrad, komm zum Diktat, ich habe nicht ewig Zeit!«

»Die Frau Direktor«, spottete Vicky nicht ohne Stolz. Ihrer Mutter einen spitzen Blick zuwerfend, erklärte Linchen: »Das Fräulein Lehrerin sagt, wenn wir nur fleißig lernen, wird schon '40 jeder vierte Arzt eine Frau sein. Konrad, hörst du?«

Konrad nickte: »Ich schreibe also, *Lieber Papa, das was jetzt folgt, ist von Pauline?*«

»Genau.« Sie drückte Vicky das Baby auf den Arm und flocht sich die roten Locken zum Zopf.

»Schreib einfach:

Papa, du fehlst uns allen sehr, besonders aber mir und Wölfchen. Rudi fragt jeden Tag, wann du wieder kommst. Also bitte, nimm den nächsten Zug, wir vermissen dich schmerzlichst.

Warte, ich unterschreibe selbst. Onkel, wirfst du den Brief ein, wenn du nachher zu Tante Mietzi gehst? Mama, hast du noch was, das rein soll?«

Vicky nickte, nahm sich einen neuen Bogen Papier. Sie drehte sich so, dass Bambi ihr über die Schulter sehen konnte und schrieb mit Eifer: *Liebe Christine, wir kennen uns gegenseitig nur aus Willis Erzählungen, aber ich denke, es wäre schön, wenn wir uns einmal persönlich treffen würden. Schließlich leben wir im Zeitalter der Frauenbewegung, und ich fände es grauenhaft altmodisch, wenn wir nicht Freundinnen sein könnten. Vielleicht werden wir feststellen, dass wir nicht nur denselben Geschmack bei Männern haben?*

Ich weiß natürlich, dass Sie sich aktuell an der See aufhal-

ten, deshalb nehmen Sie die beiliegende Einladungskarte als schlichte Geste. Kommen Sie mich doch nach ihrer Rückkehr einfach besuchen, in der Buchhandlung oder zu Hause. Mit besten Grüßen an Willi, Ihre Vicky

PS: Ich freue mich darauf, Sie kennenzulernen.

So, und jetzt sollte der Bruder ihr noch einmal unterstellen, sie sei in ihren Mann verliebt! Eifersucht und Besitzdenken war ja so was von 19. Jahrhundert.

12. Kapitel

Und dann, so schnell, viel schneller als erwartet, war der großer Tag da. Mit Büchern befüllt waren die Regale, mit Wechselgeld die Registrierkasse und auf dem Verkaufstresen stand ein prächtiger Strauß Schneerosen – ein postalisch zugestelltes Geschenk von Willis Bruder, der sehr zu Vickys Freude nicht zur Einweihung würde kommen können, *bedauerlicherweise dienstlich verhindert*, wie er schrieb.

Nur das Ladenschild musste noch befestigt werden, bevor in knapp zwei Stunden die Gäste kommen würden, und dieses Unterfangen nahm Vicky in feierlicher Begleitung von Fritzi, Lisbeth und Mietzi in Angriff. Die Pumps hatte sie sicherheitshalber ausgezogen und so balancierte sie nun strumpfsockig, an den Füßen frierend auf der obersten Sprosse einer Leiter und ließ sich von den Freundinnen die Nägel reichen. Sylvia Beach hatte ihr strikt von allem frei Hängendem abgeraten, hatte man ihr Schild doch inzwischen schon zum zweiten Mal geklaut und so stand es nun in schlichten, türkisen Buchstaben auf einem weißen, an den Rändern abgerundeten Brett: *V. Genzer – Buchladen für Liebesromane.*

»En bisschen mehr nach links!«

»Nein, das andere links und dann höher!«

»Höher! Viel höher!«

»Nein, das ist zu hoch. Das kann ein normalgroßer Mensch ja kaum noch lesen!«

»Lissi, du bist kein normalgroßer Mensch! Also bei aller Liebe, höher!« »Jenau so! Jetzt noch en bissken mehr rechts! Kiekt top aus!«

»Kiekt top aus!«, bestätigte auch ein eben vorbeikommender Zimmermannsgeselle, allerdings mehr mit Blick auf Vickys durch das Strecken entblößte Beine. Und sein Kompagnon lachte schmutzig: »Ick glob, ick lass mir och mal beraten. Ick les ja so jern.«

»Dann kommen Sie doch einfach vorbei. Wir haben ab morgen regulär geöffnet.« Vicky lächelte besonders liebenswürdig. »Aber ich muss Sie warnen, Lesen bildet.«

»Für dich Püppi, kann ick och jebildet.« Und mit diesen Worten verschwanden die beiden Männer laut lachend um die Ecke.

»Lass dich von dem Pack nicht ärgern!«, bat Lisbeth und Fritzi ergänzte: »Das letzte weibliche Knie, dass die gesehen haben, hat vermutlich ihrer bedauernswerten Frau Mutter gehört.«

»Ach was. Die versauen mir nicht den Tag«, stellte Vicky fest, aber es geriet ihr etwas angestrengt. In der Morgenpost war eine Ansichtskarte von Büsum gewesen:

Liebe Vicky, zur Eröffnung deines Buchladens wünschen wir dir alles nur erdenkliche Gute, viel Freude und eine glänzende Zukunft. Wir stoßen heute Abend auf dich an. Es grüßen sehr herzlich, Willi und Christine

Am liebsten hätte sie die Karte in lauter kleine Fetzen zerrissen und die kleinen Fetzen dann in den Müll. Einzig Bambis spöttisches Lächeln hatte sie daran gehindert, aber dieses gleich doppelte *Willi-und-Christine-Wir* ärgerte sie maßlos. Und wenn Eifersucht fünfmal als überholt galt, mussten die mit ihrem Liebesglück derart hausieren gehen? Natürlich lebten sie in modernen, liberalen Zeiten, aber ein solches Verhalten, das war doch wirklich peinlich!

»Sollen wir reingehen? Wir können den Glühwein ja schon mal kosten?«, schlug Mietzi vor und das darauf einsetzende Jubelgeschrei der anderen hielt Vicky davon ab, darauf hinzuweisen, dass sie nur zehn Flaschen hatte, aber keiner sagen konnte, wie viele Gäste kämen. Es war vermutlich eher knapp berechnet, zumal es aus Geldmangel weder Schnittchen noch Sekt noch sonstiges gab. Sie versuchte so gut es ging ihre Sorgen zu ignorieren und erklärte: »Für Fritzi und mich ist der Punsch in dem kleinen Emaille-Topf.«

Sie kam sich da immer etwas dumm vor, aber das war einer der Punkte, in denen Willi sehr strikte Ansichten vertrat: Alkohol war ein Zellgift und deshalb hatte man ihn in der Schwangerschaft tunlichst zu vermeiden. Das galt im Übrigen auch für Sekt oder Eierlikör, obwohl selbst Frau Dr. Levi das nicht so eng nahm. Glücklicherweise trank Fritzi gleichfalls nichts, die allerdings mehr grundsätzlich und weil ihr Mann dann auch besser maßhielt. Vermutlich eine durchaus sinnvolle Taktik, zumindest, wenn Vicky sich an Willis Bemerkungen zu den Trinkgewohnheiten seines Hauptmanns erinnerte.

»Also, worauf wollen wir anstoßen?«, fragte Mietzi, während sie das dampfendes Porzellan verteilte. »Auf Vicky und ihren Buchladen?«

»Auf die Literatur?«, schlug Fritzi vor und Lisbeth empfahl: »Auf die Liebe und die Bücher?«

»Auf uns Frauen! Und darauf, dass wir alles können. Buchlädenaufmachen, Schreibmaschineschreiben, Kindergroßziehen, Schilderaufhängen und nebenher noch schöne Beine zeigen!« Vicky hob ihre Tasse. »Und darauf, dass wir uns manchmal ein bisschen geistigen Sirup verdient haben!«

»Auf uns Frauen!«

Und gerade in diesem Moment klopfte es an der Tür: »Frau Jenzer? Frau Jenzer, ick bin die Köchin vom Herrn Ebert. Er hat mir und ens der Mädken jeschickt, damit wir schon mal anrichten? Das restliche Personal kommen in ener halben Stunde, die bringen och die Tische und die Jetränke. Wo kommen denn die Schnittchen hin? Und dat Jeschirr? Wo soll ick mit dem Jeschirr hin?«

»Der Büchereiausweis kostet für Männer und unverheiratete Frauen zwei Mark im Monat, man kann dafür so viel ausleihen, wie man möchte, aber immer nur ein Buch daheim behalten. Verheiratete Frauen zahlen eine Mark und fünfzig Pfennig, erstens, weil sie weniger Zeit zum Lesen finden, zweitens, weil sie Liebesromane nötiger haben als alle anderen. Eine Mitgliedschaft ist problemlos zum Monatsende kündbar«, erklärte Vicky soeben vermutlich zum hundertsten Mal, jedoch ohne erkennbare Anzeichen von Müdigkeit oder Erschöpfung. »Die Ausweise wurden übrigens von Helmut Schmitt entworfen. Er ist ein wichtiger Vertreter des Nachexpressionimus und hat aktuell in der Kunsthalle Mannheim ausgestellt.« Und weil ihr Gegenüber, die junge Frau aus der Wäscherei in der Knesebeckstraße, damit offensichtlich nicht viel anfangen konnte, ergänzte sie wie gewöhnlich: »Der allein ist zwanzig Mark wert.«

»Haben Sie denn auch erbauliche Bücher?«, wollte der Gatte mit sehr kritischem Blick wissen, und da Vicky sich erinnerte, dass er Mitglied bei den Ernsten Bibelforschern war, nickte sie eifrig: »Meine Bücher sind durchweg alle erbaulich.«

»Wir werden Mitglied. Ich hab nämlich heute Geburtstag«, bestimmte daraufhin seine Frau und diktierte: »Emma Gumz, 01. 12. 1899.«

»Herzlichen Glückwunsch!«, lächelte Vicky und dachte bei sich, dass Frau Gumz vermutlich einigen Bedarf an romantischen Abenteuern in Buchform hatte. »Bewahren Sie die Karte gut auf. Vielleicht ist sie mal ein Vielfaches wert.«

»Das wage ich bei Herrn Schmitts gefälligem Geschmiere durchaus zu bezweifeln. Ich frage mich, warum man den überhaupt in Mannheim zugelassen hat.« Der Pfeifenraucher, der den Verleger Alfred Flechtheim begleitet hatte, machte ein angewidertes Gesicht, drückte ihr aber eine Mark fünfzig in die Hand: »Ist für meine Frau, Eva Louise Grosz, mit S wie Siegfried und Z wie Zacharias. Ich wünsche Ihnen auf jeden Fall viel Erfolg!«

Sie nickte, das taten sie alle. Zwar waren die Eltern der Feier demonstrativ ferngeblieben, doch als Vicky beim Aufbruch ihrer Mutter im Treppenhaus begegnet war, da hatte diese blitzschnell nach ihrer Hand gegriffen, sie für vielleicht den Bruchteil einer Sekunde gedrückt. Ihr war, als habe die Mutter ganz leise *Viel Glück* geflüstert, aber das war vielleicht auch Wunschdenken und Einbildung.

Bisher hatte zumindest noch keiner offen eine Bemerkung darüber gemacht, was für eine seltsame Idee ein weiblicher Buchhändler sei, auch wenn sie sich schon denken konnte, was hinter ihrem Rücken geklatscht wurde. Frauen, die nicht in den Geschäften ihre Männer arbeite-

ten, Frauen, die nicht gänzlich in der Mutterschaft aufgin-
gen, die galten für viele noch immer als Unnaturen. Und
die unmögliche Frau des Bäckers hatte gefragt, wo denn
Herr Genzer heute Abend stecke.

»Er ist mit seiner neuen Freundin ans Meer gefahren«,
hatte Vicky glatt entgegnet. Das Gesicht der Bäckerin war
es allemal wert gewesen. Irgendwann würde es sowieso
rauskommen und außerdem war man heutzutage eben leger eingestellt. Sich in ihrer eigenen Modernität sonnend,
hatte sie unter den Augen der Bäckermeisterfrau Jakob
zärtlich die Hand auf den Arm gelegt und vertraulich gefragt: *Hast du alles?*

Natürlich hatte er alles. Er hatte ja selbst dafür gesorgt.
Sie war immer noch restlos entzückt von seiner Großzügigkeit, vor allem aber von der Idee, sie damit zu überraschen.

Was hätte sie bei diesem Andrang nur ohne Jakobs Personal angefangen und ohne seine Speisen und Getränke?
Besonders die Autoren- und Künstlerfreunde Fritzis schienen sehr erfreut, unverhofft eine Möglichkeit gefunden
zu haben, kostenlos satt zu werden – wobei sich bei vielen nach dem vierten, dick mit kaltem Braten bedeckten
Schnittchen der poetisch grimmige Gesichtsausruck zu
einem behaglichen Halblächeln wandelte. Und mit diesen
zufrieden müden Zügen lauschten sie dann auch Bambi,
der ihnen bildreich und mit weit ausholenden Armbewe-
gungen die Qual ihres gerade verdauten Brotbelags schil-
derte. Nur Hessler schien sich tatsächlich für das Gesagte
zu interessieren, jedenfalls argumentierte er immer wieder dagegen. Soweit Vicky es mitbekam, vertrat er überraschend intelligent die Idee, Tiere zwar zur Schlachtung

zu züchten, ihnen aber vorher ein gutes, ihrer Natur entsprechendes Leben zu ermöglichen. Mietzi schien sich nicht entscheiden zu können, wem sie recht gab, doch hing sie vollkommen gebannt an den Lippen des jeweiligen Sprechers, während die Blicke der faul lauschenden Herren wiederum gebannt an Mietzis winzigem Katzenkörper hingen. Am heutigen Abend umflatterte ihn etwas Schwarzes mit violetten Marabufedern. Sehr chic, wie Vicky anerkennend feststellte. Sie selbst hatte sich für ein gestricktes Nachmittagskleid mit tiefer Taille entschieden, sicher nicht die glamourösete Wahl, aber praktisch und außerdem wollte sie schließlich als Buchhändlerin ernst genommen werden. Ein Unterfangen, bei dem ein großes Dekolleté und nackte Knie doch eher hinderlich gewesen wären.

Das allgegenwärtige Gelächter vermischte sich mit dem Geruch nach Tabak, Papier und Champagner, unterbrach immer wieder das monotone Gesumm der Stimmen, das An- und Abschwellen der Diskussionen. Es klang fast wie Meeresbranden, wie das Meer bei Büsum jetzt wohl klingen würde? Auf einmal überkam Vicky eine große Traurigkeit.

Willi und sie waren nur ein einziges Mal gemeinsam in Urlaub gefahren – eine drückend heiße, gewittrige Sommerwoche hatten sie bei seinen Eltern in einem Vorort von München verbracht.

Der kleine Bahnhof, dem Willis Vater vorstand, hatte nach Erbrochenem und Urin gestunken, voll mit Inflationssäufern aus Österreich war er gewesen, und Willis Mutter, eine zarte Frau mit sanft verwelkter Haut, hatte ihr unter Tränen die zerstörten Blumenkästen mit den entwurzelten Petunien gezeigt. Die hatten die Trinker zum

Spaß herausgerissen – wer tat so etwas? Waren das diese Bolschewisten? Die Uniform von Willis Vater war an Ärmeln und Knien zerschlissen gewesen, doch die Knöpfe erstrahlten in täglich frisch poliertem Glanz und wenn Willi ihnen von seinem Studium erzählte, dann bekamen auch die trüben Augen Glanz. *Unser Wilhelm, ein Herr Professor!* Sie zeigten ihr und den Kindern Willis Volksschule, seinen Schulweg und die Kirche, in der er und sein Bruder getauft worden waren – sonst gab es nichts zu zeigen, selbst das Gymnasium war zu weit weg. Sie saßen viel in der Küche, an dem mit weißer Spitze bedeckten Tisch, tranken warmen Eistee, lauschten dem Ticken der Wanduhr, dem Brummen dicker Fliegen, und abends schloss Willi das Fenster in seinem Zimmer, hievte die schwere Rosshaarmatratze aus seinem Knabenbett auf den Boden, der bei jeder Bewegung verräterisch quietschenden Sprungfedern wegen. Mit Christine war er nun in einem Hotel, kein Grund mehr für derartige Heimlichkeit. Das Fenster konnte weit geöffnet sein, und in der Ferne wäre das Brandungsrauschen zu hören.

Da sah Vicky plötzlich Jakob in der Menge. Halb eingesunken in den Plüsch der Leseecke saß er, eine Zigarre rauchend zwischen dem Ehepaar von Keller und einem sehr attraktiven, dunkelhaarigen Mann, der wohl als Sänger in irgendeinem Künstlercafé auftrat. Fritzi schien Jakob soeben etwas sehr Interessantes zu erzählen, seine Stirn lag in nachdenklichen Falten, doch dann platzten beide prustend heraus und Hans fuhr seiner Frau anerkennend über die kurzen Haare. Wie schön musste es sein, einen Mann zu haben, der einen als intellektuell gleichwertig betrachtete. Und gerade in diesem Moment sah Jakob auf, lächelte und zwinkerte ihr zu. Seltsam, schon klangen die Stimmen gar nicht mehr nach Brandung. Vicky wollte gerade zu ihm gehen, da öffnete sich die Tür und Carl von Bäumer trat herein.

Einen Moment glaubte Vicky, als nächstes würde ihr Schwager folgen, die dienstliche Verhinderung hätte sich vielleicht als hinfällig erwiesen, doch sie sollte sich irren. Statt des massigen Kommissars schwebte eine lilienzarte Blondine herein, das Starlet Elle Lack. Unter dem Gewicht ihres riesenhaften Nerzes fast zusammenbrechend, schmiegte sie sich an den Arm des Filmstars, der ebenfalls in einen imposanten Pelzmantel gehüllt war.

Schlagartig veränderte sich die Stimmung der Anwesenden, was bisher ein zwangloses Zusammenkommen dargestellt hatte, war durch das Eintreffen der beiden Berühmtheiten ein gesellschaftliches Ereignis geworden. Und in die plötzliche Stille hinein, hörte man Elle Lack mit ihrer unnatürlich heiseren Stimme bitten: »Darling, ich bin vollkommen erschöpft, ich brauche zu allererst einen Gin fizz.«

Zu Vickys großer Überraschung reagierte der ehemalige Liebhaber ihres Schwagers prompt, kaum hatte er seiner Begleitung mit galanter Geste aus dem Pelz geholfen, reichte er ihr schon ein Getränk, nur um sie im nächsten Moment an der Hand durch das Getümmel zu ziehen. Dabei nickten sie freundlich in alle Richtungen, machten jedoch durch ihre Hast klar, dass sie sich nicht unterhalten, nicht angesprochen werden wollten. Vielmehr strebten sie in eine etwas schlecht beleuchtete Ecke, wo sie in Ermangelung von Stühlen nebeneinander auf den Boden sanken, er im Maßsmoking, sie in einem tiefblauen, mit Stiftperlen übersäten Abendkleid. Und so blieben sie einfach sitzen, stumm rauchend, den weißblonden, den goldblonden Kopf in Verzückung schief gelegt, jeder versunken in die märchenhafte Schönheit des anderen.

Die übrigen Gäste kamen nur nach und nach wieder in ihre Gespräche hinein, nur mühsam fanden sie ihre Normalität zurück, immer wieder drehte man sich nach dem vollkommenen, der Welt so entrückten Paar.

»Die wären auch besser im Schlafzimmer geblieben, aber es ist nett von Fräulein Lack, dass sie gekommen sind. Hat sie bestimmt Fritzi zuliebe getan«, kommentierte Lisbeth, die sich zu Vicky gestellt hatte. »Das ist die wunderbarste Reklame für dich. Morgen steht das in allen Blättern. Es ist ihr erster gemeinsamer Auftritt. Bisher gab es ja nur Gerüchte. Meinst du, sie verloben sich noch dieses Jahr?«

Vicky machte eine vage Geste mit dem Kopf und konnte nicht aufhören, die beiden aus dem Augenwinkel zu beobachten. Soeben strich Carl von Bäumer seiner Begleitung mit den Fingerspitzen über die Porzellanschulter, fast glaubte man die Hintergrundmusik dieser Szene zu hören – etwas langsames, sehr zartes, keine Geigen, bloß keine Geigen.

War diese Frau der Grund für Pauls *dienstliche Verhinderung*, hatte er sich diesen Anblick nicht antun wollen? Der arme, arme Paul – wie mochte es ihm nur gehen? Doch bevor sie noch hätte länger darüber nachdenken können, trat die Frau des Schreiners an sie heran und fragte: »Wat kostet denn en Büchereiausweis?«

13. Kapitel

»Ich dachte immer, Carl von Bäumer sei ein 175er. Gab es da nicht mal so ein Gerücht? Er und dieser Kriegsheld, ihr wisst schon, der Baron von Orls, die sollen mal sehr vertraut gewesen sein. Aber na ja, da war er vermutlich noch sehr jung, so romantische Freundschaften haben Internatszöglinge ja gern. Ich würde mal sagen, in Herrn von Bäumers Fall hat es sich ganz offensichtlich ausgewachsen. Ich kann es jedenfalls kaum erwarten, morgen darüber in allen Blättern zu lesen. Das ist die beste Reklame, die du dir nur wünschen kannst. Sie werden dir den Laden regelrecht einrennen.« Hans von Keller lachte kopfschüttelnd.

Er musste sehr laut sprechen. Vicky war nach dem Ende der Eröffnung noch mit Fritzi, Jakob, Lisbeth und ein paar anderen in das *Café unter den Linden* gegangen. Johnny Gable, der attraktive dunkelhaarige Begleiter des Ehepaars von Keller, trat hier jeden Abend als Sänger auf. Er machte seinen Job gut und besaß eine schöne, männlich tiefe Stimme – eine zu seinen wehmütig dunklen Augen passende Schlafzimmerstimme wie Lisbeth mit Verzückung festgestellt hatte. »Ich glaube, da komme ich jetzt öfter«, brüllte sie Vicky eben ins Ohr, und Vicky, der es zu laut, zu heiß und zu verraucht war, nickte nur vage. Von ihr würde hoffentlich niemand verlangen, öfters hierher zu kommen. Sie hatte gar nicht mitgewollt, aber alle hatten gesagt, das ging nicht, es sei doch ihr großer Abend, dass müsse sie doch feiern, sie habe doch so selten jemand, der nach den Kindern sah. Und jetzt saß sie also hier, auf einem unbequemen Metallstühlchen, mitten im Gestank all dieser sich wild entschlossen amüsierenden Menschen. Der Geruch nach Schweiß, Zigarettenqualm und billigen Duftwässern war kaum auszuhalten und die Allgegenwart der Betrunkenen, der achtlos fallengelassenen, achtlos gehaltenen glühenden Zigaretten machte ihr Angst. Wenn jetzt ein Brand ausbrach?

Es hatte mal eine Zeit gegeben, da hatten Willi und sie immer über all diese Menschen gelästert, die ihren Ehepartnern und Geliebten offensichtlich so wenig zu sagen wussten, dass sie lieber in überfüllten Nachtclubs und Tanzdielen herumschwoften, mit belanglosen Bekanntschaften flirteten und zu viele überteuerte Getränke tranken. »Schlecht für die Ohren, schlecht für den Geldbeutel, schlecht für die Liebe«, hatte Willi einmal zusammengefasst, und dann hatten sie einen Moment dem gleichmäßigen Atem ihrer Kinder gelauscht, hatten sich voll Behagen auf ihrer Eckbank in der Küche aneinander gekuschelt, lauwarme Milch getrunken und gelesen, Willi in einer seiner wissenschaftlichen Zeitungen, sie in ihren geliebten Romanen.

»Möchtest du tanzen?«, fragte Jakob sie unvermittelt, und Vicky blickte nachdenklich auf die nur durch die Beleuchtung von den Musikern getrennte Schwoffläche. Hier war es noch voller, dicht gedrängt schubsten und schoben die schweißtriefenden Paare sich aneinander vorbei. »Nein«, entschied sie. »Ich hab Angst, dass mich jemand anrempelt und dem Baby was passiert.«

Wie zur Bestätigung ihrer Worte begann plötzlich eine in rosa Kunstseide gehüllte Blondine brüllend mit der

Handtasche auf einen zerzausten Bubikopf einzudreschen, scheinbar hatte die Geschlagene dem Begleiter der Kunstseidenen begehrliche Blicke zugeworfen. Von irgendwoher drang der Geruch nach Erbrochenem zu ihnen, und Lisbeth kicherte betrunken.

Plötzlich tat Will ihr sehr leid, Abend für Abend hatte er sich dieses Theater antun müssen. Gerade Willi, der Chemiker werden wollte, weil er Hefekulturen der Gesellschaft der meisten Menschen vorzog. Und zu Hause hatte sie ihm dann noch Vorwürfe gemacht.

»Sollen wir gehen?«, fragte Jakob nun, und Vicky nickte eifrig. »Ja, bitte! Bitte.« Eilig warf sie dem in eine hitzige Diskussion vertieften Ehepaar von Keller eine Kußhand zu, fragte Lisbeth, ob sie nicht auch mitkäme und als diese lieber noch mit ihrem Großwildjäger tanzen wollte, ermahnte sie die Freundin streng, nichts mehr zu trinken und bloß nicht allein nach Hause zu gehen. »Du wirst lachen, gerade das hatte ich nicht vor!«, kicherte Lissi und ergänzte: »Nun mach schon, du alte Glucke. Fort mit dir.«

Ganz wohl war Vicky nicht dabei, die Freundin zurückzulassen, aber zugegebener Maßen ging Lisbeth fast jeden Abend alleine aus, und so verabschiedete sie sich schließlich mit einer langen Umarmung von ihr, folgte dann Jakob aus dem Lärm und dem Gestank auf die Straße.

Draußen atmete sie tief durch. Die Nachtluft war eine Wohltat.

Kalt war es, ihr Atem bildete Wolken und die Linden ragten kahl in den sternenklaren Himmel.

»Danke für deine Überraschung. Ich weiß nicht, was ich heute Abend ohne deine Hilfe getan hätte. Das war sehr großzügig von dir«, sagte Vicky, nachdem sie neben Jakob auf der Rückbank seines Wagens Platz genommen und das Fenster zur Kabine des Chauffeurs geschlossen hatte.

»Ich glaube, es war ein Erfolg, ich hab allein heute 38 Büchereiausweise verkauft. Das es ein schönes Fest war, das verdanke ich dir! Ich muss gestehen, ich habe dich wohl auch ein bisschen einseitig wahrgenommen. Bei meinen Eltern hieß es immer nur, der *Herr Tucherbe Ebert* und die Wohnungen in Pankow und all das. Aber das bist nicht du, du bist viel mehr.«

Ohne sie anzusehen, lächelte er, bat dann: »Darf ich dich etwas fragen? Was war das eigentlich damals mit Peter? Dein Herr Vater hat mir einmal unter dem Siegel der Verschwiegenheit erzählt, er wäre mit der Ladenkasse und einer amerikanischen Nackttänzerin verschwunden. Stimmt das?«

Vor Wut wurde Vicky so heiß, sie musste den Mantel öffnen: »Nein, das ist eine Lüge. Eigentlich ist alles daran gelogen, außer, dass Peter verschwunden ist. Was weißt du über Daisy Sayre?«

»Nicki Wassermanns ehemalige Verlobte?«

»Sie war nie seine Verlobte, aber ja.« Mühsam bewegte sie ihre schmerzenden Zehen in den engen Pumps, dann fragte sie erneut: »Was weißt du über die Dame, die mit Nicki Wassermann zusammengelebt hat?«

»Nicht viel. Nur, dass sie die Farbe eine Kaffeebohne hatte, Französin war, und ich glaube, sie hat gemalt. Und dass sie Nicki für einen reichen, älteren Amerikaner verlassen hat. Was hat sie mit Peter zu tun?«

»Peter ist der *reiche, ältere Amerikaner.* Es war wohl Liebe auf den ersten Blick. Der alte Metzgermeister ist halb wahnsinnig geworden, sein Sohn in den Fängen einer Negerbraut! Ständig gab es Streit und Schläge, wehren durfte Peter sich nicht, es war ja der Vater. Und eines Tages, da hat er seinen guten Anzug, seine Tanzschuhe und seine Mauser in einen Koffer gepackt und dann, dann hat er erst mir, dann Konrad, dann Linchen einen Kuss gegeben und gesagt: ›Ich ertrag den Alten nicht länger, ich übernachte bei Daisy. Wenn ich Willi nicht mehr treff, richt ihm bitte aus, dass ich ihm für die Prüfung morgen die Daumen halte.‹ Und ich habe gesagt: ›Nimm besser den Gummimantel, man spürt abends schon den Herbst.‹ Er hat den Kopf geschüttelt und dann ist er zur Elektrischen gegangen, schief einen Schlager pfeifend, seinen alten, blauen Pullover über dem Arm. Er hat immer gesagt, pfeif dir einen Schlager und geh deinen Weg. Das war das letzte Mal, dass ich meinen Bruder gesehen habe. Der Anschluss von Fräulein Sayre war abgemeldet, ihre Wohnung geräumt. Ein halbes Jahr später hat er gekabelt, er brauche dringend Bares und Willi hat ihm welches geschickt, nach Marseille, postlagernd.«

Sie wusste bis heute nicht, wie er das Geld aufgetrieben hatte, es reichte ja ihnen selbst kaum zum Leben. Die an ihren Vater zu zahlende Miete war hoch, eine andere Wohnung ohne festes Einkommen und mit drei Kindern nicht zu finden. Dazu die Kosten für Bambis Klinik und das von den Masern genesende Linchen war zu schwach für etwas anderes als Brühe und Vorzugsmilch. Vorzugsmilch zu 12 Milliarden die Flasche, an Tagen mit schwachem Dollarkurs. Der neugeborene Rudi brüllte, wann immer er nicht aß oder schlief – wenn Willi da war, trug er ihn viel, in der Küche auf und abgehend, Bank, Herd, Wand, Tisch, Bank, nebenher mit verzweifelter Verbissenheit Chemisches paukend. Es nützte nichts, zum mündlichen Examen trat er dann gar nicht mehr an, Professor Dr. Habers Reaktion auf seine Abschlussarbeit hatte ihm gereicht: »Einer meiner klügsten Studenten und nun so etwas. Genzer, Sie enttäuschen mich.« Aber wie viel Mitgefühl konnte man schon von jemandem erwarten, der sich für die elende Giftgasermordung Tausender Soldaten noch feiern ließ?

»Für euren Vater war es sicher schwer. Ein Sohn gefallen, ein Sohn im Irrenhaus und der letzte geht stiften. So eine Metzgerei führt sich nicht von allein. Man kann verstehen, dass er kein Freund der neuen Zeit ist.« Nachdenklich schüttelte Jakob den Kopf. »Und Willi, der wollte nicht in die Metzgerei?«

»Nein, er konnte nicht. Es ist wie mit dem Soldatenhandwerk, es ist nicht jeder dafür geschaffen.« Überrascht lauschte sie ihren eigenen Worten. Es war das erste Mal, dass sie diese Frage nicht zum Anlass nahm, sich über Willis Verantwortungslosigkeit zu beschweren. »Er hat jetzt wieder eine Stelle am Kaiser-Wilhelm-Institut.«

Lächerlich stolz klang sie, dabei war es wirklich albern, vor Jakob damit anzugeben. Erstens war Willi ja nur noch auf dem Papier ihr Mann und zweitens verdiente er dort im ganzen Jahr nicht so viel wie Jakob in einem Monat. Trotzdem ergänzte sie: »Es ist eine sehr gute Stelle. Er darf mit Herrn Haber, dem Nobelpreisträger, zusammenarbeiten.«

»Fritz Haber, Vater des Gaskriegs, eine nette Bekanntschaft. Aber es freut mich, dass Herr Genzer wieder Ordnung in sein Dasein kriegt.« Besonders erfreut klang Jakob allerdings nicht. »Wo war er heute Abend? War er bei den Kindern?«

»Er ist mit seiner Freundin am Meer, die Kinder waren

oben. In Mietzis Wohnung. Linchen passt auf Rudi und Wölfchen auf, und Konrad und sein Freund Benny dürfen ihr Handlangerdienste verrichten. Und nachher sind dann Bambi und Mietzi zur Unterstützung gekommen.« Schmunzelnd ergänzte sie: »Mein Linchen ist ein sehr selbstbewusstes Fräulein. Der kleine Benny Levi ist sinnlos in sie verliebt. Er möchte sie ständig heiraten, aber sie denkt gar nicht daran.«

»Von wem das Mädchen das nur geerbt hat?« Er legte eine kalte Hand auf ihre, und den Druck seiner Finger erwidernd, entgegnete Vicky: »Man muss ja heute auch gar nicht mehr heiraten, oder? Schau mich und Willi an. Liebe und Ehe, das sind zwei Paar Schuhe.«

»Ich hoffe es zumindest.« Und mit diesen Worten warf er einen Blick auf seine Armbanduhr, machte ein panisches Gesicht und klopfte an die Scheibe zur Chauffeurskabine, bat: »Bring mich doch zuerst in die Leipzigerstraße und fahr dann Frau Genzer nach Hause.« Und der etwas überraschten Vicky erklärte er: »Bitte entschuldige, aber es ist spät und ich muss morgen beizeiten raus. Ich muss den Frühzug nach Köln bekommen. Die Sockenfabrik, du weißt ...«

14. Kapitel

»Womit kann ich Ihnen helfen?«, erkundigte Vicky sich hocherfreut. Da hatte sich doch tatsächlich ein Mann in ihre Buchhandlung verirrt – der erste seit der Eröffnung letzte Woche, zumindest, wenn man Bambi nicht mitzählte. Dabei herrschte ansonsten reger Betrieb – morgens gleich nach Öffnung des Ladens kamen die Nachtschwärmer, junge Mädchen und jung geschminkte Frauen in Maulwurfspelz und Gehwolf, mit verrutschten Nähten und schlaff herabhängenden Bubiköpfen. Manche hatten sichtbare Schrammen, manche hatten übermalte Schrammen und alle hatten sie unsichtbare Wunden. Sie liehen oft Courths-Mahler, aber auch Nataly von Eschstruth und Marie Nathusius. Denen mit den rotgeränderten Augen und den zitternden Händen riet sie zu Marlitt. Marlitt half immer.

Danach war erst einmal ein bisschen Ruhe, die hatte Vicky auch meistens sehr nötig – obwohl noch immer kaum sichtbar, drückte ihr der Nachwuchs schon furchtbar auf die Blase. Um diese Zeit kam dann Mietzi meist ein wenig in den Laden. In ihrem zerschlissenen Seidenkimono lümmelte sie in der Leseecke, aß Plunderteilchen und rauchte gleichzeitig. Wenn Fritzi zufällig auch gerade vorbeisah, diskutierten sie über Gabriele Reuters *Das Tränenhaus* und darüber, ob Abtreibung nun Mord war oder nicht. Fritzi fand ja, Mietzi fand nein, einig waren sie sich allerdings in dem Punkt, dass es den Staat nichts anging. Vor dem Hintergrund dieser meist ähnlich verlaufenden Debatten, sortierte Vicky Bücher, staubte ab und bediente die eine oder andere Kundin, meist Hausfrauen auf dem Rückweg vom täglichen Einkauf.

Betriebsam wurde es erst wieder, wenn die Lyzeen kamen, schnatternd und meist in Zweier-, Dreier-Grüppchen fielen sie ein, kicherten viel, liehen noch mehr und kauften gar nichts. Wenn dieser Ansturm vorbei war, schloss Vicky den Laden für eine Stunde und ging zum Mittagessen. Wie ein Mann kam sie sich dabei vor, wenn sie sich so nach getaner Arbeit an einen von Bambi gedeckten Tisch setzte und gierig aß, was immer man ihr vorsetzte. Manchmal fühlte sie sich schon so vermännlicht, es war ihr fast ein Bedürfnis, kummervoll aufzustöhnen und ihr hartes Los der Erwerbstätigkeit mit Bambis gemütlicher Häuslichkeit zu vergleichen.

Nach der Mittagspause kamen die Studentinnen, ihnen fühlte Vicky sich meist nicht ganz gewachsen. Sie konnte sich nicht recht vorstellen, dass auch solche anerkannt schlauen Frauen, Herzschmerz und Männerkummer verspürten, aber vermutlich war es so. Zumindest blieb sie auch bei diesen Kundinnen auf ihren teuer eingekauften Werken Hedwig Dohms ebenso sitzen wie auf Käthe Schirmachers *Libertad* – für Courths-Mahler und Vicki Baum gab es Wartelisten. Für eine gute Platzierung darauf war Vicky sogar schon Geld geboten worden, vom Tippfräulein eines Juristen!

Die Tipp-, die Ladenfräulein, die Dienstmädchen bildeten die täglichen Schlusslichter, sie glichen von Geschmack und Auftreten den Nachtschwärmern, nur ein bisschen unverbrauchter waren sie noch. Hier bekam Vicky manchmal einen Klassiker oder sogar ein Lyrikbändchen los.

Und dann nun heute also, zum ersten Mal: ein Mann! Nicht gerade das ansehnlichste Exemplar seines Geschlechts, aber zumindest eindeutig ein Mann. Jetzt nur nicht zu eifrig klingen! »Möchten Sie sich vielleicht erst einmal umsehen?«

»Nein!« Er schüttelte vehement den Kopf. Sein prächtiger, an die Jahrhundertwende gemahnender Vollbart schien sich vor Widerwillen regelrecht zu sträuben. »Ick will wat Bestimmtes.«

»Womit kann ich dienen?« Vicky fragte sich, ob ihrem Kunden wohl klar war, dass bei seinem Eintreten jegliches Gespräch zwischen den anwesenden Frauen verstummt war. Man betrachtete ihn verstohlen, teils nicht so verstohlen und mit einem Interesse, das ausschließlich an seinem Geschlecht lag.

»Se verkofen Liebesromane?«, fragte der Mann, der Kleidung nach vermutlich ein Bierkutscher oder Ähnliches. Er lehnte sich weit über den Verkaufstresen und flüsterte: »Ick hätte jern wat mit viel Romantik.«

Das Wort Romantik betonte er dabei sehr stark. Vicky guckte ratlos.

»Mit Romantik?«, wiederholte sie. »Was stellen Sie sich denn genau vor? Erwiderte Liebe, unerwiderte Liebe, erwiderte Liebe, die nicht zur Heirat kommt?«

»Ick sach mal so, Hauptsache Vollzug, ob se miteinander verheiratet sin, is mich ejal.«

Die Schamesröte stieg Vicky in die Wangen und entschieden schüttelte sie den Kopf: »Bedauere, derartige Bücher führe ich nicht.«

»Dann will ick nich weiter stören.« Und mit diesen Worten machte er auf dem Absatz kehrt und verschwand, grußlos. Vermutlich in Richtung des Tabakwarenladens – es hieß, dort gäbe es auf Nachfrage *Kunstfotografien*.

Vicky warf einen ängstlichen Blick in Richtung von Frau Orlowska, aber die hatte das Gespräch offensichtlich verschlafen. Frau Orlowska war keine Kundin im eigentlichen Sinne, sie kaufte nie etwas und besaß auch keinen Büchereiausweis, dafür kam sie jeden Nachmittag gegen drei und hockte bis Ladenschluss unbeweglich still in einem der Lesesessel. Weder las sie noch wollte sie plaudern. Sie schien nur sehr dankbar, ein paar Stunden ungestört sitzen zu können.

Trotz ihres abgetragenen Sommermantels und trotz eines zerbeulten Koffers von unbestimmtem Inhalt, war Frau Orlowska im Grunde ihres Herzens eine feine Herrschaft, dessen war sich Vicky sicher. Es hätte sie geschmerzt, das Anstandsgefühl der alten Dame verletzt zu sehen.

»Wat wollt *der* denn?«, fragte Mietzi, die soeben in Hut und Mantel durchs Treppenhaus hereinkam. »Den kenn ick, dat is der Lunemann.«

»Ach so«, machte Vicky nicht weiter interessiert. Mietzi kannte halb Berlin und besonders Leute, denen Vicky den potenziellen Kauf unanständiger Bücher zutraute, waren in ihrem Freundeskreis gut vertreten. »Gehst du zu Bambi?«

»Ja.« Das dreieckige Katzengesicht nahm einen sehr besorgten Ausdruck an. »Ja, ick jeh zu Bambi, aber ick gloob, ick sollte dir wat sagen ...«

»Ja, was denn?« Hoffentlich trennte die sich nicht!

»Wejen seinem Russisch …« Mietzi druckste herum und nahm dann erst einmal schwungvoll auf dem Verkaufstresen Platz. »Du weßt doch, er lernt Russisch. Und ick hab jedacht, dat macht er halt, wie andere Briefmarken sammeln oder ins Konzert jehen. Aber ick gloob, er is wahnsinnig. Nicht jefährlich, aber trotzdem komplett manoli.«

Diese Information überraschte Vicky nun nicht besonders, allein der Zusammenhang mit der russischen Sprache war ihr nicht klar. Und ihren vermutlich ziemlich dümmlichen Blick korrekt deutend, erklärte Mietzi: »Er hat mich jesagt, dat er die Eltern von dem Jungen finden will. Von dem russischen Soldaten, der ihm dat Leben jerettet hat. In Russland will er sie finden. Dat is doch Wahnsinn!«

Vicky zuckte die Schultern. Das beeindruckte sie nun nicht weiter.

»Was ist denn daran bitteschön Wahnsinn?«, mischte sich plötzlich eine schlanke Brünette mit rotem Halstuch ein. Vickys einzige Ausgabe von *Sturmhöhe* bedenklich zwischen den Fingern drehend, funkelte sie Mietzi an: »Ich sage Ihnen, was Wahnsinn ist! Dass wir glauben, die Frauenfrage sei mit der Einführung des Wahlrechts gelöst! In Russland, da herrscht Kommunismus, da herrscht wirklich Gleichberechtigung!«

»In Russland?«, fauchte eine andere. »Feine Gleichberechtigung, keine Rechte für alle!«

Vicky seufzte innerlich, solche politischen Diskussionen erlebte sie fast täglich, und solang die Damen nicht begannen, einander mit ihren Büchern zu schlagen, war es ihr herzlich gleich. Seit die Rechten Matthias Erzberger ermordet hatten, wählte sie grundsätzlich die Zentrumspartei – Willi aller gern geäußerten Kaisertreue zum Trotz auch.

Um den machte sie sich im Übrigen aktuell deutlich mehr Sorgen als um ihren Bruder. Die Briefe, die die Kinder von der Nordsee bekamen, hatten inzwischen jenen verzweifelten, um Heiterkeit und Durchhaltewillen ringenden Ton angenommen, den sie von seiner Feldpost noch erschreckend gut in Erinnerung hatte. Hinzu kam, dass Kalle, die von Willi erfundene Hausmaus, inzwischen offen über Heimweh klagte. Und Bambi hatte er auf die Frage, ob es denn schön am Meer sei, geschrieben, man wisse nie, ob es kommt oder geht, und ansonsten würde es regnen. Na, dann haben sie ja viel Grund, auf dem Zimmer zu bleiben, hatte Vicky spitz entgegnet, aber ihr an seiner Heiligsprechung arbeitender Bruder war nicht weiter darauf eingegangen.

»Der Hitler? Der, der ist doch wahnsinnig!« Dieser grelle Ausruf Mietzis holte Vicky in die Gegenwart zurück, und angesichts der allseits erhitzen Gesichter um ihr Mobiliar fürchtend, erklärte sie entschieden: »Ladenschluss! Ich muss mich vielmals entschuldigen, aber ich muss heute den Laden pünktlich schließen. Frau Orlowska, ich muss Sie leider rauswerfen. Meine Kinder brauchen die Mutter.«

Dieses Argument konnten selbst die hitzköpfigsten Damen nachvollziehen – auch wenn sie vermutlich ganz unterschiedliche Lösungsansätze für das Problem geboten hätten.

»Du kannst vorgehen. Du brauchst mir nicht beim Zumachen helfen. Ich muss auch auskehren, und Bambi freut sich ja sicher schon auf dich«, schlug sie Mietzi vor, die daraufhin dankbar nickte. Mietzi hatte es grundsätzlich nicht so mit dem Auskehren. Doch in der Tür drehte sie sich abrupt um: »Du, ens noch. Der Lunemann, der is von di Sitte. Wenn des bloß keenen Ärjer jibt.«

15. Kapitel

»Jakobs Briefe sind eben halbe Heimatkundeaufsätze! Mit Ausflügen ins Historische. Was interessiert mich die Kölnern Altstadt«, beschwerte Vicky sich und Lisbeth, die sehr undamenhaft an dem ledernen Haltegurt der Trambahn hing, nickte abwesend – vollkommen in Anspruch genommen von der Beobachtung des seinen Naseninhalt erst an den Handschuh und dann an den Mantel putzenden Kartenkontrolleurs. Doch dann seufzte sie tief und erklärte gravitätisch: »Vicky, mein liebes Kind. Man kann es dir nicht recht machen.«

Das zu Vickys Linken noch ein wenig weiterträumende Tippfräulein schien diese Ansicht zu teilen, zumindest ließ es den Kopf bestätigend auf und ab wippen.

»Was spricht denn bitte gegen halbe Heimatkundeaufsätze? Lies sie gründlich, vielleicht lernst du noch was.«

»Bildung is wichtig!«, wusste das ungeniert lauschende Ladenfräulein in der Bankreihe vor Vicky. Für diesen entscheidenden Beitrag war es sogar bereit, im Pudern seiner Himmelfahrtsnase innezuhalten.

»Und sein Sie dankbar, wenn ener einem mit der Heimatkunde kommt, dann is es wat Solides.«

»Da hast du's!«, triumphierte Lisbeth. »Bei Willis Briefen, also da hat der Mann bei der Feldpostzensurprüfstelle nach der Lektüre immer erst mal ein Glas kaltes Wasser gebraucht. Aber wenn du Willi nun nicht mehr zurücknehmen willst, dann such dir als Nachfolger was Solides. Es ist doch mit den Männern wie mit den Schuhen, wenn man sich in Schnallenpumps Blasen gelaufen hat, dann kauft man sich als nächstes keine Lacklederenen und glaubt, dann würde es besser. Nein, dann kauft man Wanderstiefel. Und Jakob ist ein Wanderstiefel, wenn nicht sogar eine orthopädische Sandale.«

Vicky sagte nichts, dachte aber bei sich, dass sie das letzte Mal morgens mit Lisbeth zur Arbeit gefahren war. Sie war zu Fuß eh schneller und nahm den Umweg nur wegen der ungestörten Minuten mit der Freundin in Kauf, aber wenn sie sich dann derartige Belehrungen anhören musste, dann verging ihr die Lust. Lisbeth aber sprach ungebremst weiter: »Werd dir erst einmal klar, was du von Jakob möchtest. Es ärgert dich, wenn er dich im Auto sitzen lässt, weil er arbeiten muss und es ärgert dich, wenn er dir schreibt. Wenn er dir nicht schreibt, ärgert es dich auch. Bist du verliebt?«

Vicky schüttelte entschieden den Kopf. Sie war für seine Großzügigkeit bei ihrer Eröffnung dankbar, sie schätzte seine Meinung und sie unterhielt sich gern mit ihm. Aber da war dann auch wirklich Schluss. Sie wollte keinen Mann mehr.

»Nicht verliebt, schade!«, konstatierte Lisbeth und befand: »Ich finde, du könntest dich da ruhig ein bisschen anstrengen. Großzügige Junggesellen in seinem Alter sind eine solche Rarität, da muss man schon aufpassen, dass sie nicht ausgestopft im *Luna Park* präsentiert werden. Und mal ehrlich, am Ende wollen wir Frauen doch alle was Solides. Heimatkundler mit Sockenfabrik und väterlicher Schweinezucht, das sind doch die Männer, nach denen wir Frauen uns heimlich verzehren.«

Und da der dickliche, unter seinem speckigen Hut doch sehr kahle Hilfslehrer neben Lisbeth zu überlegen schien, wie er bis zu seinem Ausstieg an der nächsten Haltestelle ausreichend heimatkundliche Begeisterung demonstrieren könnte, fügte sie flüsternd hinzu: »Und ich finde, Jakob sieht wirklich gut aus. Auf eine gemütlich Art, eine Art für schlechte Tage und zum Anlehnen.«

»Füg noch plüschig hinzu, dann haben wir ein Sofa.« Sie begann ihren Schal festzubinden und steckte ihre Finger in die Handschuhe. »Es mag dich überraschen, aber ich bin aktuell sehr froh, überhaupt keinen Mann in meinem Leben und in meinem Schlafzimmer zu haben. Männer sind so lästig, sie reden einem in alles rein und dann muss man ihnen ständig bestätigen, wie großartig sie sind. Man muss sich für Themen interessieren, die einen überhaupt nicht interessieren – sei's nun Heimatkunde oder Boxkämpfe. Und außerdem machen sie Schmutz und möchten bekocht werden. Nein, danke!«

»Bambi nicht«, wand Lisbeth ein. »Wie läuft es eigentlich mit ihm und Mietzi?«

»Ich glaube, nicht so top. Sie sagt ihm gerade ständig ab.« Vicky stand auf, fragte dann: »Interessiert?«

»An deinem manoli Bruder? Iwo, ich hab doch meinen Großwildjäger und wenn ich den nicht mehr hab, dann hätte ich gern diesen Sänger aus dem *Café unter den Linden*. Der soll zwar vergeben sein, aber so was ändert sich heutzutage ja gern mal«, entgegnete Lisbeth, rückte Vicky den Hut zurecht und ergänzte: »Wir gehen heute Abend ins *Romanische*. Ich hab mein neues Unterkleid an, du weißt schon aus der roten Kunstseide, die wir zusammen gekauft haben.«

»Ich glaube, Sie müssen auch hier aussteigen«, wandte sich Vicky an den kahlen Hilfslehrer, dessen Ohren bei der Vorstellung von Lisbeth im Unterkleid die Farbe der Kunstseide angenommen hatten. Aus seiner Verzückung gerissen, bellte er nur herrisch: »Das weiß ich!«, und Vicky unterstellte ihm, dass er nun bestimmt als erste Amtshandlung des Tages ein paar Quintaner zusammenstauchen würde.

Nach den tausenderlei menschlichen Ausdünstungen der Tram, traf sie die klare, kalte Winterluft wie ein Schlag. Und so durch die winterlich tristen Straßen zu ihrem Laden gehend, kam Vicky zu dem Schluss, dass es eigentlich gar nicht so die Heimatkunde war, die sie störte. Eigentlich war sie darüber fast dankbar, denn wenn sie sich nicht darüber hätte ärgern dürfen, dann hätte sie zugeben müssen, dass sie sich jeden Tag mehr auf Jakobs Briefe freute und das wiederum wollte sie wirklich nicht.

Sie mochte die Art, wie er sich nach dem Laden erkundigte und sie mochte seine fundierten Antworten, wenn sie ihn nach Aspekten des Geschäftslebens fragte – freundschaftlich, kameradschaftlich im Ton, niemals oberlehrerhaft. Es schmeichelte ihr, wenn sie sich vorstellte, dass ein so gescheiter Mensch wie Jakob sie als gleichwertig betrachten könnte. Sie war so in ihre Gedanken eingesponnen, sie bemerkte den Mann, der auf dem kleinen Vorsprung vor ihrem Schaufenster in der Kälte saß, erst, als sie schon fast da war.

Das war Willi!

Er aß einen grünen Apfel aus der Hand.

In Anzugshosen, Tanzschuhen und Ölzeug!

»Was zur Hölle machst du hier?«, entfuhr es ihr. Den Kindern hatte er doch geschrieben, er und Christine planten für den heutigen Tag eine Wattwanderung? Nicht mal einen Koffer hatte er dabei.

»Mein Zuckerkekschen!« Willi sprang auf, umarmte sie, presste sie an sich, hob sie etwas hoch und gab ihr einen Kuss auf die Stirn. »Meine Käthe-Kruse-Puppe! Wie hübsch du bist! Nicht zu viel und nicht zu wenig, genau, wie man sich eine Frau wünscht! Nur um deine schönen Haare ist es ewig schade, der Erfinder dieser dämlichen Bubikopffrisur hat sich für einiges zu verantworten.«

»Bist du betrunken?«, fragte Vicky skeptisch, sobald sie wieder festen Boden unter den Füßen hatte. Eigentlich roch er nicht nach Alkohol, nur nach Tabak, Apfel und vielleicht ein bisschen nach Meer.

»Nein, ich bin nur so verdammt froh, wieder daheim zu sein. Lass dich anschauen, man sieht unsere Tochter langsam! Ich habe beschlossen, wir nennen sie Marie, nach Marie Curie. Dann hat sie eine schlaue Frau zur Mutter und eine schlaue Frau als Namenspatin, das gleicht den dummen Vater aus.«

»Aha«, machte Vicky und schloss die Ladentür auf. »Und warum, wenn ich fragen darf? Also, ich meine, warum bist du froh, wieder hier zu sein?«

»Deshalb!« Willi wühlte etwas in der Tasche seines Regenmantels und hielt ihr dann seine gute Anzugssocke entgegen. Sie hatte ein daumengroßes Loch an der Ferse – Willis Socken bekamen dort früher oder später immer Löcher. Wenn man links mit Stopfen fertig war, konnte man rechts gleich weitermachen.

»Du bist aber jetzt nicht von Büsum hierher gefahren,

damit ich deine Socke stopfe, oder?« Ratlos starrte Vicky den vor ihrer Nase baumelnden Strumpf an. Er schien ihr bei aller Begeisterung nicht ganz frisch gewaschen. »Dass das bei den Bahnpreisen ein finanzielles Verlustgeschäft ist, sollte selbst dir Mathegott klar sein.«

»Unsinn, aber früher hast du sie mir immer gestopft und in Japan machen sie das mit Gold. Das nennt sich Kintsugi.« Er betrachtete sie auffordernd und schien offensichtlich überzeugt, damit alles geklärt zu haben. Vicky jedoch fragte hilflos: »In Japan stopfen sie Socken mit Gold?«

»Nein, natürlich nicht. Kintsugi nennt man die Goldreparatur von Keramik, das stammt aus dem Zen-Buddhismus. Weißt du nicht mehr, früher wollten wir immer Buddhisten werden, damit wir mehr als ein Leben zusammen haben?«

»Steht ja auch so in unserem Ehering.« Vicky nickte und setzte sich auf einen Stapel mit ausgedienten Verlagskatalogen. Sie konnte nicht aufhören, Willi anzustarren. Gut sah er aus, wenn auch ein klein wenig übernächtigt. Eine Unzahl neuer Sommersprossen hatte sich in seinem Gesicht ausgebreitet, im Dämmerlicht des Ladens hätte man ihn fast für gebräunt halten können. Wie seltsam nervös er sie machte und einen Moment war Vicky versucht, ihren Bubikopf mit den Händen etwas anzutoupieren, aber dann verbat sie sich derartige Albernheiten.

Wenn sie genauer darüber nachdachte, wollte sie Willi einfach loshaben, raus aus dem Laden, raus aus ihrem Leben. Willi brachte ihr immer nur alles durcheinander und harsch fragte sie: »Was hat Buddhismus mit Strümpfen zu tun, und warum bist du deshalb hier? Christine kann doch sicher auch stopfen?«

»Was weiß denn ich, vermutlich schon? Ist ja kein Hexenwerk, im Krieg hab ich das sogar selbst hingekriegt, aber hör doch endlich auf mit den Socken. Verstehst du denn nicht, was ich dir sagen will?«

Durch die Spalten der Fensterläden fielen helle Lichtflecken auf Willis Gesicht, auf Willis breite Schultern und einen Moment standen sie sich reglos gegenüber, dann schüttelte Vicky stumm den Kopf. Sie dachte daran, wie sie sich bei ihrer allerersten Begegnung über Willis dunkle Augen gewundert hatte. Es gab nicht viele Rothaarige mit dunklen Augen, auch ihre Kinder hatten alle blaue. Sie mochte seine Augen noch immer so gern. Seine Augen und seine Hände.

»Also schau her, wie erklär ich dir das nur am Dümmsten?« Willi lief mit ratlosem Blick auf und ab. Anders als mit den schweren, bei jedem Schritt knallenden Lederstiefeln ihrer ersten Begegnung, machte er in seinen gummibesohlten Abendschuhen kaum einen Laut. Das Pochen in Vickys Ohren war nur ihr Herzschlag.

»Ich habe wegen der geplanten Zusammenarbeit mit Japan von Herrn Haber ein paar Artikel zu Land und Leuten bekommen. Ich kann sogar schon auf Japanisch Guten Tag und Danke sagen, aber das ist jetzt egal. Jedenfalls war da auch ein Artikel über Kintsugi, dabei wird eine keramische Bruchstelle für jeden sichtbar mit Gold verschlossen und erst dadurch, erst durch die Zerstörung und anschließende Heilung gewinnt der Gegenstand seinen vollen Wert. In seiner Beschädigung entfaltet er erst seine ganze Schönheit. Und nachdem ich das gelesen habe, habe ich mich für das Abendessen mit Christine angezogen und dabei habe ich bemerkt, ich habe ein Loch im Strumpf, und Christine hat gesagt, ich soll mir eben neue kaufen, aber früher, früher da hast du mir immer die Socken geflickt und da habe ich mir gedacht: *Was machst du hier eigentlich? Was soll ich mit neuen Socken und einer neuen Frau?* Es ist wie du gesagt hast, man darf nicht nach dem ersten Versuch hinwerfen und wie die Japaner sagen, etwas Repariertes kann noch tausendmal wertvoller sein. Man muss es immer weiter versuchen. Ja, die Versuchsbedingungen sind nicht mehr dieselben, aber mir gefallen sie jetzt besser. Mir gefällt dein Buchladen und mir gefällt, wenn du gelb trägst. Ich erkenne plötzlich die Frau wieder, die ich geheiratet habe, dieses mutige Mädchen, das einfach macht, was es will und wenn die Leute sich noch so sehr das Maul drüber zerreißen.

Und nach dieser Erkenntnis dann, dann habe ich mir irgendeinen Paletot gegriffen und bin zum Bahnhof gerannt, ich hab gerade noch so den Nachtzug über Hamburg gekriegt. Ich bin einfach nur glücklich, wieder bei dir zu sein! Und bei den Kindern. Du kannst dir nicht vorstellen, wie mir die Kinder gefehlt haben.«

»Ja, und Christine?« Vicky war froh, dass sie saß. Das war alles zu viel und zu schnell. Sie wusste nicht, ob sie ihm glückstrahlend um den Hals fallen oder ihm mit sachlicher Freundlichkeit die Tür zeigen sollte. Wenn er nur nicht so hübsche Augen gehabt hätte. Sich mühsam sammelnd fragte sie: »Was hat Christine gesagt?«

»Dass sie dem Hotel Bescheid gibt, mir mein Gepäck und ihre Rechnung nachzuschicken. Und dass sie jetzt wieder weiß, warum sie mich 1914 nicht heiraten wollte und ich es nicht auf den Krieg schieben soll, weil ich schon 1914 genauso ein Scheißkerl war wie heute. Und dass einem bei aufgewärmten Lieben erst nach einiger Zeit klar wird, warum man sie beim ersten Versuch beendet hat und sie es nicht fassen kann, ein zweites Mal so blöd gewesen zu sein. Ich denke, sie war sauer.« Er zuckte die breiten Schultern. »Und ich glaube, sie wollte noch sagen, dass es besser für die Kinder ist.«

»Du glaubst es? Was heißt denn das jetzt wieder?«

»Dass ich es nicht sicher weiß, was sonst?«

»Aber warum, weißt du es nicht sicher? Hat sie es nun gesagt oder nicht?«

»Gesagt hat sie es, vermutlich, aber gehört hab ich es eben nicht. Ich weiß ja nicht, wie viele Telefongroschen du mit dir rumschleppst, aber meine gehen irgendwann zur Neige.« Und weil sie ihn jetzt noch irritierter anschaut, ergänzte er: »Mir ist erst beim Zwischenstopp in Hamburg eingefallen, dass ich ihr ja vermutlich Bescheid geben sollte. Entschuldigung sagen, so was eben. Ich hatte es halt eilig.«

Und mit diesen Worten packte er Vicky, hob sie auf den Verkaufstresen, küsste sie derart heftig, dass sich jede kritische Erwiderung in Luft auflöste – wenn Willi es eilig hatte, dann hatte er es eilig und irgendwo kamen die bald fünf Kinder eben auch her.

»Ich dachte, ich nehm Konrad nachher mit? Ich meine, wenn ich mein Zeug bei meinem leidgeprüften Bruder abhole. Vielleicht bringt ihn der Junge etwas auf andere Gedanken?«

In Hosen, aber ohne Hemd und Socken, saß Willi auf dem Boden, lehnte mit dem Rücken am Verkaufstresen, und während ihr Kopf in seinem Schoß lag, versuchte er erfolglos, ihre kurzen Haare zu einem Pferdeschwänzchen zusammenzunehmen. Vicky nickte. Obwohl sie Paul nicht besonders mochte, tat er ihr seit Wochen furchtbar leid. Es ging soweit, dass sie manchmal nachts wach lag und überlegte, wie sie ihrem Schwager nur helfen konnte.

Sie hatte sich schon über die gemeinsame Ansichtskarte von Willi und Christine geärgert, wie schlimm musste es erst sein, wenn einen das Liebesglück des Verflossenen von jedem Zeitungskiosk entgegenstrahlte? Kein Blatt der Hauptstadt, das aktuell ohne Berichte über die *Romanze des Jahrhunderts* auskam. Und dann hatte ihr Schwager ja außer Willi auch niemanden, mit dem er hätte reden können.

»Armer Paul«, seufzte Vicky. »Wie geht es ihm jetzt?« »Wie schon. Er trägt es mit Fassung. Kennst ihn doch.« Sich eine Zigarette ansteckend, fuhr Willi fort: »Ich finde aber, er hätte von vornherein sagen sollen, dass er keine gemusterte Tapete will. Sich jetzt beschweren ist irgendwie topmies.« »Was denn für Tapeten?«, fragte Vicky irritiert und Willi entgegnete: »Na, für das Sommerhaus. Carl hat ihm doch zum Jahrestag ein Sommerhaus geschenkt. Und das lässt er gerade für Paul renovieren, aber jetzt will er violett gestreifte Seidentapeten im Schlafzimmer. Also ich find's auch hässlich, nur …« Weiter kam er nicht, Vicky unterbrach ihn scharf: »Sind die nicht getrennt?«, und Willi entgegnete verblüfft: »Nö, wieso?« Sie beschlich einmal mehr das Gefühl, dass Willi sie der Information nicht für wert befunden hatte – Zustand ihres Bruders in der Nervenheilanstalt, Verdacht der Untreue mit Ebert oder das eheliche Kind mit Christine. Früher hatte sie die Einschlagzeitungen gelesen, heute durfte sie dankbar sein, wenn sie am Rand mal eine Information aufschnappte. Sich mühsam zur Ruhe gemahnend, stellte sie fest: »Ich mache mir seit

Wochen Sorgen um Paul, weil in allen Blättern über Carl von Bäumers Verlobung mit Elle Lack spekuliert wird!«

»Ach das«, Willi stieß gelangweilt Rauch aus. »Das ist doch nur Werbung für den gemeinsamen Film. Als ob Carl jemals einen anderen ansehen würde.«

Obwohl er über seinen Bruder sprach, klang Willi sehr selbstzufrieden. Überhaupt machte er einen sehr mit sich zufriedenen Eindruck – den Eindruck eines Mannes, der wusste, dass er im Schlafzimmer soeben eine durchaus als überdurchschnittlich zu bezeichnende Leistung erbracht hatte und der gerne bereit war, innerhalb der nächsten fünfzehn Minuten eine erneute Kostprobe seines Könnens zu geben. Vicky sagte nichts. Es war auch gar nicht nötig, Willi redete ja.

»Wenn ich bei Paul bin, können wir das mit Bambi auch gleich klären. Pauls Zimmerwirtin ist nicht sehr streng, ich glaube nicht, dass sie ein Problem damit hat, dass dein Bruder spinnt. Mit den zwei Wochenmieten im Voraus werden wir uns halt was einfallen lassen müssen, aber das kriege ich schon hin. Für drei Erwachsene ist unsere Wohnung wirklich zu eng und auf lange Sicht werden wir sowieso ausziehen. Ich ertrage den Gedanken nicht, wieder über deinem grauenhaften Vater schlafen zu müssen. Mit meinem neuen festen Einkommen dürften wir eigentlich problemlos etwas finden. Herr Professor Dr. Haber stellt mir auch gern ein Empfehlungsschreiben aus, hat er schon angeboten.«

»Wir haben ja jetzt zwei Einkommen, vielleicht können wir dann sogar was kaufen«, schlug Vicky mühsam beherrscht vor. Vor lauter Zorn krampfte sich ihr Magen zusammen. Was sie wollte, wurde nicht einmal der Nachfrage für würdig befunden.

»Ach komm«, sagte Willi nun und strich ihr dabei väterlich übers Haar. »Ich bin doch jetzt wieder da, du brauchst nichts mehr verdienen. Wenn dir der Laden Spaß macht und du darin nette Leute triffst, dann bin ich der letzte, der ihn dir wegnimmt, aber mal ehrlich ...«

Weiter kam er nicht, Vicky hatte tief Luft geholt und mit sehr ruhiger Stimme zu sprechen begonnen: »Wilhelm Genzer, ich habe den massiven Verdacht, dass du etwas falsch verstanden hast. Ja, du bist wieder da, aber nein, du ziehst nicht wieder ein, und nein, ich möchte auch dein Geld nicht länger. Ja, ich möchte mit dir verheiratet bleiben, schon wegen der rechtlichen Vorteile, aber auch weil ich dich einfach mag. Und nein, meine Weigerung wieder mit dir zusammenzuwohnen hat nichts damit zu tun, dass du mich schwanger betrogen und mit vier Kindern hast sitzenlassen. Ich hab wirklich selbst genug Fehler gemacht, als dass ich dir das vorwerfen könnte. Aber ich möchte und kann nicht mehr zurück. Und deshalb muss ich dich auch sehr bitten, dich nun vollständig zu bekleiden. Ich möchte nämlich den Laden öffnen, ich bin schon eine halbe Stunde zu spät.«

Willi glotzte, als habe sich der Inhalt seines Reagenzglases plötzlich rot statt grün verfärbt. »Ich dachte ...«

»Nein, Willi, du hast mal wieder gar nichts gedacht. Du hast einfach gemacht. Und ja, ich habe mitgemacht, weil ich nämlich gerne mit dir schlafe. Das habe ich immer getan und werde ich vermutlich auch in Zukunft gerne tun, aber ich möchte wirklich nicht mehr von dir abhängig sein, weder finanziell noch sonst wie. Und ich will dir im Gegenzug für die materielle Sicherheit auch nicht den Haushalt führen. Wenn dir in Zukunft die Socken einreißen, wirst du sie selbst stopfen müssen. Oder dir neue kaufen, du verdienst ja jetzt genug.«

Entschlossen strubbelte sie ihren Bubikopf zurecht und nahm ihren Taschenspiegel hervor. Sich die Wimpern nachtuschend, fuhr sie fort: »Du darfst jederzeit bei uns vorbeischauen, du darfst die Kinder besuchen so oft und so lange du willst, du darfst gerne zum Frühstück bleiben und wenn ich Zeit habe, werde ich dich mit Freude zu offiziellen, ehefrauenverlangenden Anlässen begleiten, aber für alles weitere wirst du dir eine Wirtschafterin oder eine rührige Zimmerwirtin suchen müssen. Und wo wir schon bei meinen Wünschen sind, ich möchte in Zukunft nicht mehr vor irgendetwas geschont werden. Wenn mein Bruder in der Nervenheilanstalt unmenschlich behandelt wird, dann habe ich ein Recht darauf, es zu erfahren. Ich bin erwachsen, ich komme damit klar.«

Willis eckiges Gesicht hatte einen nachdenklichen Ausdruck angenommen, dann drückte er seine Zigarette an der Schuhsohle aus und lächelte unvermittelt: »Als wir uns das erste Mal in dieser Dachkammer getroffen haben, ganz am Anfang war das, da habe ich zu dir gesagt, ich würde aus dir nicht schlau. Du warst mir ein vollkommenes Rätsel und in dieses vollkommene Rätsel habe ich mich verliebt. Das ist nun bald zehn Jahre her und ich muss gestehen, an diesem Zustand hat sich nichts geändert.«

»Vielleicht bist du einfach ein bisschen dumm?«, frotzelte Vicky in versöhnlichem Tonfall. Sie gab es ungern vor sich selbst zu, aber sie mochte ihn noch immer so gern. Sie wollte ihn nicht verlieren, nur ihre Selbstständigkeit, die wollte sie auch behalten. »Aber im Ernst, was sagst du?«

»Dass ich es nicht weiß. Aber ich werde auf jeden Fall darüber nachdenken und dir meine Entscheidung mitteilen.« Er zuckte die breiten Schultern. »Ich weiß nicht, ob ich mit einem solchen Arrangement leben kann. Du kannst mich altmodisch nennen, aber ich bin gern bei meiner Frau und meinen Kindern. Und ich sage dir ganz ehrlich, mir macht die Vorstellung auch ein bisschen Angst. Dass du ohne irgendwelche materiellen Gründe, schlicht aus Begeisterung für meine Persönlichkeit bei mir bleiben sollst, das finde ich ziemlich einschüchternd. Ich weiß, wir leben in modernen Zeiten und vielleicht ist die alte Rollenverteilung wirklich überholt, nur ich bin schon dreißig, ich bin ein Kind des Kaiserreichs. Ich weiß nicht, ob ich das kann.«

Vicky nickte. Mehr konnte sie nicht verlangen und entschlossen zog sie den Rollladen an der Tür hoch, klappte die Fensterläden zur Seite und sich noch einmal nach ihm umdrehend, flüsterte sie: »Weißt du noch, die Gase? Da hast du auch gedacht, das würdest du nie lernen.«

⌒

»Wirklich, dass du mit dem auch immer als Erstes in der Kiste landen musst!« Als sie nach Ladenschluss kam, hatte Lisbeth ein Blick auf Vickys dank Willis Bartwuchs wundrot geriebenes Kinn gereicht, doch bedauerlicherweise beließ sie es nicht bei schweigender Zurkenntnisnahme. Vicky, die gerade die bei den Verlagen direkt georderten Bücher den jeweiligen Bestellkunden zuordnete, gab sich sehr beschäftigt. »Vicky, wirklich! Und mir noch große

Vorträge halten, dass du keinen Mann willst. Ich sag's ja immer, zumindest dafür brauchen wir sie halt doch.« Sie lachte amüsiert und ließ sich in den Lesesessel plumpsen. »Gegen die Biologie sind wir machtlos.«

»Das sagt Mietzi sich vermutlich auch öfters«, grinste Vicky, und eine Sekunde lang lauschten sie schweigend dem Bettgequietsche aus dem Stockwerk über ihnen.

»Ist dein Bruder nicht bei den Kindern?«

»Doch, heute darf sich jemand anderes ihrer Gunst erfreuen. Mietzi hat ein großes Herz und ist damit nicht geizig. Sie ist da sehr modern. Müssen sie und Bambi selbst wissen.« Sie zuckte die Schultern und verpasste Georges Manolescus *Ein Fürst der Diebe* den Büchereistempel. »Das geht schon den ganzen Nachmittag so. Wenn der anwesende Herr nicht zwischendrin gewechselt hat, muss man ihm zu seiner Ausdauer wohl gratulieren.«

Sie lachten beide, dann stellte Lisbeth ernst werdend fest: »Diesmal schreibst du Jakob selbst. Jetzt schau nicht so, du wirst ihn schon über dich und Willi informieren müssen. Für dich mag er eine orthopädische Sandale sein, aber was er empfindet, dass weißt du eben nicht. Es wäre unfair, ihn nicht in Kenntnis zu setzen.«

Widerwillig nickte Vicky, dann fragte sie: »Warum muss ich ihn eigentlich informieren? Warum muss ich mich überhaupt für einen entscheiden? Warum kann ich nicht beide haben? Willi fürs Schlafzimmer und Jakob für die Gespräche? Fritzi hat mir erzählt, dass sowohl Walter Benjamin und seine Frau als auch die Hessels das Problem so gelöst haben. Ich meine, wir leben in den Zwanzigerjahren, da lebt man jetzt und entscheidet später.«

Vor dem bereits durch den Rollladen geschlossenen

Schaufenster gab es Getöse, irgendwelche frühbetrunkenen Nachtbummler.

»Los Lissi, erklär du mir, warum darf ich nur mit einem ausgehen?«

»Wenn man liebt, dann liebt man nur einen Einzigen. Der ist es für jetzt, der war es für früher und der wird es auch immer sein.« Dann zwinkete sie ihr zu und flüsterte: »Zumindest glaubt man das, wenn man neben ihm liegt.«

»Ja, das war bei Willi so – aber schau, zu was es uns gemacht hat. Zu einer nörgelnden, ewig schwangeren Haushälterin und einem untreuen, unglücklichen Ernährer. Es muss doch noch andere Wege geben? Aber ich sage dir ganz ehrlich, ich weiß nicht, was ich mache, wenn Willi nicht auf meine Forderungen eingeht. Rechtlich bin ich zur Haushaltsführung verpflichtet.«

Ihre Tochter trat Vicky von innen heftig in den Bauch, es war ganz eindeutig motivierend gemeint und so wechselte sie abrupt das Thema: »Könntest du dir vielleicht vorstellen, hier zu arbeiten? Mit mir zusammen? Es gibt den Buchladen ja erst seit knapp zwei Wochen, aber es ist oft so voll, dass ich über Hilfe dankbar wäre und ich werde jemanden brauchen, wenn Marie, also ich meine, wenn das Baby kommt. Vielleicht ab Februar? Bambi gegenüber hast du ja mal so was erwähnt?«

»Ach, Vicky! Natürlich!« Mit einem kleinen Freudenlaut fiel sie der Freundin um den Hals.

»Aber top das!«, lachte Vicky. »Das wird schön, da können wir den ganzen Tag zusammen sein und abends lästern wir über die Kundschaft.«

»Was ist denn da draußen los?« Auf der Straße war immer noch Lärm, auch wenn sie durch die Rollläden und die dicken Scheiben nicht genau hören konnten, was da genau geschah.

»Es ist Samstagabend vor dem dritten Advent, halb Berlin ist in Feierlaune. Los, wir packen zusammen, dass wir auch heimkommen. Bambi hat bestimmt das Essen fertig. Er wollte Waffeln machen.«

»Ach, Waffeln gibt's?« Ein spöttisches Zucken hatte sich in Lisbeths Züge geschlichen. »Für den tapferen Heimkehrer nur das Beste. Vicky, Vicky, das mit euch beiden nimmt kein gutes Ende.«

»Mach dich nicht lustig, ich bitte dich. Ich versuche nur ... ach, ich weiß nicht, was ich versuche. Ich hab es so satt, dass er für mich entscheidet und verdient.« Sie legte den Kopf an Lisbeths Schulter und atmete den tröstlich vertrauten Kernseifengeruch. »Wenn ich ihn nicht gerade hasse, hab ich Willi sehr lieb, verstehst du das?«

»Ich bin deine beste Freundin, wenn ich dich nicht mehr verstehe, tut es keiner. Ich kann's nur immer wieder sagen, wenn man Bartwuchs, Sommersprossen und rote Haare mag, hat er wirklich viel zu bieten.« Sie kicherte gutmütig. »Und er ist ja wirklich ein lieber Kerl, es muss hart für ihn gewesen sein, die Kinder und dich durchzukriegen – ohne richtige Stelle und ohne abgeschlossenes Studium.«

Vicky nickte: »Das muss furchtbar für ihn gewesen sein.« Sie hatte auch nie gefragt, woher das Geld kam, sich nur immer beklagt, dass es nicht reichte. Im Grund konnte sie ihm keinen Vorwurf machen, dass er ihr so vieles nicht erzählte. Sie hatte ihm ja nie gezeigt, dass es sie interessierte.

»Was die Untreue angeht, kann ich dich aber schon mal beruhigen, da arbeitet die Zeit für dich«, sprach Lisbeth inzwischen weiter. »Wenn er bis zu seinem sechzigsten Lebensjahr kein John D. Rockefeller geworden ist, schaut ihn eh keine mehr an, spätestens dann hast ihn ganz für dich. Wenn ihm die hübschen Haare ausgehen, vermutlich schon früher. Oder bitte Bambi doch, mit ganz viel Fett zu kochen? Ich will mal sehen, wie der fremdgeht, wenn er die Figur einer Juli-Wachtel hat!« Sie lachte tröstend und ergänzte: »Ich habe mich ja auf der Einweihung ein Weilchen mit Jakob unterhalten und ich denke wirklich, das ist ein feiner Mensch. Er würde dich gut behandeln. Und die Kinder sicher auch. Der ist keine Alternative? Ich meine für den Fall, dass Willi nicht in deine Bedingungen einwilligt?«

»Nein, eine Alternative sicher nicht. Vielleicht eine zusätzliche Option, aber keine Alternative.« Vicky ging ihren Mantel anziehen. »Ich glaub, ich brauche heute selbst Courths-Mahler! Und Schokolade. Lass uns kurz noch über die Konditorei neben Dr. Levi gehen, die haben zwar schon zu, aber für mich können die sicher noch ein paar Pralinen auftreiben.«

»Mach das, aber ich muss in die andere Richtung. Ich bin mit meinem Großwildjäger zu Betty Stern eingeladen. Du solltest mal mitkommen, sie sieht unmöglich aus, Pudellöckchen und lila Rüschen, aber es sind immer interessante Leute da.« Sie hielt der Freundin die Tür auf, draußen fiel Schnee, die Straße war schon ganz bedeckt. Wie herrlich würde es sein, bei brennendem Ofen mit Courths-Mahler und Konfekt im Bett zu liegen. Heute Abend brauchte sie ein gesichertes Happy End.

»Vielleicht sind Fritzi und ihr Mann auch da, dann richte ich Grüße aus?« Lisbeth drückte hinter ihr die Tür ins Schloss. Und plötzlich wich alle Farbe aus ihrem Gesicht.

Das war es, woran Vicky sich später vor allem erinnern sollte: Diesen kurzen Moment des Erbleichens und dann die mit zitternder Stimme hervorgestoßenen Worte: »Schau nur!«

Das war also der Lärm, das waren die vermeintlichen betrunkenen Nachtbummler gewesen!

Quer über Tür und Schaufenster, mit roter, noch feucht riechender Lackfarbe geschrieben. Nur drei Worte: *Verrek du Hure*

Und darüber prunkend, das Hakenkreuz.

16. Kapitel

»Herr Hessler!«, brüllte Vicky, wobei sie ohne weitere Förmlichkeiten in die Kammer des Gesellen stürmte.

Sie war leer. Im grauen Laternenlichtdunkel lag sie vor ihr, das Bett neben dem Fenster war militärisch penibel gemacht, auf dem Stuhl daneben: die Bibel, *Durchs wilde Kurdistan*, drei aufgestellte Postkartenansichten Schlesiens und eine Fotografie der Oppelner Pfennigbrücke. Der Kaktus akkurat mittig auf dem ansonsten leeren Fensterbrett, an der Wand eine gerahmte Scheußlichkeit von Albert Reich und nur eine rosa Papiertüte, die Tüte einer Confiserie, störte die preußische Ordnung.

Natürlich war der ausgeflogen, vermutlich beschmierten der und seine Spießgesellen noch ein paar jüdische Apotheken, wo der Farbeimer schon mal offen war. Aber irgendwann musste er ja zurückkommen und dann würde sie dem eine Abreibung verpassen, dass ihm Hören und Sehen verging.

»Suchst du den Gesellen?«, fragte Bambi, der eben auf dem Gang vorbeikam. »Was ist denn da heute los, dass den alle suchen? Erst unser Vater, der wollte ihn mit zum Schlachten nehmen, dann vorhin seine SA-Kameraden und jetzt du?«

»Seine SA-Kameraden haben ihn gefunden«, stellte Vicky knapp fest. »Sie haben mir Verreck, du Hure und ein Hakenkreuz auf den Rollladen geschmiert.«

»Und du glaubst, das war er?«

»Bambi, deine christlichen Ideale in allen Ehren, aber er stand tatenlos dabei, als unser Vater Willi zusammengeschlagen hat und er hat mir einen großen Vortrag gehalten, wie verwerflich es sei, dass ich arbeite und meine Kinder einem Irren überlasse – seine Worte, nicht meine.« Wütend knallte sie die Tür ins Schloss und ging hinter Bambi her in Richtung ihrer Wohnung. »Er war es und wenn er vielleicht nicht selbst den Pinsel geschwungen hat, dann hat er es zumindest angestiftet.«

»Ich wunder mich nur, weil seine braunen Freunde ziemlich sauer gewirkt haben.« Bambi zuckte die Schultern und erklärte: »Willi war vorhin da, ist aber eben nochmal mit Linchen und Wölfchen weg, Konrad von der Vorbereitung zum Krippenspiel abholen. Außerdem wollen sie bei dem Spielzeugladen in der Lietzenburger Straße ins Schaufenster sehen, die haben eine funktionierende Modelleisenbahn ausgestellt. Sag mal, bist du mir arg böse, wenn ich heute Nacht noch nicht auszieh?«

»Wie kommst du denn auf die Idee? Hat Willi was in die Richtung gesagt?«

»Nein, nein, keine Silbe, aber ich kann mir ja schon denken, warum er den Urlaub mit der Anderen abgebrochen hat. Und es freut mich auch für euch, wirklich.« Zur Bestätigung seiner Worte schloss er seine Schwester in die Arme. »Nur zu Mietzi kann ich nicht, die hat einen Neuen.«

»Ach, du Armer!« Ganz fest presste sie sich an ihn. »Das tut mir so leid.«

»Das muss es nicht. Mietzi ist ein Topgirl, aber sie ist komplett manoli und ich, ich bin bekloppt auf Krankenschein, dass das keine Zukunft hatte, war uns beiden von Anfang an klar. Sie braucht was Solides.«

»Ganz Berlin braucht was Solides!«, murrte Vicky. »Aber im Ernst, du gehst nirgendwo hin, ich haben Willi ausdrücklich gesagt, dass er nicht mehr hier einzieht.«

»Wirklich nicht?« Er klang enttäuscht. »Weißt du, er hat mir ja viel von der Nordsee geschrieben, und ich denke, er hat sich diesen Schritt lang überlegt. Es tut ihm leid, was passiert ist. Ich denke nicht, dass er dich noch einmal betrügt.«

»Das weiß ich, ich möchte meine neu gewonnene Selbstständigkeit trotzdem nicht mehr aufgeben. Ich habe schrecklich Angst, dass ich dann wieder so ein unglückliches, ewig nörgelndes Weibchen werde. Du hast mich nicht erlebt, aber ich war regelrecht katastrofürchterlich. Ich kann Willi inzwischen verstehen, die garstige Alte, die hätte ich auch betrogen. Das hat ja kein Mensch aushalten können.« Sie seufzte und dann fiel ihr plötzlich auf, wie dick ihr Bruder eingepackt war. Der trug mindestens drei Pullover unter der Jacke. »Was ist denn das für ein Aufzug? Planst du eine Polarexpedition?«

»Ich lese Nero und Brutus vor.«

Nero und Brutus waren die beiden halbwilden, ewig hungrigen Rottweilermischlinge, denen die Bewachung der Metzgerei oblag. Außer dem Metzgermeister Greiff duldeten sie niemand in ihrer Nähe und auch den Befehlen des Alten leisteten sie nur widerwillig Folge. Nachts liefen sie frei im Hof, rissen unvorsichtige Katzen, jagten Ratten und verfielen beim kleinsten Laut in ohrenbetäubendes Wutgebell. Ihre Tage verbrachten sie an der Kette, wobei zumindest Nero es schon geschafft hatte, den Haken aus der massiven Wand zu reißen, um auf den Lehrbuben Jagd zu machen. Keine zehn Pferde brachten Vicky in die Nähe dieser Viecher und so fragte sie entgeistert: »Du liest den Hunden vor?«

»Genau, meistens Gedichte. Besonders Brentano mögen sie.« Und mit diesen Worten zog er sich die Handschuhe aus der Jackentasche. »Rilke haben sie auch gern. Heine nicht so.«

Vicky nickte langsam. Man durfte im Gespräch mit Bambi nicht vergessen, dass er sich vor noch nicht allzu langer Zeit für ein Nagetier gehalten hatte und sich bis zum heutigen Tag Nacht für Nacht in die Speisekammer schlich, um die Mausefallen zu entschärfen.

»Am Anfang habe ich immer mit ihnen gesprochen, aber sie sind zu wütend, um zuzuhören. Und dann hab ich zufällig unsere Mutter getroffen und die hat Gedichte vorgeschlagen. Sie meinte, Lyrik sei Klang und Melodie und die Melodie versteht man, auch wenn man den Text nicht hören will. Ich versuche, ihnen klar zu machen, dass sie geliebt werden und keinen solchen Zorn verspüren müssen. Zornig ist immer nur, wer sich nicht geliebt glaubt.«

»Unsere Mutter weiß, dass du den Hunden vorliest und unterstützt dich noch darin?« Vicky schüttelte ratlos den Kopf. »Ich wusste nicht einmal, dass sie dich zur Kenntnis genommen hat, geschweige denn die gequälten Hunde.«

»Sie hat mir die Gedichtbände geliehen«, erklärte Bambi und ergänzte nachdenklich: »Ich glaube, wenn ein Mensch weiß, wie man unter Lieblosigkeit leidet, dann sie. Sie versteht die Qual von Nero und Brutus.«

»Aha«, machte Vicky. »Lassen wir das mal so stehen,

aber die Hunde, die Hunde wurden darauf abgerichtet, jeden anzufallen, der sich der Metzgerei nähert.«

Ein trauriger Zug lag nun in Bambis Augen: »Das stimmt leider, ihre Seelen sind tief verwundet, aber ich weiß, dass ich sie heilen kann.« Er lächelte versonnen. »Die Liebe ist stärker als der Hass. Heilung gibt es nur in der Liebe.«

»Und für den Fall, dass sie nicht geheilt werden wollen, ziehst du zum Schutz gegen die Zähne die vielen Lagen Strick an?«

»Nein, ich mag nur nicht frieren. Es dauert manchmal etwas länger, bis sie bereit sind, mir zuzuhören.« Ein tiefes Seufzen entfuhr ihm, vielleicht auch weil seine Patienten in eben diesem Moment ein wildes Gebell ausstießen, gefolgt von schnellem Getrappel im Treppenhaus.

Willi und die Kinder?

Nein, ganz allein, dafür zitternd und mit blau gefrorenen Lippen kam Konrad auf sie zu.

»Ja, Großer! Hast du den Papa und Linchen nicht getroffen? Die wollten dich abholen. Du bist ja ganz durchgefroren.«

»Braucht warmen Kakao!«, krähte Rudi aus der Wohnung.

»Ich bin ein bisschen früher gegangen«, erklärte Konrad unterdessen. »Ich glaub, ich bin krank. Meine ganze Klasse ist erkältet und Benny war Montag wegen Schnupfen gar nicht in der Schule.«

»Bestimmt hast du Fieber, deshalb frierst du so!« Das hatte ihr gerade noch gefehlt, aber eigentlich traf dieser Satz auf kranke Kinder immer zu. Die Tür zur Wohnung öffnend, kommandierte sie: »Rudi halt Abstand, nicht dass du dir Bazillen fängst, und Konrad, du, du gehst schnurstracks ins Bett. Du schläfst heut in der Küche, da ist es am wärmsten.«

»Rudi auch in der Küche schlafen! Rudi auch krank! Rudi will Konrad«, erschallte es natürlich umgehend und Vicky, die sich den Zweijährigen mit geübtem Schwung auf den Arm hob, erklärte streng: »Nein und keine Diskussionen! Aber du kannst mir helfen, Eischnee schlagen.« Schnell drückte sie ihm Linchens kleinen Schneebesen und eine Emailleschale in die Hand. Den Schneebesen ließ er umgehend fallen, die Schale aber setzte er sich auf den rotgelockten Kopf: »Kiek mal, Konrad. Konrad, kiek mal! Rudi hat neuen Hut!«

Konrad, der noch immer zitternd und blass auf der Eckbank saß, musste lachen und die Mutter beschloss, dass alle Maßnahmen zur Ansteckungsvermeidung wohl auch dieses Mal zum Scheitern verurteilt wären.

»Na, gut! Aber Großer, halt die Hand beim Husten vor und …« Plötzlich schlugen wieder die Hunde an und der spontan genesene Konrad sprang auf, griff sich seinen kleinen Bruder und brüllte mit ihm aus der Wohnung stürzend: »Der Papa kommt!«

Und tatsächlich, er kam, aber es dauerte eine ganze Weile, bis er und die ihn umspringende Jubelschar an Kindern wieder in der Wohnung war.

»Mama, Mama, wir haben eine elektrische Eisenbahn gesehen! Knorke! Sie fährt wie ein richtiger Zug und da waren Berge und Bäume und Schnee!«, rief Linchen noch in der Tür und das in seiner Deckenschicht fast unsichtbare Wölfchen illustrierte lautmalerisch: »Tschp, tschp! Brrm, brmm.«

»So ein Pech, dass du das nicht sehen konntest! Es war

so, so top!«, erklärte die Schwester inzwischen Konrad, wobei sie in keinster Weise bedauernd klang. Vermutlich neidete sie ihm, dass er seines inzwischen wiederentdeckten Siechenstatus wegen vom Vater auf dem Arm die Treppe raufgetragen wurde.

»Wir können ja vor Weihnachten noch mal hingehen«, schlug Willi vor, wobei er seinen genüsslich röchelnden Sohn absetzte und die Kinder mit einem heiteren: »Ich glaube, Onkel Bambi hat eine neue Schallplatte« aus der Küche jagte. Dann schälte er sich aus seinem Regenmantel, stellte sich neben Vicky an den Herd und flüsterte: »Was ist denn da draußen los? Gibt es Ärger mit dem Gesellen?«

»Warum?«

»Die ganze Straße wimmelt von Braunhemden. Ich hab allein von Dr. Levi bis zu uns mindestens fünf SA-Abzeichen gezählt, und da sind sie mir erst aufgefallen. Kann sein, dass es noch mehr waren.« Willi zuckte die Schultern. »Und der eine, der auch mit mir im Boxclub ist, hat mich nach dem Gesellen gefragt.«

»Nach dem Gesellen, seltsam …« Verbissen Eischnee schlagend, erzählte Vicky leise: »Sie haben mir die Rollläden der Buchhandlung beschmiert. *Verrek du Hure* – ohne C vor dem K und das Komma haben sie sich auch gespart, diese Aushängeschilder unserer Kulturnation. Denkst du, ich muss mir Sorgen machen?«

»Nein, die hatten nur gerade keine Versammlung des roten Frontkämpferbundes, die sie hätten aufmischen können. Vermutlich waren auch nirgends zu verprügelnde Reichsbannerleute oder Juden aufzufinden und irgendwas will man mit seinem Samstagabend ja dann doch anfangen. Wenn du dich sicherer fühlst, kann ich die nächste Woche vormittags mit dir in den Laden kommen. Ich muss erst ab dreizehn Uhr an der Uni sein und für nachmittags kann ich dir jemand organisieren. Im Boxclub sind viele Reichsbannermitglieder, die machen das gerne.«

»Nein, das ist albern. Von diesen dummen Jungs lass ich mich nicht einschüchtern«, entgegnete sie mit Bestimmtheit, auch wenn sie doch ein bisschen eingeschüchtert war. »Wie sieht es denn jetzt aus? Mir wäre es ganz recht, wenn du da heute Nacht nicht mehr rausgehen würdest. Die Drecksäcke schlagen doch erst zu und fragen hinterher nach Konfession und Parteibuch.«

»Danke für die Einladung, das ist lieb, aber nein. Ich mag nicht als Gast in meinem ehemaligen Zuhause schlafen.« Er schüttelte einige Male den Kopf, und Vicky schluckte trocken. Er hielt sich ja nur an ihre Forderungen, aber sie wollte ihn trotzdem nicht gerne gehen lassen. Indessen sprach er weiter: »Ich hab heute mit Professor Dr. Haber telefoniert, der hat mich gefragt, ob ich nicht Lust hätte, nächsten Samstag zu einem Empfang zu gehen. Ich und meine Frau. Er kennt dich noch, von der Vorstellung meines Hefe-Artikels. Es wäre bei der Baronin von Withmansthal.«

»Die Baronin von Withmansthal? Das ist doch diese Blonde mit den vielen niedlichen Kindern und diesem ewig sauertöpfisch dreinschauenden Mann? Was ist der noch mal, der ist doch irgendwas Wichtiges in der Politik?«

»Er ist von Hindenburgs persönlicher Berater und ansonsten ist er einfach nur sehr, sehr reich und sehr, sehr vornehm.« Willi klang, als wäre das die selbstverständlichste Sache der Welt. »Für ein politisches Amt in einer Demokratie gibt der sich nicht her.«

»Und was willst du da?«

»Die Baronin von Withmansthal ist die Schwester von Pauls Hungerhaken und der wird da seine Verlobung mit Elle Lack bekanntgeben. Das ist Dr. Haber allerdings ziemlich gleichgültig, er würde dort nur gern ein paar liquide Förderer für sein neues Japan-Institut auftreiben. Als Nobelpreisträger und angesehene Persönlichkeit ist er natürlich eingeladen, aber er und der Baron verstehen sich nicht besonders. Von Withmansthal hat wohl mal gesagt, der Versailler Vertrag sei Gottes gerechte Strafe für die unheilige deutsche Liebe zum Gas.« Wie schon früher, wenn das Thema auf das unrühmliche Giftgaskapitel in der Vergangenheit des von ihm dennoch bewunderten Professors kam, redete Willi einfach sehr schnell weiter: »Außerdem meinte er, breitgebaute Chemiker mit Locken gefallen den Gattinnen potenzieller Förderer besser als kahlköpfige mit Zwicker, und man dürfe den Einfluss des schönen Geschlechts bei solchen Entscheidungen nicht unterschätzen.« Einen Moment verharrte er in Valentino-Pose – Kinn nach oben, Kopf schräg nach hinten, Arme vor der Brust verschränkt: »Ich hab dann dezent dran erinnert, dass ich verheiratet bin, und da hat er gesagt, ich soll meine Frau eben mitbringen. Vielleicht ist das für dich eine Möglichkeit, weiter auf deinen Buchladen aufmerksam zu machen? Es wird sicher auch getanzt und Jack Jackson mit Orchester sorgen für die Musik.«

»Danke, dass du da an mich denkst. Ich komme gern mit. »Vicky lächelte noch immer über Willis Imitation des Stummfilmgottes: »Möchtest du wirklich nicht mal zum Essen bleiben, den Kindern würde es viel bedeuten?«

»Nein, wirklich nicht. Ich nehm sie aber morgen früh

mit zu Paul. Line möchte unbedingt Pauls Katerchen mal wieder sehen und dann haben du und Bambi ein bisschen Ruhe.«

»Ich muss morgen diese Schmiererei noch irgendwie wegbekommen. Ich weiß noch gar nicht, wie man das am dümmsten…«

Es klopfte ziemlich schüchtern an der, wegen Bambis Klaustrophobie, sowieso nie verschlossenen Wohnungstür.

Wer konnte das sein? Um diese Uhrzeit?

Willi und Vicky tauschten einen raschen, leicht besorgten Blick, dann rief Willi: »Bitte einzutreten!«

Herein kam der Lehrbub, schmächtig und ganz offensichtlich etwas unsicher in seiner ihm zugedachten Funktion. Noch auf der obersten Stufe stehend, streckte er Vicky einen Brief entgegen: »Von Ihrem Herrn Vater.« Und ehe sie noch Höfliches hätte erwidern können, war er schon halb die Treppe hinunter.

Wieder tauschten Willi und Vicky Blicke, seit der Prügelei in der Buchhandlung hatte sich ihr alter Herr bemerkenswert ruhig verhalten. Auch der Umstand, dass die Tochter nicht länger bei ihm arbeitete, war unkommentiert geblieben. Mit im Hals schlagendem Herz, riss sie jetzt den Umschlag auf.

Familie Genzer,
hiermit kündige ich das mit Ihnen bestehende Mietverhältnis zum 1.1. Ich ersuche Sie dringlichst, die Wohnung bis zu diesem Datum zu räumen, da ich andernfalls juristische Schritte einleiten werde. Gezeichnet H. Greiff.

17. Kapitel

Vicky schrubbte, schabte, scheuerte verbissen, mit in der Kälte schmerzenden Spülhänden und Wutschweiß in den Augen. Das *H* von Hure hielt sich am hartnäckigsten.

»Unterm Kaiser hätte es so was nicht gegeben! Und *Verrecke* auch noch falsch geschrieben, wie peinlich«, kommentierte der mit seiner Familie vom Kirchgang heimkehrende Bäckermeister den Anblick. »Vorm Krieg nichts getaugt, im Krieg nichts gelernt und jetzt zu faul, was dran zu ändern. Gesindel ist das.«

Dr. Levi, der sich mit Derartigem auskannte, riet zum Überstreichen. Er hätte da einen günstigen Maler, grundsätzlich aber fand er: »Diese dummen Jungs gehören mit dem Kopf voran in ihre Farbeimer getaucht.«

Der Meinung waren die meisten der Flaneure, aber es gab auch viele, die wegsahen und einige, die ganz offen zustimmend nickten. *Eine verheiratete Frau eröffnet eben auch keinen Laden. Das hat sie nun davon, das ist wider die natürliche Ordnung,* schienen sie zu denken und Vicky, deren Handgelenk von der schabenden Bewegung brannte, konnte ihnen noch nicht einmal im Geist so heftig widersprechen, wie sie es gerne getan hätte.

Vielleicht hatten die ja doch recht? Vielleicht war es Hybris, als Frau mehr zu wollen als einen Ehemann und ein paar gesunde Kinder? Clara Haber, die Frau von Willis Doktorvater, kam ihr in den Sinn, die hatte Chemie studiert, die hatte als erste Frau überhaupt in Chemie promoviert, sie hatte den von ihrem Mann geförderten Giftgaseinsatz während des Krieges öffentlich als Perversion der Wissenschaft gebrandmarkt und dann, nach der zweiten Flandernschlacht, da hatte sie sich mit der Dienstwaffe ihres Mannes erschossen. Aus Verzweiflung über die Tausenden von qualvoll am Chlorgas verendeten Franzosen und aus Verzweiflung, nicht einmal gegen ihren eigenen Mann etwas ausrichten zu können.

Und auch die selbstbewusste Fritzi tippte nach ihren eigenen Essays stets noch die ihres Mannes, oft nachts, während er schon schlief.

Wollte sie einfach zu viel vom Leben? Hinter ihren Augen standen Tränen und, um sich auf andere Gedanken zu bringen, begann sie im Geiste den Brief an Jakob zu formulieren. *Lieber Jakob* – so weit war einfach, nur was sollte sie ihm danach schreiben? Was wollte sie überhaupt? Wollte sie ihn bitten, ihr weiterhin zu schreiben, obwohl Willi wieder zurück war? Sollte sie ihm einfach schreiben, dass ihr seine Briefe, seine Meinungen und Ratschläge viel bedeuteten, sie auf seine Freundschaft nicht verzichten wollte? Und wenn er dann fragte, was mit Willi sei? Was würde sie dann antworten? Da war sie dann auch schon wieder bei der Wohnungskündigung – kurz vor Weihnachten in Berlin eine Bleibe zu finden, mit vier Kindern und als Einkommensquelle eine noch keinen Monat alte Buchhandlung, absolut top. Das war vergleichbar mit der Herbergssuche der biblischen Eltern. Nur waren fast zweitausend Jahre später die Ställe deutlich rarer gesät und unter den Trippelbrüdern heiß umkämpft, zumindest in Berlin.

Willi jedenfalls hatte den Brief des Metzgermeisters

zweimal gelesen und in ihre erschreckte Verzweiflung hinein entschlossen erklärt: »Ich werde nach einer Wohnung suchen. Für uns alle. Wenn du es gar nicht mit mir aushältst, dann kannst du ja in der Buchhandlung schlafen, aber ich möchte nicht, dass die Kinder leiden. Sie brauchen ein Heim.«

Natürlich, Willi würde leicht etwas finden, als beim Kaiser-Wilhelm-Institut angestellter Mann und mit dem Empfehlungsbriefchen eines Nobelpreisträgers. Das war so ungerecht, die Miete war doch nicht schlechter, nur weil sie eine Frau zahlte. Aber was nützte ihre Wut? Wenn sie ehrlich mit sich war, so ehrlich, wie man nur mit sich sein konnte, wenn man bei Minusgraden und mit schmerzenden Fingern eine obszöne Beschimpfung von den eigenen Rollläden kratzte, wenn sie also ganz ehrlich war, dann sah sie ein, dass ihre Wut ihr nichts nützten würde und ihr Stolz auch nicht.

Else Lasker-Schüler, die von Fritzi so bewunderte Dichterin, fiel ihr ein, die schlief wohl tatsächlich lieber auf Parkbänken als sich von einem Mann etwas zahlen zu lassen. So viel Begeisterung für die Emanzipation fand Vicky beeindruckend, musste aber gleichzeitig zugeben, dass sie dafür nicht gemacht war. Im Notfall in der Buchhandlung, aber tiefer wollte sie nach Möglichkeit nicht sinken.

Jetzt brach sich das Selbstmittleid doch nasse Bahnen auf ihren Wangen. Trotzig schnäuzte sie sich in ihren Strickhandschuh.

Was sollte sie nur tun?

Bei ihrem Vater um Aufschub der Kündigung betteln, vielleicht wenigstens einen zusätzlichen Monat herausschinden? Oh nein, das würde sie nicht tun. Nicht bei dem

Mann, der Willi zusammengeschlagen hatte, der Mann, der sie in den Eiskeller gesperrt und ihr gegenüber Willi Affären angedichtet hatte. Nein, nein, nein, das würde sie nicht tun.

Natürlich rutschte sie auf diese Erkenntnis hin mit dem Schaber ab und zog einen tiefen Kratzer ins Holz des Rollladens. Hoffentlich merkte Mietzi das nicht, noch mehr Ärger konnte sie wirklich nicht gebrauchen – allerdings hatte sie ihre Vermieterin seit dem gestrigen Nachmittag überhaupt nicht mehr gesehen. Vermutlich hatte die von dem ganzen Drama gar nichts mitbekommen Der Herrenbesuch von gestern war wohl noch zu Gast. Bambi schien ähnliches zu vermuten, denn als Vicky zart angedeutet hatte, er könnte doch mitkommen, hatte er sich tausendmal entschuldigt, dann aber erklärt, nachdem Willi die Kinder nahm, würde er schrecklich gern einmal in die russische Kirche gehen. Wenn sie vielleicht bis nachmittags warten würde?

Nein, würde sie nicht. Nachmittags hätte auch Lisbeth sie begleitet, die war sonntagsfrüh immer bei ihrer Großtante, aber Vicky wollte es hinter sich haben. Vermutlich war das dumm gewesen, denn während sie nun den letzten Rest des Hakenkreuzes abkratzte, fühlte sie sich sehr einsam. Aber kaum war die Schmiererei vollständig entfernt, da überkam sie eine fast aufgedrehte Heiterkeit.

Sie würde es schon schaffen. Sie wusste nicht wie, aber sie würde es schaffen, ganz bestimmt. Sie würde nicht beim kleinsten Widerstand aufgeben, wenn sie die gleichen Rechte wie ein Mann wollte, dann musste sie auch genauso hart sein, eher noch härter. Die würden schon alle sehen.

Und so hängte sie schließlich zufrieden lächelnd eine Bekanntmachung an die Scheibe:

Der erste Eindruck zählt.
Das gilt auch und gerade bei der Rechtschreibung!
Schreib- und Grammatikfehler sind peinlich.
Häufig werden sie als Zeichen von Dummheit betrachtet, dabei sind sie meistens nur die Folge schlechter Kinderstube und mangelhafter Bildung.
Sind Sie sich unsicher, ob k oder ck? Ein Anredekomma oder kein Anredekomma?
Schämen Sie sich nicht länger Ihrer Ignoranz, kaufen Sie einen Duden!
Wir beraten Sie gern und haben die aktuelle 9. Ausgabe vorrätig. Wir freuen uns auf Ihren nächsten Besuch!

»Das wäre doch eine gute Gelegenheit?« Fritzi strahlte und Vicky, die sich keineswegs so sicher war, bemühte sich um ein halbwegs beglücktes Lächeln. Um etwas Zeit zu gewinnen, wischte sie mit ihrem Staubtuch hingebungsvoll an Goethes *Wahlverwandtschaft* herum. »Ach, komm!«, drängte Fritzi Widerstand witternd weiter: »*Die Freundin* ist eine großartige Zeitschrift und Herr Radszuweit ein wunderbarer Mensch. Ich habe ihm nur erzählen müssen, dass dir die Rechten Samstag das Schaufenster beschmiert haben, da wollte er sofort einen Bericht über dich und deine Buchhandlung bringen. Komm, sag ja. Das ist doch Werbung. Werbung kann man immer brauchen.«

»*Die Freundin* ist aber eine Lesbenzeitung und ich muss an die Kinder denken. Ich will auf keinen Fall, dass sie wegen mir und der Buchhandlung gehänselt werden. Beziehungsweise noch mehr gehänselt werden.« Sie seufzte. Konrad schien seit einiger Zeit immer ungerner in die Schule zu gehen, darauf angesprochen, hatte er es abgestritten. Bevor sie jedoch weiterreden konnten, trat der hochaufgeschossene Sohn des Blumenbinders aus der Bleibtreustraße ein, überreichte Vicky ein mächtiges, in rosa Seidenpapier geschlagenes Blumenbouquet. »Für die Hausherrin.«

Die komplette Kundschaft glotzte und die dauergewellte Studentin, die gerade mit Courths-Mahlers *Der Scheingemahl* an den Tresen getreten war, seufzte so sehnsüchtig auf, dass Vicky riet: »Lesen Sie doch besser *Rote Rosen oder die schöne Unbekannte*. Da gibt es am Anfang ein Blumenfest, sehr stimmungsvoll beschrieben ...«

Die Dauergewellte nickte wehrlos und während Vicky die Ausleihe in die Karteikarte eintrug, überlegte sie angestrengt, von wem dieser imposante Traum aus roten Rosen wohl stammen konnte. Wenn es nur Willi war!

Sie wünschte sich so sehr, dass die Blumen von Willi und nicht von Jakob stammten. Aber Willi war kein Blumenschenker. Er mochte es praktisch und er hatte eine Schwäche für Technisches. Er bescherte gerne Heißlufthaartrockner oder elektrische Handrührgeräte, außerdem hatte Willi eine Aversion gegen Schnittblumen. Er meinte, er habe im Krieg genug Lebewesen beim Sterben zugesehen, da brauchte er nicht auch noch auf dem Wohnzimmertisch langsam in die Verwesung eintretende Sträuße. Aber vielleicht machte er heute eine Ausnahme? Eine Ausnahme, um ihr mitzuteilen, dass er bei getrennten Wohnungen mit ihr zusammen bleiben würde? Oder auch bei nicht getrennten Wohnungen, aber bei gleichberechtigter Teilung aller anfallenden Pflichten? Er hatte nicht gesagt, wie lange er Bedenkzeit brauchte, vielleicht hatte er sich jetzt entschieden? Eigentlich war Willi aktuell in Düsseldorf, traf sich dort ein paar Tage mit einem Japanologen, aber vielleicht hatte er trotzdem an sie gedacht? Den Kindern schrieb er ja auch täglich?

Mit leicht zittrigen Fingern öffnete sie den begleitenden Umschlag und nahm die beigefügte Karte heraus. *Liebstes, liebstes Katzenmädchen* – nein, das war eindeutig nicht Willi, der war für den doppelten Superlativ erstens nicht der Typ und zweitens war ihr die Schrift gänzlich unbekannt.

Ein geheimer Verehrer?

Vicky fühlte sich auf Anhieb drei Kilo leichter, allerdings keimten auch erste Zweifel in ihr auf. Mit einer Katze hatte sie wirklich nicht viel Ähnlichkeit, Willi hatte sie mal gut gelaunt mit einem Meerschweinchen verglichen ... Aber es gab ja nicht nur extrem schlanke Katzen! Perser zum Beispiel, die waren auch eher mehr und trotzdem eindeutig Katzen.

Ich vergehe vor Sehnsucht und zähle die Stunden, bis wir uns heute Abend endlich, endlich, endlich wiedersehen. Erst seit du mich liebst, hat mein Leben ...

Vicky errötete heftig und rasch warf sie einen Blick auf die letzte Zeile. *Ich küsse, küsse, küsse dich, auf ewig dein Panthertier.* Wer auch immer diese Großkatze mit Begeisterung für Dreifachnennung war, sie war Vicky gänzlich unbekannt und Vicky ihr vermutlich gleichfalls.

Die Karte war schlicht nicht für sie, und die Blumen folglich auch nicht. Bestimmt sollte die Sendung an Mietzi gehen.

Und als hätte man sie gerufen, kam diese in eben jenem Moment durch die Ladentür herein. Sehr manierlich sah sie heute aus, in Schnürschuhen, Strickstrümpfen und im hochgeschlossenem Wintermantel. Selbst auf ihren sonst obligatorischen roten Lippenstift hatte sie verzichtet, kernseifesauber und niveagepflegt lugte ihr hübsches Gesicht zwischen Schal und Glockenhut hervor.

»Ich glaube, die sind für dich«, flüsterte Vicky, die keinen Wert darauf legte, dass die komplette Kundschaft über ihr peinliches Missgeschick ins Bild gesetzt wurde. Die Hoffnung war vergebens. Unter Ausstoßung der für Mietzi so typischen schrillen Quietschlaute stürzte diese sich auf die Karte, entriss sie Vicky und las mit zitternden Fingern.

»Er liebt mir wirklich!«, hauchte sie und Tränen rannen ihr über die Wange. »Ick glob, er liebt mir wirklich! Oh, ick bin die jlücklichste Frau auf der janzen Welt! Er is so anstänig und ick, ick bin ja mehr leger. Dass der mir wirklich liebt!«

»Das freut mich so sehr für euch.« Lächelnd schloss Vicky die Arme um den winzigen, vor Aufregung zitternden Körper. »Wer ist denn der Glückliche?«

»Ick hab mein janzes Leben nach ihm jesucht und jetzt ist er da«, stammelte Mietzi und Vicky verkniff sich die prosaische Bemerkung, dass Mietzis *janzes Leben* ja wohl kaum mehr als neunzehn Jahre umspannen konnte. So alt wie mit neunzehn fühlte sich ein Mensch vermutlich nie wieder. »Ick bin ja so jlücklich! Er sieht aus wie en Filmstar und er hat so ene schöne Seele. Ick hab jewusst, er ist es. Ick hab ihn jesehen und es sofort jewusst.«

Vicky nickte mütterlich lächelnd. Sie befand es eindeutig für den falschen Zeitpunkt, um Mietzi darüber in Kenntnis zu setzen, dass die Rollläden des Ladens auch heute Morgen wieder mit einem Hakenkreuz beschmiert worden waren. Der von Dr. Levi empfohlene Maler würde sich nach Ladenschluss des Problems annehmen.

Und dann würde sich Vicky auch den Gesellen vorknöpfen, der war inzwischen wieder aufgetaucht. Beim Verlassen der Metzgerei hatte sie das überschnappende, markerschütternde Wutgeschrei ihres Vaters und die knappe, seltsam gleichmütig vorgetragene Replik des Gesellen gehört.

Ich war verhindert.

Schöne Verhinderung, anderen Leuten die Rollläden beschmieren, aber zumindest hatten heute keine SA-Leute mehr auf der Straße herumgelungert.

Sie löste sich aus der Umarmung von Mietzi und drehte sich zu der vor den Tresen getretene Frau des Apothekers um. Sie sah sehr blass aus: »Womit kann ich Ihnen heute helfen?«

»Mit nichts«, stotterte ihre Gegenüber leise. »Ich wollte meinen Büchereiausweis abgeben. Ich meine, zurückgeben. Mein Mann duldet nicht, dass ich Romane lese. Er meint, da käme ich nur auf dumme Ideen und wenn ich lesen wollte, sollte ich die Bibel nehmen. Und er meint, ich solle mich nicht hier herumtreiben. Hier zwischen lauter unmoralischen Frauenzimmern. Er meint das schon von Anfang an, aber jetzt, wo's im *Berliner Tageblatt* steht, da ist er streng geworden.«

»Courths-Mahlers willige Vollstreckerin – Eine komplette Buchhandlung nur für Dienstmädchenlektüre. Das ist die Überschrift«, las Vicky mit stockender Stimme aus dem Berliner Tageblatt vor – obwohl sie den Artikel inzwischen halb auswendig konnte, flüssig lesen konnte sie ihn nicht. Nach dem ersten Schreck hatten Fritzi und sie Lisbeth herbei telefoniert – Vicky brauchte Rat, Beistand und Konfekt.

»Am Savignyplatz hat Anfang des Monats mit großem Prunk eine Buchhandlung nur für die Schundromane der Bestie Courths-Mahler und ihrer Spießgesellinnen Eröffnung gefeiert. Die Ladenbesitzerin Augusta Genzer, über deren eigene amouröse Verstrickungen in der Nachbarschaft schon viel spekuliert wurde, entspricht optisch vollkommen dem Typus der Groschenheftleserin. Blond, blauäugig und überall dort abgerundet, wo es Männern gefällt, wäre wohl kaum jemand auf die Idee gekommen, dass diese Volksschülerin sich für eine Buchhändlerin hält. Doch wir leben in Berlin, hier hält sich jeder Pinscher für einen Rassehund und jede Blondine für einen angehenden Filmstar. Warum also soll diese sich nicht für eine Buchhändlerin halten? Woher sie das Geld für den Laden hat? Man weiß es nicht, doch gibt es in Berlin für üppige Blondinen sicher Mittel und Wege zu ausreichend finanziellen Mitteln zu gelangen. Ob es Zufall ist, dass die Geschäftsräume erst kürzlich von der Sittenpolizei geräumt wurden? Auch das weiß man nicht. Fakt ist, dass Augusta Genzer einen ganzen Buchladen all jenen Werken gewidmet hat, in denen zwei sich kriegen, so sicher wie zwei und zwei vier ergibt. Ein ganzer Laden mit keinem anderen Sinn und Zweck als dem, die geistige Vergiftung des Volkes, und insbesondere des Weibes, voranzutreiben.

Wen wundert es bei solch unmoralischer Lektüre noch, dass

die Zahl der unehelichen Schwangerschaften jährlich steigt?
Wen, dass den Nachtschwärmern an der Tauentzienstraße, an
der Chausseestraße und am Wittenbergplatz fast täglich neue
unglückselige Mädchen begrüßen, angelockt und verblendet
durch Werke wie die der Courths-Mahler? Und nun also ein
ganzer Laden für diesen Schund! Ich frage mich nur eines, wel-
cher Mann, welcher Vater ist so gewissenlos, seine Frau, seine
Tochter, ja seine Schwester dorthin gehen zu lassen? Berlin, was
wird aus dir noch werden? Gezeichnet Hi.«

»Das ist der Hildenbrandt, der ist da Feuilletonchef«,
wusste Fritzi matt beizutragen und Lisbeth nahm Vicky die
Zeitung aus den zitternden Fingern: »Wenigstens lobt er
dein Aussehen, das zeigt doch schon, was das für ein im
Schlafzimmer unterversorgter Blödist ist.«

»Das ist mir ganz egal, und wenn er Einreiter für Muskel-
Adolfs Bordelle wäre. Wichtig ist nur, dass er mich durch
die Blume als Hure bezeichnet und außerdem die Ehemän-
ner meiner Kundinnen auffordert, ihre Frauen am Besuch
zu hindern. Das ist ein wirtschaftlicher Genickschuss.«
Ihr liefen die Tränen über die Wangen, die Haut war schon
ganz wund vom vielen Trockenwischen.

»Und von allem anderen abgesehen, suchen wir eine
Wohnung. Wer vermietet bitte an eine Frau, *deren amou-*
röse Verstrickungen Stadtgespräch sind? Und was ist mit
Linchen und Konrad? Die Eltern der anderen Kinder lesen doch auch das *Berliner Tageblatt*. Und wenn sie es sonst
nicht tun, heute werden sie.«

»Vicky, schau mal, wir leben in Berlin. Schon morgen wickelt jemand seinen Fisch in Hildenbrandts Artikel und übermorgen wird er zum handlichen Quadrat ge-
schnitten seiner finalen Bestimmung zugeführt.« Tröstend

streichelte Lisbeth ihr den Arm. »Im Grunde ist es Werbung. Du solltest dem Kerl dankbar sein.«

»Lisbeth hat recht. Du verlierst vielleicht ein paar brave Ehefrauen als Kundin, aber nach einer solchen öffentlichen Ohrfeige wird jede modern eingestellte Berlinerin doch nur eines im Kopf haben: sich ihre Bücher bei dir zu kaufen.« Fritzi, die inzwischen schon sehr schwanger aussah, wickelte sich wie fröstelnd in ihre Strickjacke. »Ich werde mal sehen, was ich machen kann. Vielleicht krieg ich im *Uhu* eine Gegendarstellung unter? Das kommt dann eben erst Ende nächsten Monat, aber du wirst sehen, das Ganze ist ein Glücksfall. Mein erstes Theaterstück haben sie schon vorab so verrissen, zur Premiere mussten Schupos aus der Nachbarstadt anreisen. Ich dachte, ich würde vor Scham sterben, aber im Rückblick bin ich dankbar dafür. Wenn die Dinge anders gelaufen wären, säße ich jetzt immer noch in der schwäbischen Provinz.«

»In Schwaben haben sie dich also künstlerisch nicht verstanden und hier versteht dich keiner, weil du so schwäbelst«, seufzte Vicky. »Aber im Ernst, es geht doch nicht nur um mich. Von mir aus, im schlimmsten Fall mach ich den Laden eben dicht und verkaufe wieder Wurst. Es würde mir das Herz brechen, aber mein Herz heilt auch wieder, das hat schon mehr als einen Bruch weggesteckt. Ich hab schlicht Angst um die Kinder. Kaum hat der Vater eine richtige Anstellung und ernährt sie nicht länger mit Halbweltgeschäften und Boxkämpfen, da können sie in der Zeitung lesen, dass ihre Mutter eine Hure ist.« Die beiden Freundinnen nickten stumm, was sollten sie dazu auch sagen. »Und die SA hab ich auch noch am Bein. Oder zumindest am Rollladen. Solang sie mir nur ihr dämliches Hakenkreuz irgendwo hinschmieren, ist es mir ja egal, aber wer sagt, dass es so bleibt? Linchen und Konrad spielen auf der Straße.«

Fritzi nickte erneut, dann stand sie auf und erklärte: »Ich klopf jetzt bei Mietzi. Die soll mich in ihre Küche lassen. Meine Tante hat immer gesagt: *Hunger reimt sich auf Kummer.* Das ist zwar aus poetischer Sicht falsch, ansonsten aber stimmt es. Ich koch uns Vanillepudding, dann sehen wir weiter. Vanille, Zucker und Milch wird Mietzi schon haben«

»Das geht nicht!« Vicky schüttelte entschieden den Kopf. Sie wollte die Vermieterin auf keinen Fall verärgern: »Mietzis Neuer kommt jeden Augenblick. Ihre *janz jroße* Liebe.«

»Na, umso besser. Der isst bestimmt auch gern einen Pudding. Liebe geht durch den Magen, noch so eine Weisheit meiner Tante.« Gerade als Fritzi die Tür zum Treppenhaus öffnete, klingelte es.

»Ah, das muss der Blumenschicker sein! Jetzt bin ich aber gespannt.« Vor lauter Neugier vergaß Lisbeth alle anderen Sorgen und eilte an die Tür. Fritzi, die Vicky bisher immer für erhaben über der schnöden Klatschlust geglaubt hatte, drängelte gleichfalls vor, doch Vicky schob sie beide energisch zur Seite, schließlich war sie hier zu Hause und mindestens genauso neugierig – immerhin ging es um den Nachfolger ihres Bruders.

Es klingelte abermals und mit vor Aufregung heiserer Stimme rief sie nach oben, in Richtung von Mietzis Wohnung: »Ich geh schon!«

»Is in Ordnung«, drang es träge herunter, und Vicky riss die Tür auf.

»Guten Abend ...«, begann sie und dann glotzte sie einen Moment einfach nur fassungslos den vor ihr stehenden Mann an.

Das war doch nicht die Möglichkeit?

»Guten Abend, Frau Genzer«, sagte der Geselle.

18. Kapitel

»Ich kann Ihnen das Geld für den angefangenen Monat nicht rausgeben. Ich bedaure, aber wenn Sie möchten, erläutere ich das auch gern selbst Ihrem Gatten?« Vicky lächelte freundlich und ruhig erklärte sie der Frau des Bäckermeisters: »Sehen Sie, ich kann auch nicht zu Ihrem Gatten in den Laden gehen und mein halb gegessenes Brötchen zurückgeben, weil in der Zeitung stand, Ihr Gatte würde sich vor dem Teigkneten die Hände nicht waschen. Verstehen Sie?«

Die Frau des Bäckermeisters nickte und weil es leer im Laden war, beugte sie sich über den Verkaufstresen und flüsterte: »Es tut mir furchtbar leid. Ich kann es nur nicht ändern. Sie wissen doch, wie jähzornig er ist. In einem halben Jahr, wenn etwas Gras über die Sache gewachsen ist, dann hole ich mir einen neuen Ausweis.«

Nun war es an Vicky zu nicken, das sagten die meisten – nur würde es ihre Buchhandlung in einem halben Jahr eben nicht mehr geben. Sie hatte es sich ausgerechnet: bei ihren aktuellen Einnahmen und bei gleichbleibenden Ausgaben, würde sie exakt am 26. Dezember mit den Zahlungen in Rückstand kommen und dann, dann war's das. Dann konnte sie bei Willi betteln, dass er sie bitte bitte wieder in Gnaden aufnähme. Es war so zum Verzweifeln würdelos.

»Ach, es tut mir wirklich so leid. Und bitte, Sie dürfen nicht denken, dass wir glauben, was in diesen dummen Artikeln steht, wegen der Herkunft des Geldes und all das.« Der Plural war korrekt gewählt, außer dem *Berliner Tageblatt* hatten inzwischen auch mehrere der kleinen, konservativen Zeitungen darüber berichtet. »Selbst mein Mann sagt, dass man so etwas über eine Mutter nicht schreiben darf. Unter dem Kaiser hätte man diesen Schmierfinken entlassen.«

»Unter dem Kaiser hätte ich als Frau aber auch gar keinen Buchladen eröffnen können, deshalb ist die ganze Überlegung müßig.« Vickys Lächeln war so sanft, Courths-Mahlers stets besonders sanftmütige Heldinnen hätten es nicht besser gekonnt. »Machen Sie sich keine Gedanken, wir werden unser Brot weiter bei Ihnen kaufen. Auf Wiedersehen.«

Das war die zwanzigste, die seit dem Erscheinen des *Berliner Tageblatt*-Artikels vor drei Tagen ihren Ausweis zurückgab, das war über die Hälfte. Neue hatte sie keine verkauft. Fritzi hatte sich wohl getäuscht, die moderne Berlinerin wollte entweder einfach keine Liebesromane oder sie bezog sie andernorts. Vermutlich lasen die auch einfach das *Berliner Tageblatt* nicht, ganz im Gegensatz zu den gestrengen Gatten ihrer vormaligen Kundinnen. Nicht einmal die alte Frau Orlowska kam mehr her.

Wie seltsam ruhig es war. Ein Buchladen ohne Kundschaft hat etwas Gespenstisches – ein wenig wie taub werden. Man lauscht und lauscht, den Atem unterdrückend, lauscht man, doch man kann das Flüstern der Bücher nicht hören. Mal knackt ein wenig Ofenholz, mal gurgelt ein Rohr, auf der Straße fehlzündet vielleicht ein Automobil, doch die Bücher schweigen.

Eingeschlossen in dieser undurchdringlichen, für Berlin so ungewöhnlichen Stille, wäre Vicky fast dankbar über Mietzis ewig zu laut aufgedrehtes Grammophon gewesen.

Ja, selbst die quietschenden Sprungfedern wären ihr lieber gewesen als diese geräuschlose Welt. Nachdem der in seiner Moral tief verletzte Metzgermeister Greiff den sittenlosen Gesellen nicht nur aus der Stelle, sondern auch gleich aus dem möblierten Zimmer gejagt hatte, war Hessler bei Mietzi eingezogen.

Seine ehemaligen SA-Kameraden zeigten sich nicht minder verständnislos darüber, dass ihr Fahnenträger seine zukünftigen Sonnabende lieber im Bett als auf der Straße oder im Versammlungssaal verbringen wollte. Als Antwort darauf beschmierten sie Vicky erst recht Fassade, Fensterläden und Tür, hatten sich auch am Vortag nicht geschämt, eine komplette Schubkarrenladung voll Mist vor der Buchhandlung auf die Straße zu leeren. Der von Vicky herbeigerufene Schupo hatte den Umstand nur gelangweilt zu Protokoll genommen, abschließend noch geraten: »Ärjern Se de Bengel doch nisch so.«

Lisbeth hatte gemeint, sie solle dankbar sein, dass die Schmiereien ja im Grunde gar nicht ihr galten, aber Vicky war sich nicht sicher, ob für einen SA-Mann zwischen einem weiblichen Geschäftsmann und einer jüdischen, gute Kameraden verführenden Schlampe viel Unterschied existierte. Sie hatte nicht vor, es herauszufinden.

Die Stille des Ladens war kaum zu ertragen. Draußen fiel Schnee. Sie hatte Jakob geschrieben, hatte ihn um Rat in ihrer Situation gebeten und vielleicht hatte sie auch ein kleines, würdeloses bisschen gehofft, er würde ihr einen Kredit zur Überbrückung der Notlage anbieten? Er tat es nicht, er ging kaum auf den *Tageblatt*-Artikel ein, erzählte stattdessen über die Geschichte der Kölner Altstadt und erwähnte beiläufig, erst im neuen Jahr zurückzukommen, statt wie geplant zu Weihnachten.

Auf diesen Brief hatte Vicky bisher nicht geantwortet, sie wusste nicht, ob sie es jemals tun würde. Im Grunde reichte darauf eine Weihnachtskarte.

Willi wiederum war immer noch in Düsseldorf, er schrieb viel, vor allem den Kindern und gab sich in der *Berliner Tageblatt*-Geschichte voll Zuversicht auf ein baldiges Ausgestandensein. Zur Überbrückung ihrer Wohnsituation hatte Dr. Haber ihnen ein paar Zimmer in seiner Villa in der Hittorfstraße, Dahlem, angeboten, gern auch für länger, er riet stark vor einer übereilten Entscheidung ab – seine Enttäuschung über Willis Nichterscheinen zum mündlichen Examen war ganz offensichtlich vergessen, und Willi wieder sein umhätschelter Lieblingsstudent, der Nachtermin für die Prüfung war außerplanmäßig für Februar anberaumt worden.

Vicky hatte auf ihre Wohnungsgesuche bisher nicht einmal eine Absage erhalten, aber sie hätte ja sowieso kein Geld für die Kaution besessen.

Außerdem fehlte ihr Willi, jeden Abend wünschte sie, er sei früher heimgekehrt, würde sie vielleicht abholen und sicher an den herumlungernden Braunhemden vorbei nach Hause begleiten, aber es waren dann immer nur Bambi und Nero, letzterer mit Maulkorb und an einem sehr dicken Lederseil, ansonsten jedoch überraschend artig. »Den Maulkorb trägt er nur für sein Selbstbewusstsein, er fühlt sich damit ernst genommener. Er hat doch so Angst vor Menschen«, hatte Bambi erklärt, und die Schwester sich jede Erwiderung verkniffen. Eigentlich mussten die beiden bald kommen? Oder vielleicht kam ja heute doch Willi?

Vielleicht war er zu einer Entscheidung gelangt und würde ihr sagen, dass es ihm leid täte, aber Emanzipation hin, Emanzipation her, er wollte mit seiner Frau unter einem Dach wohnen, ansonsten aber stimmte er ihrer Gleichberechtigung in allen Punkten zu. Die Miete, die würden sie sich teilen, des Weiteren auch die Kosten für die Hauswirtschafterin beziehungsweise das Gehalt für Bambi, dessen Dienste konnte man ja nicht ewig umsonst in Anspruch nehmen.

Sie würde dann etwas zögern, hier ging es schließlich um die Frauenrechte, aber dann würde sie nachgeben, für die Kinder, wie sie ihren emanzipierteren Kundinnen gegenüber sagen würde. Wenn sie doch nur emanzipiertere Kundinnen hätte!

Und wie auf Signal, klingelte die Türglocke.

Doch herein trat keine Kundin und auch nicht der Bruder, herein trat der Geselle. An der einen Hand einen blutverschmierten, stumm weinenden Benny Levi und an der anderen Konrad, aus der Nase blutend und im zerrissenen Mantel.

»Ich bin dazugekommen, wie der Große des Schneiders und seine Freunde die beiden Buben verdroschen haben. Zu fünft auf zwei und dann noch nicht mal halb so alt. Feige Dreckschweine, als sie mich haben kommen sehen, sind sie stiften gegangen«, berichtete der Geselle, als Mietzi in ihrer Wohnung etwas später den noch immer schluchzenden Benny versorgte – mit heißem Wasser, Ballistol und Verbandsmull. Vicky saß auf dem uralten Sofa neben dem

Küchenherd und hielt ihren schon verarzteten Sohn fest umklammert.

»Es ist nichts gebrochen. Hast Glück gehabt, kleiner Frontsoldat. In ein paar Tagen biste wieder wie neu«, bestimmte Hessler soeben und fuhr Benny tröstend mit dem warmen Schwamm über die Wangen. »Komm, hör doch auf zu weinen, es ist nichts passiert. Die paar blauen Flecke, die heilen wieder. Ein Indianer kennt keinen Schmerz.«

»Sie haben seine Brille kaputtgemacht. Und sein Vater hat gesagt, wenn er die wieder verliert, dann gibt es keine neu«, erzählte Konrad wegen der geschwollenen Nase etwas undeutlich. »Und ohne Brille sieht er nichts und dann wird er durchfallen und dann sind wir nicht einmal mehr in einer Klasse.«

Nun liefen auch Vickys Sohn die Tränen über die Wangen, tropften ihr warm auf den Handrücken. Mit mühsam ruhiger Stimme erklärte sie: »Er hat die Brille nicht verloren. Sie ist ihm gestohlen worden. Ich bin ganz sicher, dass der Schneider sie Benny ersetzt. Aber Konny, was hattest du um diese Zeit überhaupt auf der Straße zu suchen? Hättest du nicht eigentlich für das Krippenspiel Proben gehabt?«

»Frau Genzer, das war meine Schuld«, gestand Benny stockend. »Weil die mich nicht wollten, hat der Konrad gesagt, er geht auch nicht.«

»Wenn die meinen Freund nicht wollen, will ich die auch nicht.« Trotzig strampelte er sich von seiner Mutter los und verschränkte die Arme vor der Brust. »Ich war nur beim ersten Mal dort, da wo sie gesagt haben, dass Benny nicht mitmachen darf.«

Vicky nickte stumm. Das Baby in ihrem Bauch hatte Schluckauf vor Aufregung und ihr war schlecht vor Unglück. Das kam davon. Weil sie unbedingt einen Buchladen hatte aufmachen müssen, war sie nie zu Hause und bekam nicht einmal mit, wenn ihr Sohn sich wochenlang vor den Krippenspielproben drückte. Und weil sie unbedingt einen Buchladen hatte aufmachen müssen, wurde ihr Sohn jetzt wegen seiner Hure von Mutter durch ältere Kindern zusammengeschlagen.

»Deshalb haben der Papa und Line dich auch beim Abholen nicht getroffen und du warst so durchgefroren«, schlussfolgerte sie langsam. »Aber warum hast du das denn nicht einfach mit Papa oder mir beredet?«

»Ihr wart nie da.«

Mehr sagte er nicht. Mehr brauchte er auch nicht zu sagen. Sie war so eine Versagerin.

»Und es war ja auch egal, an Heiligabend wäre es eh aufgeflogen. Obwohl Line vorgeschlagen hat, sie könnte krank werden, dann würdet ihr vielleicht nicht zum Gottesdienst gehen und es gar nicht merken.«

»Line wusste es also auch?«

»Sie hat es sich gedacht, nachdem sie und Papa mich beim Abholen nicht getroffen haben. Für ein Mädchen ist sie ziemlich schlau«, räumte Konrad mit leichtem Widerwillen ein. »Aber ihr dürft sie nicht schimpfen. Sie hat es aus Liebe zu Benny getan und was aus Liebe geschieht, darf nicht gestraft werden.«

»Wir lieben uns, wenn wir volljährig sind, werde ich sie heiraten«, erklärte Benny würdevoll, und Vicky wrang sich ein Lächeln ab. »Und heute, was war da heute los?«

Die beiden Jungen wechselten einen raschen Blick, dann schwiegen sie verbissen, statt ihrer antwortete der Geselle: »Der Schneider ist in der NSDAP. Die mögen es nicht, wenn deutsche Jungen mit Juden spielen und sie mögen es auch nicht, wenn eine deutsche Mutter einen Buchladen aufmacht, statt zu Hause nach ihren Kindern zu sehen. Für solche Frauen haben die nur ein Wort und das ist nicht freundlich. Frau Genzer, erinnern Sie sich, ich hatte Sie gewarnt. Mich selber hab ich leider vergessen zu warnen.«

Er machte eine etwas hilflose Geste mit den Händen, legte dann beide Arme um Mietzi und zum ersten Mal, seit Vicky sie kannte, stand diese einfach nur still. Eine große Ruhe schien über den kleinen Körper gekommen zu sein – vielleicht war er ja tatsächlich ihre *janz jroße Liebe*?

»Danke für Verbandsmull und Obdach, wir bringen dann mal Benny heim und gehen auch nach Hause«, sagte Vicky, das Hundegebell vor dem Laden legte den Verdacht nahe, dass der Bruder samt Nero gekommen war.

»Aber top, nur ens noch«, sagte Mietzi: »Könntet ihr nich vielleicht morjen dem Heiko seine Kleider und sein restliches Zeuch aus der Metzgerei mitbringen? Das wollt er nämlich eijentlich holen, aber ihn möjen die SA-Leute aktuell noch weniger als kommunistische Juden und ick sterb immer vor Sorje, wenn er rausjeht. Wenn die ihn erwischen, die prüjeln ihn doch tot. Die hassen ihn, wejen mich.«

»Sobald als möglich werden wir nach Oppeln zurückkehren. Die Lage in Schlesien hat sich ja in den letzten Jahren deutlich stabilisiert und mein alter Lehrmeister würde mich gern wieder in Stellung nehmen.« Mietzi warf ihm einen auffordernden Blick zu, worauf der Geselle fortfuhr: »Frau Katermann wird mir die Ehre erweisen, mich zu begleiten. Als meine Frau.«

Nun senkte Mietzi die Augen wieder, ihr auch heute kernseifesauberes Gesicht strahlte vor Glück und ihre Kinderhand in die riesige Pranke ihres Verlobten schiebend, flüsterte sie: »Wir werden noch vor Weihnachten heiraten. Se und ihr Herr Jatte sind janz herzlich einjeladen.«

»Dankeschön«, stammelte Vicky. »Aber entschuldigen Sie, ich dachte, Sie wären schon verheiratet. Gehört das Haus nicht Ihrem Mann?«

»Ick bin Witwe, men erster Mann is im Ruhrkampf jeblieben. Nur das sag ick den Leuten nich jern jleich als erstes und außerdem is es janz jeschickt, wenn man enen Jatten hat, der notfalls seine Rückkehr ankündigen kann. Bei den Männern, Se wissen schon.« Verlegen betrachtete sie ihre in Pantoffeln steckenden Füße, sodass ihr Verlobter für sie weitersprach: »Die Familie ihres ersten Mannes war nicht besonders erfreut über diese Ehe und ihren sehr legeren Lebenswandel.«

»Man stellt sich für die eigenen Kinder eben oft etwas anderes vor als die Kinder«, entgegnete Vicky und wusste selbst nicht, ob sie mit der Aussage ihren Vater und Willi oder die in ferner Zukunft drohende Hochzeit mit Benny Levi meinte. Sie hätte sich für Linchen mehr erhofft als einen kleinen, dicken Brillenträger. Studieren sollte Line und vielleicht sogar reisen.

»Aber wenn ich fragen darf, wenn Sie nach Oppeln ziehen, dann brauchen Sie doch die Wohnung hier nicht mehr, oder?«

»Ne«, Mietzi schüttelte den Kopf. »Es sin fünf Zimmer und Dachstuhl. Ick bewohn wejen dem Heizen halt nur die Küche. Ick hatte mal untervermietet, jab nur Jehändel wejen menem Herrenbesuch und wejen ausbleibender

Miete. Da hab ick's jelassen. Wollen Se mal sehen? Sind sehr hübsch und janz hell. Vor vier Jahren, als wir jeheiratet haben, hat men erster Mann allet neu machen lassen. Strom und Heizung in allen Räumen, fließend Wasser in Bad und Küche. Se wüssten uns nich jemand, der ene Wohnung brauch? Ick will auch jar nicht viel für, nur kenen Ärjer mit haben. Se wüssten jemand? Am besten noch dieses Jahr?«

19. Kapitel

Die Freude über die Möglichkeit einer Wohnung hatte nur bis zum nächsten Zeitungsstand gehalten. Die seriöse und sehr auflagenstarke *Berliner Illustrirte Zeitung* kündigte aus *aktuellem Anlass* für die kommende Wochenendausgabe einen großen Beitrag zum Thema *Warum Frauen keine Romane lesen oder verkaufen dürfen* an, Verfasser: der Bestsellerautor Nicki Wassermann. Seltsamer Weise machte die Aussicht auf diesen Artikel Vicky nicht einmal mehr übermäßig viel Angst. Im Geiste hatte sie ihren Buchladen schon aufgegeben und es war auch besser so. Sie durfte nicht zulassen, dass ihre Kinder in Gefahr gerieten. Diesmal war es eine dicke Nase, aber was kam beim nächsten Mal?

Sie war in ihren Selbstüberzeugungskünsten inzwischen schon so weit gelangt, dass sie fast glaubte, an dem drohenden Artikel störte sie nur, dass sie am morgigen Samstag ja mit Willi zu dieser Verlobungsfeier musste und bestimmt würden die anderen Gäste alle den Artikel gelesen haben. Das würde unangenehm werden.

Andererseits wusste sie auch gar nicht, ob Willi sie jetzt überhaupt noch mitnehmen wollte. Die Einladung zu der Veranstaltung hatte er ja vor dem *Berliner Tageblatt*-Artikel ausgesprochen, seitdem hatte sie ihn gar nicht mehr gesehen. Mit einer stadtbekannten Hure erschien man ja eher nicht so gern bei einem engen Freund des Reichspräsidenten. Sie konnte es Willi nicht verdenken, wenn er lieber allein hinging.

Mit diesen Gedanken hatte sie sich im Bett herumgewälzt, hatte schließlich versucht, sich durch die Erinnerung an den Besuch bei Dr. Levi abzulenken.

Dr. Levi, ein untersetzter Herr mit Granatsplitternarben auf den Wangen und einem rundem Zwicker auf der Nase, hatte die Blessuren seines Sohnes mit stoischer Gelassenheit betrachtet, ganz im Gegensatz zu seiner Gattin, die in wahre Tränenströme ausgebrochen war und sich auf den Schreck hin umgehend mit Aspirin zurückziehen musste.

»Was meinen Sie«, hatte der Doktor sie gefragt, »werden die Zeiten schlimmer oder glauben wir es nur? Oder aber, werden die Zeiten schlimmer, weil wir glauben, dass sie es werden?« Auf diese Frage hin hatte er das Dienstmädchen beauftragt, ein Tablett mit kaltem Braten, Brot und Apfelwein in den Salon zu bringen und in diesem hohen, kühlen Raum mit seinen türkischblau bespannten Seidensesseln, zwischen übervollen Bücherregalen und asiatisch anmutenden Wandbehängen hatte man dann noch ein wenig beisammengesessen. Viel zu reden gab es nicht, Benny saß am Klavier, Konrad durfte die Seiten umblättern, und am Ende des Minutenwalzers lächelte der Doktor. »Er spielt sehr gut«, hatte Vicky gesagt und der Doktor hatte entgegnet »Was nützt es? In diesen Zeiten?«

Ja, was nützte es, und mit dieser Frage war Vicky noch einmal aufgestanden, hatte nach ihren in der warmen Küche schlafenden Kindern gesehen. Wölfchen in der Wiege, Rudi quer ausgestreckt halb auf Line und Konrad. Noch im Traum ballte Konny Fäuste. Heute war der Geselle zufällig dazu gekommen, doch was hätte alles passieren können?

Konny, ihr Großer.

Sie schluckte gegen die aufsteigenden Tränen an, und noch immer krampfhaft die Augen aufreißend, hatte sie sich eine warme Milch gemacht. Es war ein bisschen wie früher, wenn Willi wieder Albträume plagten, über deren Inhalt er nicht sprach. Oft hatten sie dann so gesessen, einander gegenüber am Küchentisch, das flackernde Gaslicht zwischen ihnen, ihre Hände aufeinander, der ruhige Atem der Kinder und die Spiegelung ihrer müden Gesichter in der dunklen Scheibe. Wie Willi ihr fehlte.

Wie gern hätte sie ihn nun zurückgenommen, nicht weil sie nun wusste, dass sie den Traum von der Selbstständigkeit und der Freiheit ausgeträumt hatte, sie froh sein musste, wenn Willi sie wieder versorgte. Nein, nicht deswegen.

Er fehlte ihr einfach, ihr fehlte das zweite Gesicht in der Scheibe. Tränen rannen ihr über die Wangen, sie wollte ihren Mann zurück und wusste doch, dass es nie so werden würde, wie es niemals gewesen war, wie sie es sich erträumt hatte. Würde der Buchladen überleben, dann hätte sie Willi auf Augenhöhe entgegentreten können, dann hätte sie sagen können: »Ich möchte dich als Mann, in meinem Schlafzimmer, in meiner Wohnung und in meinem Leben. Als Ernährer brauche ich dich nicht.«

Aber ihre Buchhandlung würde untergehen, ihr Traum war nach wenigen Wochen zerplatzt, und sie würde bei Willi betteln müssen. Dazu dieser für den kommenden Tag drohende Artikel, wenn sie den nur schon hinter sich gehabt hätte.

Plötzlich zuckte Vicky zusammen, da waren Schritte auf der Treppe vor ihren Zimmern. Willi? Nein, die Hunde hatten nicht angeschlagen. Aber wer dann, außer den

Eltern war doch niemand im Haus? Rasch drehte Vicky das Gaslicht herunter, sie wollte den etwaigen Einbrecher überraschen.

Die wie üblich nur angelehnte Tür bewegte sich langsam, ganz vorsichtig, jedes Geräusch vermeidend und barfuß trat eine helle Gestalt herein. Später würde Vicky erzählen, sie habe im ersten Moment tatsächlich an einen Geist geglaubt, so lautlos und flatternd weiß war der Eindringling, aber das stimmte nicht. Sie hatte ihre nachthemdtragende Mutter sofort erkannt.

»Was tust du hier?«, flüsterte Vicky, und erst in diesem Moment bemerkte auch ihre Mutter sie. »Kind, warum bist du nicht im Bett?«

Rechtschaffene Empörung schwang in ihrer Stimme mit, ganz als wäre nicht sie es, die sich nächtens in fremde Wohnungen schlich. Doch offensichtlich wurde ihr die Haltlosigkeit ihrer Stellung bewusst und seufzend ließ sie sich auf den Küchenstuhl gegenüber ihrer Tochter fallen.

»Hast du noch Milch?«, fragte sie leise und Vicky stand auf, reichte ihr eine lauwarme Tasse. Plötzlich erinnerte sie sich daran, wie sie als Kind oft so mit der Mutter gesessen, eng aneinander gekuschelt hatten sie den spät vom Schlachten heimkehrenden Vater erwartet. Wie lang mochte diese glückliche Zärtlichkeit zwischen ihnen her sein? Wie alt mochte die Mutter damals gewesen sein, jünger als Vicky jetzt?

»Mutter, was machst du hier?«, fragte sie erneut, aber nicht mehr so scharf. Sie dachte daran, wie sie vor Glückseligkeit quietschend mit der Mutter Bonbons gekocht hatte und wie oft hatte sie Vickys Romane dem Vater gegenüber als die eigenen ausgegeben?

»Ich wollte dir das neben das Kissen legen.« Mit leicht zitternden Händen hielt sie ihr einen Umschlag über den Tisch entgegen. Vicky riss ihn auf, er enthielt ein Lichtbild: die junge, hübsche Mutter im duftigen Sommerkleid, der helle Saum im Wind flatternd, einen Wagenrad großen Strohhut auf dem Kopf, an ihrer Hand Otto im Matrosenanzug, ein wenig steif und sich des gänzlich neuen Wunders der Fotografie sehr bewusst, auf dem mütterlichen Arm ein pausbäckiges Baby. Das war Vicky. Im Hintergrund der Wannsee und die Gartenwirtschaft ihres Onkels Fritz. Auf der Rückseite, ganz verblasst, die Worte: *Juli 1899* und darunter in kräftiger, frisch leuchtender Tinte *Dein Bruder wäre so stolz auf dich. Mach weiter, egal, was die Leute reden. Mama.* Und während Vicky noch versuchte, sich klar zu werden, was sie fühlte – Verblüffung, Freude, eine seltsame Traurigkeit über all das, was war und nie wieder sein würde –, währenddessen fiel noch etwas aus dem Umschlag. Zwei Zwanziger und vier Fünfziger.

»Ich habe dir nie etwas zur Hochzeit geschenkt und ich dachte, im Moment kannst du es bestimmt brauchen«, erklärte die Mutter und stand schon wieder auf. »Ich weck die Kinder, wenn ich noch länger bleibe.«

»Aber Mama, woher hast du das Geld?« Ihre stattliche Mitgift, das nicht unerhebliche Erbe, auf all das hatte der Vater ein sehr wachsames Auge, jede Woche prüfte er das Haushaltsbuch, wog auch stichprobenhaft das Mehlglas oder das Butterfass, kontrollierte streng jedwede Ausgabe auf ihre Notwendigkeit. *Frauen können nicht mit Geld umgehen, dafür sind sie nicht geschaffen.* Ein einziges Mal nur hatte die Mutter sich Vickys Wissen nach durchgesetzt, damals, als sie die Kamee zur Erinnerung an Otto kaufte.

»Das ist jetzt egal, aber damit müsstest du deine Buchhandlung ein paar Wochen länger am Leben erhalten können. Es gilt nur durchzuhalten, die Kundinnen werden wiederkommen. Gib nicht aus Angst vor dem Gerede auf. Es ist dein Leben, wenn du einen Buchladen für richtig erachtest, dann mach weiter. Ich hätte dir so gern mehr gegeben.« Und bei diesen Worten griff sie seltsam ziellos an den geklöppelten Kragen ihres Nachthemdes, zögerte abrupt und ließ die Hände sinken. Wo war der Onyxschmuck? Seit die Mutter die Kamee gekauft hatte, hatte Vicky sie niemals ohne gesehen – aber am Schlafkleid? Ein Verdacht beschlich sie: »Mama, wo ist die Brosche? Mama, hast du die Brosche versetzt?«

»Ich muss jetzt wieder runter, dein Herr Vater hat einen leichten Schlaf.« Sie war schon aus dem Zimmer, stand schon auf der Treppe, da drehte sie sich noch einmal um und ganz leise sagte sie: »Ich bin auch sehr stolz auf dich, Vicky.«

Es schneite. Der Nordwind trieb kleine, gemeine Flocken über das Bahngleis und gegen Vickys schmerzhaft frierende Seidenstrumpfbeine und begann ihr langsam, doch unaufhaltsam die Wildlederpumps zu verderben. Ihre Zehen spürte sie schon seit geraumer Zeit nicht mehr. Unter ihrem, schon bei Wölfchen ziemlich zerschlissenem Umstandswintermantel trug sie nur das gelbe Kleid, das Willi beim letzten Mal so gefallen hatte. Im Grunde war es für eine derartig elegante Veranstaltung wie die Verlobungsfeier zweier Filmstars eindeutig nicht chic genug, aber darauf kam es nun nicht mehr an.

Willi hatte telegrafiert – *Komme 18 Uhr Schnellzug Stettiner Bahnhof STOPP Gehen direkt STOPP* – und Vicky hatte sich so darüber gefreut, dass er sie immer noch auf die Verlobungsfeier mitnehmen wollte, dass sie einen der eisernen Grundsätze des Zusammenlebens mit ihrem Mann vergessen hatte: Züge, in denen Willi saß, trafen niemals pünktlich ein. *Schnee auf den Schienen* hatte ein Schaffner mit Kaiser-Wilhelm-Schnauzer als Begründung genannt, danach war er schnell vor der unerfreulichen Witterung und dem Unmut der Wartenden geflohen. Und auch diese gaben sich langsam geschlagen, streckten vor den eisigen Böen die Waffen, verschwanden in nahegelegene Cafés oder vielleicht auch ganz.

Nur Vicky stand noch da, zerpflückte nervös das Gleisbillet in ihrer Manteltasche, fror und wartete. Bei einem Zeitungsjungen hatte sie die Wochenendausgabe der *Berliner Illustrirten Zeitung* kaufen wollen, doch der hatte nur unglücklich den Kopf geschüttelt. »Sin noch keene jekommen. Vermutlich wejen dem Schnee?« Sein einbeiniger Kollege jedoch hatte über derartige Unterstellungen nur das ehrwürdig ergraute Haupt schütteln können: »Se haben den Druck stoppen müssen. Is noch kurzfristig was rin jekommen, war lang nich mehr der Fall. Dit letzte Mal bei dem Titanic Unjlück. In een paar Stunden kriejen Se aber Ihre Ausgabe, Fräulein. Keene Sorje, Ullstein lässt Se nich im Stich.«

Vicky hatte dankend gelächelt und bei sich gehofft, das ehrwürdige Verlagshaus möge heute eine Ausnahme machen. Sie legte keinen großen Wert darauf, Nicki Wassermanns Begründung zu lesen, warum Frauen weder Romane lesen noch verkaufen durften. Zwar hatte Konrads dick verschwollene Nase sie erneut in ihrer Absicht der Ladenschließung bestätigt, aber einen eventuell sogar mehrseitigen Verriss ihres Traums zu lesen, war trotzdem keine schöne Aussicht.

Das Geld würde sie ihrer Mutter zurückgeben, unter der Tür durchgeschoben, um jeden Widerspruch von vornherein zu vermeiden. Heute war es nicht gegangen, heute war der Vater zu Hause gewesen, aber am Montag würde sie es machen. Das war hoffentlich noch rechtzeitig, damit die Mutter ihre Brosche wieder auslösen konnte?

»Sie ist wie du, sie hat ihre Geheimnisse«, hatte Bambi gelacht, als sie ihm am Morgen die Geschichte erzählte und dann zeigte er ihr den Gedichtband, den er von der Mutter geliehen hatte. Wenn man ganz genau hinsah, konnte man erkennen, dass jemand mit viel Geschick und einem sehr scharfen Messer, die Bindung zwischen Leinen und Pappe gelöst hatte, und wenn man den Pappkarton anhob, kam ein Brief zum Vorschein. Noch recht neu, datiert auf den 11. 10. 1925.

Meine Liebste,

dein Peter hat mir abermals aus Marseille telegrafiert und ich habe ihm Geld angewiesen. Keine Sorge, es war diesmal nicht so viel, was er brauchte. Sprich mit niemandem darüber, ich schreibe es dir nur, damit du weißt, dass er noch lebt und für ihn gesorgt ist. In letzter Zeit frage ich mich oft, was wohl aus unserem Otto geworden wäre, wenn der Krieg ihn nicht gefordert hätte, wenn ich nicht schon verheiratet gewesen wäre, wenn du nicht den Skandal so gescheut hättest. So viel wenn doch nur und nun sind wir beide bald alt und was bleibt? Das

traurige Wissen, einen Skandal verhindert zu haben und das
Wissen, dass ich dich immer lieben werde.
Immer und immer, Dein Fritz

»Mama und Onkel Fritz«, hatte Vicky gestottert, doch wirklich überrascht hatte sie der Inhalt des Briefes nicht. Wusste der Vater es auch? War er deshalb oft so grundlos zornig, so streng gegen die Mutter und hart gegen jede Unmoral? Oder war der Vater schon immer so gewesen? Hatte sich die Mutter, deren Ehe man bereits im Kindesalter arrangierte, deshalb in den fröhlichen, großmäuligen Bruder ihres Verlobten verliebt?

Vermutlich würde Vicky es nie erfahren und nachdem sie sich den ganzen, einsamen Morgen in ihrer auch heute wieder sehr leeren Buchhandlung darüber den Kopf zerbrochen hatte, war sie zu dem Schluss gekommen, es gut sein zu lassen. Auch Mütter besaßen ein Recht auf eine Vergangenheit.

Stattdessen hatte Vicky ein Telefonat geführt, hatte schon einmal begonnen, die Auflösung ihres Traums voranzutreiben.

»Es wird weitergehen«, flüsterte Vicky leise und schlang sich die Arme um den Bauch. Es würde weitergehen, es war ja immer weitergegangen. Ihre Tochter trat scheinbar erfreut von innen und gerade in dem Moment, in dem Vicky beschloss, dass der Zug heute wohl nicht mehr kommen würde, gerade in dem Moment, war aus der Ferne ein erschöpftes, aber zufriedenes Schnaufen zu hören. Willi fuhr ein.

»Warum saßt du eigentlich im Zug aus Köln?«, fragte Vicky, nachdem sie sich aus seiner langen Umarmung gelöst hatte. Eigentlich war es ihr vollkommen gleich, nur kann man nicht ewig stumm ineinander verschränkt auf einem Gleis stehen – auch nicht, wenn man verheiratet ist und vor allem dann nicht, wenn die Bahnbehörde den Bahnhof wegen des heftigen Schneefalls schließen will. Irgendetwas muss man reden. »Ich dachte, du warst in Düsseldorf?«

»War ich auch«, erklärte Willi und gab dem vorwurfsvoll fröstelnden Gepäckträger ein Zeichen, mit seinen Koffern in Richtung Ausgang zu gehen. »Aber heute hatte ich noch was in Köln zu erledigen.«

»Was denn? Hast du Herrn Ebert getroffen?«

»Ja, tatsächlich, aber nur kurz. Wir sind uns in der Empfangshalle des *Excelsior Hotel* Ernst begegnet und haben ein bisschen geplaudert, über meinen Bruder und die Verlobung von Herrn von Bäumer.« Er grinste amüsiert, die Eifersucht der Vergangenheit schien hinter ihm zu liegen. »Nichts Weltbewegendes.«

Da sie inzwischen bei den wartenden, halb eingeschneiten Taxen angekommen waren, erklärte Willi nun dem mürrisch frierenden Chauffeur: »Erst bringen Sie bitte meine Frau und mich zur Königsallee 53, und danach fahren Sie zur Dircksenstraße 11 und liefern das Gepäck bei Genzer ab. Das ist gleich beim Alexanderplatz.«

»Nein, Sie bringen das Gepäck nach Charlottenburg, Bleibtreustraße 17. Genzer und Greiff steht an der Klingel«, unterbrach Vicky und schenkte dem mürrisch gemurmelten: »Wern Se sich halt klar, wo Se hinwollen« keine weitere Beachtung.

Nachdem der Wagen angefahren war, schloss Willi das Verbindungsfenster, kontrollierte den Verschluss mehrfach und sagte dann: »Zuckerkeks, ich muss mit dir reden.«

»Nein, ich muss mit dir reden.« Vicky griff nach seiner Hand, selbst jetzt noch waren die Finger warm. »Ich habe eine Wohnung gefunden. Über der Buchhandlung, sie ist wunderschön, sehr groß, sehr geräumig. Fünf Zimmer und Bad. Tageslicht in allen Räumen, ein traumhaftes Blumenfenster im Salon. Außerdem hätten wir Strom und fließend Wasser und kosten würde es nicht mehr als jetzt. Mietzi wäre unsere Vermieterin. Bambi könnte ein Zimmer mit eigenem Eingang bekommen.« Gut, den Durchbruch für die Tür würde Willi erst noch machen müssen, aber das waren Details. »Was sagst du?«

»Dass ich vielleicht tatsächlich ein bisschen dumm bin, aber du verblüffst mich immer wieder.« Ihre Hand sehr fest haltend, fuhr er fort: »Und ich darf wieder zu Hause wohnen? Oder muss ich nach dem Frühstück gehen?«

»Nein, ich habe viel nachgedacht. Ich möchte, dass du bleibst. Für immer, als mein Ehemann. Und leider für die nächste Zeit auch wieder als mein Ernährer. Nein, unterbrich mich bitte nicht. Ich werde die Buchhandlung schließen, meine Mutter hat mir zwar Geld gegeben, damit ich trotz dieser ganzen Anfeindungen über die Runden komme, aber das werde ich ihr zurückgeben. Konrad ist wegen mir zusammengeschlagen worden, und ich möchte nicht, dass meine Kinder in Gefahr kommen, weil ich meinen Traum verwirklichen will. Aber ich möchte auch nicht wieder finanziell von dir abhängig sein, ich würde mir gern eine Stelle suchen. Herr Lachmann, der mit der Buchhandlung am Bayrischen Platz, würde mich einstellen. Ich habe heute Morgen mit ihm deswegen telefoniert, er würde auch Teile meiner Ware abnehmen. Ich bleibe also nicht vollständig auf den Kosten sitzen.«

»Zuckerkeks, du bist die bezauberndste Mutter, die sich ein Kind nur wünschen kann, aber du bist eine grässliche Glucke.« Er grinste, und Vicky spürte einen Stich in der Herzgegend. Er verstand offensichtlich gar nicht, was dieser Schritt sie kostete, was sie damit für ihre Kinder aufgab. Jetzt lachte er ihr sogar ins Gesicht: »Vicky, lass dir eins von mir sagen: Du brauchst wirklich keinen Mann, um durchs Leben zu kommen. Du kannst sehr vieles besser als ich und du weißt im Gegensatz zu mir immer, wo Wölfchens Schnuller und Rudis Kuscheldecke ist, die Gasgesetze hast du damals auch vor mir durchschaut, aber für eins brauchst du mich doch: Du verlierst manchmal vor lauter Liebe nämlich den Wirklichkeitsbezug. Die Welt da draußen ist hässlich und gemein, du wirst unsere Kinder nicht vor allem beschützen können.«

Sie atmete einige Male tief durch, dann sagte sie: »Versteh doch, ich möchte einfach nicht, dass meine Kinder leiden, weil ich meine Träume leben muss. Ich will nicht, dass sie verprügelt werden, weil ihre Mutter als Hure gilt, und deshalb werde ich den Laden schließen.«

»Nein, aus genau diesem Grund wirst du es nicht tun. Wenn alle ihre Träume aufgeben, weil sie Angst vor dem Zorn der Brutalen, der Dummen, der Lauten haben, wird es immer weniger Träumer geben. Und wir brauchen die Träumer. Die Welt braucht Träume, sie braucht Buchläden für Liebesromane. Sie ist vielleicht hässlich, zornig, brutal und ein böser Ort, aber gerade deshalb braucht sie ein bisschen Kitsch, ein bisschen Lachen und ein paar Romane, in denen die Liebe siegt. Es ist vielleicht nicht die Realität, nur wer möchte immer nur Realität? Mach weiter, Zuckerkekschen, verkauf den Leuten weiter Träume. Das ist so wichtig, gerade heute, wo in jeder Zeitung nur Mord und Korruption und Hass zu finden ist. Wer Liebesromane liest, verprügelt schon niemanden – zumindest nicht gleichzeitig. Übernimm du das Träumen, und um den Rest kümmere ich mich. Ich werde Konrad, Benny und Linchen mit ins Boxen nehmen, dann können sie zurückschlagen, wenn die Lauten, Brutalen, Dummen das nächste Mal fertig mit Lesen sind.«

»Ach, Willi«, seufzte Vicky und presste ihren Kopf gegen seine Brust. »Ich hab gar niemanden, der meine Bücher kauft. Und heute erscheint in der *Berliner Illustrirten Zeitung* noch mal ein gemeiner Artikel, von Nicki Wassermann: *Warum Frauen keine Romane verkaufen dürfen.* Danach bin ich endgültig geliefert. Die *BIZ* ist kein Lokalblatt, die wird mit Flugzeugen in die ganze Republik geflogen. Ausgerechnet Nicki Wassermann. Ich wette, er ist dahintergekommen, dass ich Peters Schwester bin und jetzt rächt er sich auf die Art dafür, dass Peter ihm die Frau ausgespannt hat. Aber weißt du, was ich so gemein dran finde? Herr Ebert ist mit Wassermann befreundet, warum hat Herr Ebert nicht ein gutes Wort für mich und meine Buchhandlung eingelegt?«

»Du weißt doch gar nicht, was in dem Text drin steht?«, wandte Willi ein und klopfte dann an die Scheibe, bat den Chauffeur kurz zu halten. Sie fuhren gerade an einem halbherzig im Schnee winkenden Zeitungsjungen vorbei.

»Die *BIZ*? Können Se ham, ham Se aber Jlück, sin heute zu spät jeliefert worden, hatten Probleme beim Druck.« Zwanzig Pfennig wechselten den Besitzer und Willi schloss sehr schnell wieder das Fenster. Schnee von dem nassen Papier klopfend, begann er, den Artikel zu suchen. »Ah, da haben wir's ja schon. *Warum Frauen weder Romane lesen*

noch verkaufen dürfen, ein Gastbeitrag von Nicki Wasser-
mann, Köln.«

»Ich wusste gar nicht, dass der auch in Köln ist«, sagte
Vicky. Sie hatte solche Angst vor dem Inhalt dieses Textes,
ihr war regelrecht schlecht vor Panik.

»Doch, doch, der kommt aus Köln, hat Familie da, weiß
ich von meinem Bruder. Scheint aber nicht so arg eng mit
denen, er wohnt im Hotel«, murmelte Willi geistesabwe-
send, dann las er laut vor: »*Gerade heute, im Zeitalter des
Bubikopfs und der Kameradschaftsehe, der weiblichen Erwerbstätigkeit und des Frauenwahlrechts kommen sie an, die
Ewiggestrigen, die Bremser, die Verweigerer jeden Fortschritts
und spotten über Buchhändlerinnen und ihre Kundinnen.*
Dann kommt was Langweiliges über seine eigenen dämlichen Romane und dann: *Warum sollen Frauen nun anderen
Frauen keine Bücher verkaufen? Sollte nicht gerade eine Frau
in der Lage sein, die Bedürfnisse einer Frau zu erkennen? Jeder
Experte für Reklame wird einem sagen, dass die Frau heute als
Käufer wichtiger ist als der Mann.*

*Hildenbrandt vom Berliner Tageblatt jedoch interessiert das
nicht. Er bleibt die Antwort auf diese Frage schuldig und doch
liegt sie klar auf der Hand: Es ist die reine Angst. Die Angst der
dummen Männer vor der gescheiten Frau. Sie haben Angst vor
der modernen, unabhängigen Frau, die nicht länger aus wirtschaftlicher Notwendigkeit zum Manne heraufschauen muss.
Mit etwas Geschick und Bildung kann jede Frau heutzutage
für sich alleine sorgen. Die moderne Frau, mit ihrem Bubikopf,
ihren ewig tanzbereiten Beinen und ihrem durch ihrer eigenen
Hände Arbeit verdienten Geld, wird nicht länger aus Bequem-
lichkeit, veralteter Moralvorstellung oder finanziellen Erwä-
gungen bei einem Mann bleiben. Warum auch? Sie arbeiten*

hart diese modernen Frauen, härter vielleicht sogar als viele Männer, denn sie müssen sich ja erst beweisen – all den Hildenbrandts dieser Welt müssen sie zeigen, dass sie nicht trotz oder wegen ihres Geschlechts Großes leisten können. Sie müssen noch kämpfen, um in der Berufswelt als Menschen und nicht als Geschlecht wahrgenommen zu werden.

Die Zukunft wird der absoluten Gleichberechtigung zwischen den Geschlechtern gehören, die kommende Frau, mit ihrer Arbeitsstelle und ihrem durch Bildung erworbenen Selbstbewusstsein wird dem klugen Mann eine ebenbürtige Partnerin sein. Wo vor hundert Jahren noch das schwache, zu stützende Geschlecht zu finden war, wird der Mann bald eine starke Stütze in allen Lebenslagen finden.

Und wenn diese Stütze sich nach all diesem Kampf einmal zerstreuen möchte, warum dann nicht mit einem Roman? Wer Leistung bringt, soll auch entspannen. Und glauben Sie mir, verehrter Gatte einer Romanleserin, glauben Sie mir, unschlüssiger Vater einer nach Courths-Mahler gierenden Tochter, glauben Sie mir, unsere Frauen heutzutage sind gescheit genug, zwischen Fantasie und Wirklichkeit zu unterscheiden. ›Madame Bovary‹ gehört ebenso endgültig der Vergangenheit an, wie Hildenbrandt mit seinen Schreckensszenarien.

Jetzt kommt wieder ein bisschen Werbung für seine Bücher und dann: *Darum dürfen die modernen Frauen weder Romane lesen noch verkaufen, sie müssen es vielmehr! Und aktuell findet frau nirgends eine solche Auswahl an Büchern für alle Belange des Weiblichen wie in Vicky Genzers Buchhandlung, Kantstraße, Charlottenburg. Wünschen wir diesem kleinen, feinen Laden ein langes Leben und viele lesewillige Kundinnen und Kunden.* Wo er recht hat, hat er recht. Hätte ich selbst nicht besser sagen können.«

»Gib mal her, das steht da doch nicht wirklich?« Vicky konnte es nicht glauben. Nie hätte sie es für möglich gehalten, dass ausgerechnet dieser arrogante Schnösel für sie in die Bresche sprang. Sollte Jakob sich doch für sie eingesetzt haben? Aber dann sah sie Willis zufriedenes Gesicht und fragte unvermittelt: »Sag mal, Nicki Wassermann ist aber nicht zufällig wirklich schwul? Paul hat da doch mal so etwas erwähnt?«

»Hast du mir nicht selbst gerade erst erzählt, dass er dich hasst, weil dein Bruder ihm die Freundin ausgespannt hat? So jemand kann doch wirklich kein Unzuchtparagraphler sein. Das wäre ja geradezu grotesk, und dann ein derart prominenter Autor, eine Person des öffentlichen Lebens. So jemand der Homosexualität schuldig? Stell dir mal vor, was das für einen Prozess gäbe und was das für den Verkauf seiner Bücher bedeuten würde. Also nein, wirklich, jemand wie Nicki Wassermann kann einfach nicht schwul sein.« Sehr interessiert blickte Willi nun aus dem Fenster, schien sich plötzlich unerhört für die eingeschneiten Hecken des Grunewalds zu begeistern. »Ich muss dir was gestehen, die Einladung heute Abend, die verdanken wir nicht Professor Dr. Haber. Paul ist doch Carls Trauzeuge und ich hab ihn gebeten, uns eine Karte zu beschaffen. Ich dachte, es würde dir Spaß machen, mich mal chic im Smoking zu sehen. Ich dachte, das brächte mir vielleicht Pluspunkte bei dir ein.«

»Willi, was hast du in Köln gemacht? Du hast nicht zufällig Herrn Wassermann in seinem Hotel besucht?«

»Nein, habe ich ganz sicher nicht.« Er schüttelte entschieden die roten Locken. »Ich hab dir doch gesagt, ich habe nur seinen guten Freund Herrn Ebert in der Halle ihres Hotels getroffen und mich ein wenig mit ihm unterhalten. Wusstest du, dass die Käufer von Herrensocken fast ausschließlich Männer sind? Und wusstest du, dass viele Männer noch immer Vorurteile gegen Homosexuelle haben? Das soll so weit gehen, dass sie sich weigern könnten schwule Strümpfe zu kaufen. Da hat Herr Ebert wirklich Glück, dass er da über jeden Zweifel erhaben ist und nur aufgrund seines in jungen Jahren gebrochenen Herzens noch unverheiratet ist. Ich gestehe, ich habe ihm all die Jahre Unrecht getan, er ist ein schlauer Mann, der weiß, was gut für ihn ist. Vielleicht hat er doch noch auf seinen Freund eingewirkt, in letzter Sekunde sozusagen? Dank des Telefons kann man ja heutzutage so einen Artikel noch bis zum Schluss ändern, besonders wenn man so ein prominenter Autor wie Nicki Wassermann ist. Da kommt es vielleicht zu einer kleinen Verzögerung in der Auslieferung, aber auch nicht mehr. By the way, wir wären da.«

Vor ihnen lag, durch flackernde Laternen und Mistelzweige festlich geschmückt, das imposante Gusseisentor zum parkähnlichen Garten der Villa derer von Withmansthal. Zwei über den Livrees in Kutschermäntel gegen das Wetter gehüllte Diener standen bereit, ihnen nach Kontrolle ihrer Invitation Einlass zu gewähren.

Willi wollte soeben ihrem Chauffeur die Einladungskarte reichen, da gab Vicky ihm einen schmatzenden Kuss auf die Wange. »Mensch zu Mensch, das liegt dir einfach«, stellte sie entzückt fest und einer spontanen Eingebung folgend, bat sie den Fahrer: »Wir haben es uns anders überlegt. Fahren Sie uns ins *Rupinskis*.« Und an ihren Mann gewandt, flüsterte sie: »Im Smoking finde ich dich sagenhaft top, aber ohne gefällst du mir noch besser.«

Mai 1926

Epilog

»Und dann haben sie einfach die romantischste Verlobung des Jahrhunderts verpasst und sind ins *Rupinskis* zum Souper und da, da haben sie das Geld von Vickys Mama restlos verfuttert«, erzählte Jakob lachend dem jungen Herrn, den er als *Max, meinen neuen Privatsekretär* an der Genzerschen Kaffeetafel vorgestellt hatte. Max, der ein sehr sanftes Naturell zu haben schien, nickte einige Male anerkennend und nahm noch ein weiteres Stück Kuchen. Vicky fand, dass er sehr viel besser zu Jakob passte als dieser aufgeblasene, magere Idiot Nicki Wassermann. Zwar hatten sich am Montagmorgen nach dem Erscheinen des Artikels erstmals die Kundinnen bis auf die Straße gedrängt, doch sympathischer war er ihr nicht geworden.

Nach der Veröffentlichung des Artikels in der *Berliner Illustrirten* waren die Verkaufszahlen seiner Kriminalromane explodiert. Keine emanzipierte Leserin, die nicht wenigstens eines der Bücher dieses brillanten, dieses mutigen Frauenrechtlers im Schrank stehen haben wollte und Nicki hatte sich rasch mit seiner neuen Rolle angefreundet. Er sprach nun gern auf den Veranstaltungen des Bunds für Menschenrechte, wobei er sich auch schon wiederholt vehement für die Abschaffung des Paragrafen 178 ausgesprochen hatte. Es sei schlicht eine Schande, zu welcher Selbstverleumdung und Verstellung die Gesetzgebung die Männer zwänge.

»Vickys Mutter hat ja selbst gesagt, dass das Geld ein verspätetes Hochzeitsgeschenk war«, wandte Willi grinsend ein, wobei er fortfuhr, der kleinen Marie in der Hoffnung eines Bäuerchens den Rücken zu klopfen.

Er warf seiner Frau einen Blick zu und dann beließ er es dabei. Dass sie sich das Essen aufs Zimmer hatten kommen lassen, ging nun wirklich niemanden etwas an. Stattdessen sagte er: »Von dem restlichen Scheidungsgeld haben wir dann die Brosche wieder ausgelöst. Ihr glaubt nicht, wie viele Pfandleiher es in dieser Stadt gibt. Ich hab mir bei der Suche nach dem richtigen fast ein Loch in die Schuhe gelaufen. Und jetzt trägt sie sie nicht einmal mehr. Zu meiner Examensfeier, da hatte sie sich mit buntem Indianerschmuck oder so etwas behängt.«

»Gönn ihr den Spaß. Sie hat lange genug Trauer getragen. Wie geht es ihr denn?«, erkundigte sich Jakob.

»Oh gut. Sie hat mir die komplette Organisation von Mariechens Taufe abgenommen. Ich war nach der Geburt dann doch sehr erschöpft. Lisbeth stand fast sechs Wochen allein im Laden. Ich war wirklich froh, dass ich mit meiner Mutter und Willi auch daheim so viel Hilfe hatte. Bambi war ja am Anfang noch unterwegs. Und Feste feiern, also das kann meine Mutter wirklich. Es war sagenhaft schön, überall Blumen und Berge von Kuchen und dann haben Line und sie für Mariechen ein Lied eingeübt und bei der Feier gesungen. Doch es geht ihr gut. Ich weiß gar nicht, ob ich es erzählt habe, aber die Frau meines Onkels Fritz ist kurz nach Weihnachten durchgebrannt, mit einem Eintänzer aus dem *Adlon*. Es war natürlich ein harter Schlag für Fritz, aber meine Mama kümmert sich nun sehr liebevoll um ihn. Sie ist erst mal zu ihm an den Wannsee gezogen, die Strecke ist einfach zu weit. Kein Mensch kann jeden Tag von Charlottenburg nach Wannsee und wieder zurück kommuten.« Vicky lächelte derart unschuldsvoll, jede Romanheldin Courths-Mahlers wäre vor Neid erblasst. »Mein Vater war erst etwas verärgert, aber dann haben Willi und die Hunde ernsthaft mit ihm gesprochen, da hat er es schließlich eingesehen. Fritz' Gesundheit geht einfach vor, gerade nach so einem Schock darf man nichts riskieren, da braucht man konstant Pflege.«

»Ihr Vater hat jetzt eine Haushälterin. Kochen kann sie nicht, putzen tut sie nicht, aber ansonsten ist sie überzeugend.« Willi warf einen Blick auf seine Armbanduhr und fragte: »Sag mal, Zuckerkind, wann wollte Klaus Mann noch mal kommen? Es geht schon auf siebzehn Uhr. Soll ich mal nach ihm telefonieren gehen? Nicht, dass er seine eigene Buchpremiere verpasst.« Und an die Gäste gewandt, erklärte er: »Klaus ist ein bisschen verwirrt, ziemlich viel Drogen.«

»Auf ihn bin ich ja fast gespannter als auf sein Buch«, bekannte Max schüchtern. »Eine schwule Liebesgeschichte, wie hat er da nur einen Verlag für gefunden?«

»Alle werden sagen, es läge an seinem Vater, aber *Der fromme Tanz* ist wirklich ein gutes Buch«, stellte Vicky klar und nahm Willi den Säugling ab. »Macht euch keine Sorgen. Es ist alles geregelt. Fritzi und ihr Mann holen ihn sicherheitshalber ab, aber sie werden nicht viel vor Lesungsbeginn da sein. Sie lassen ihre Kleine zwar daheim, aber Fritzi stillt noch.«

»Schön, dass die beiden auch kommen. Dann hab ich jemand, mit dem ich über Nicki lästern kann.« Jakob zwinkerte ihr zu. Er hatte ihr nie erklärt, warum seine *Freund-*

schaft mit dem Romanautor geendet hatte, genauso wenig wie er ihr erzählt hatte, ob es damals tatsächlich ein Zufall gewesen war, dass sie ihn bei ihrer ersten Verabredung im *Rupinskis* getroffen hatten. Vicky hegte in diesem Punkt ernsthafte Zweifel, vielmehr hatte sie den Verdacht, dass Nicki einfach aufgetaucht war, um sie, die eventuell offizielle Partnerin seines Liebhabers, einmal in Augenschein zu nehmen. Sie würde nicht nachfragen und sie würde ihm auch keine Vorwürfe machen, dass er sie in der *Berliner Tageblatt*-Geschichte nicht unterstützt hatte. Keiner war ohne Fehler und da sie nun wusste, dass Jakob außer einer Formehe nie mehr von ihr gewollt hatte, schätzte sie seine Freundschaft nur umso mehr. Es war ein bisschen so, wie sie es sich gewünscht hatte, Jakob für die Gespräche und Willi, Willi fürs Schlafzimmer und die Gespräche.

»Es ist schon wieder Monate her, dass ich die von Kellers das letzte Mal gesehen habe«, riss Jakob Vicky aus ihren Gedanken. »Das muss die Lesung aus Walter Serners *Tigerin* gewesen sein. Wisst ihr noch, alle saßen schon, da kam die Sitte und wollte räumen lassen? Und Dr. Döblin hat sich aufgeregt und auf sein gegenüber der Zensurbehörde erstelltes untadeliges Gutachten für den Text verwiesen, und Willi hat sich aufgeregt, weil die Sitte dich aufgeregt hat und du doch hochschwanger warst. Wie lang das jetzt schon wieder her ist? Da wart ihr noch ganz frisch eingezogen, da hatte Willi den Geschirrschrank noch gar nicht fertig.

Und dein Bruder war gerade in der Sowjetunion. Er hat tatsächlich die Eltern dieses Soldaten aufgespürt und ihnen erklärt, dass ihr Sohn sein Lebensretter ist. Nicht zu fassen! Dass er da überhaupt rein und dann noch heil wieder rausgekommen ist, grenzt an ein Wunder.«

»Bei Vickys Bruder wundert mich überhaupt nichts mehr. Seit seine Hunde diesen SA-Mann auf das Vordach gejagt haben und nach dem Vorlesen von Trakl tatsächlich brav abgezogen sind, hab ich das Wundern aufgegeben.« Willi zuckte die Schultern und blickte abermals nervös auf die Armbanduhr. »Die sind noch immer nicht wieder da. Bambi ist mit den Kindern und den Hunden in den Park. Hoffentlich sind ihm die Viecher nicht wieder durch gegangen.«

»Bestimmt nicht. Lisbeth ist doch dabei.« Vicky schüttelte den Kopf. »Die passt auf.«

»Ja, aber seit ihr Großwildjäger wieder auf Safari ist, mehr auf Bambi als auf die Hunde ...« Willi schnitt eine Grimasse und plötzlich läutete es Sturm. »Siehst du! Jetzt haben die Biester sicher wieder ein Braunhemd gerissen. Dass die jede Woche einen Nazi anfallen müssen! Langsam hab ich deinen Bruder im Verdacht, sie drauf abgerichtet zu haben. Bloß gut, dass Hessler und seine Frau nach Oppeln gezogen sind, sonst wären wir die Wohnung schon lang wieder los.«

»Liebling, wenn Hesslers nicht nach Oppeln gezogen wären, hätten wir die Wohnung gar nicht zu haben gehabt und ganz davon abgesehen, wählt unser ehemaliger Geselle inzwischen wieder Zentrum.« Ihrem Mann einen Kuss auf die Stirn gebend, stand sie auf. »Außerdem kenn ich das Klingeln. So schellen nur unsere Freunde von der Sitte. Na, dann werde ich denen wohl mal wieder den Unterschied zwischen Kunst und Pornographie erklären dürfen.«

Willi nahm ihr die friedlich schlafende Marie ab und fragte: »Soll ich mitkommen?«

»Nein, nicht nötig, das krieg ich schon hin. Wir sehen uns dann bei der Lesung.« Sie lächelte Jakob und Max zu, drehte sich zum Gehen. Sie war fast schon im Treppenhaus, da hörte sie Jakob in spöttischer Förmlichkeit sagen: »Also, Herr Dr. Genzer, ich muss schon sagen, Sie haben mehr Glück bei den Frauen als es nach allgemeiner Meinung einem ehemaligen Fürsorgestipendiaten zusteht.« Und ihr Mann erwiderte lachend: »Nein, Herr Tucherbe Ebert, da muss ich auf das Heftigste widersprechen. Zum Beispiel die Betten! Stellen Sie sich nur vor, die Betten, die macht sie nie!«

Glossar

Braunhemden – umgangssprachlich für SA-Mitglieder, da diese 1925 noch nicht uniformiert waren, sondern nur einheitlich braune Hemden trugen.

Einreiter – umgangssprachliche Bezeichnung für einen Mann, der Prostituierte *ausbildet.*

Ewige Hilfe – umgangssprachlich für Erwerbslosen-Hilfe

Frontbann – nach dem Verbot der rechtsextremen Wehrverbünde entstandene Organisation unter maßgeblicher Leitung Ernst Röhms. Nach der Neugründung der NSDAP (Februar 1925) traten viele Mitglieder der SA bei.

Gehwolf – euphemistische Beschreibung für Pelzmäntel aus Hundefell

Inflationssäufer – zeitgenössische Bezeichnung für Touristen, die sich die schwache Währung der Republik zu nutze machten, um sich für wenig Geld zu betrinken.

kommuten – pendeln, vom englischen to commute

Oppeln – das heutige Opole

Vomag (Volksoffizier mit Arbeitergesicht) – abfälliger Spottname für Offiziere, die nicht dem Adel entstammen.

Nachwort

Nach dem Erscheinen meiner Bücher mache ich sehr gerne Leserunden. Ich habe immer viel Freude daran, mit meinen Lesern zu fachsimpeln, ein bisschen aus der Schule zu plaudern, ein bisschen zusätzliches Hintergrundwissen zu geben. Aber die Leserunden sind nach zwei, maximal drei Wochen vorbei, wer sie verpasst hat, hat sie verpasst.

Das finde ich schade, sodass ich nun beschlossen habe, das, was ich sonst im direkten Gespräch erzähle, zumindest teilweise auch hier noch einmal stichpunktartig aufzubereiten.

Grundsätzlich gibt oder gab es sämtliche der in Vickys Laden zu kaufenden Bücher, die einzige Ausnahme bildet der Roman Hans von Kellers. Die Leser meines *Das Café unter den Linden* werden sich bestimmt daran erinnern, wie Hans ihn geschrieben hat. Selma Lagerlöfs *Jans Heimweh* kann heute noch in der Übersetzung von 1915 gelesen werden, kostenlos über das Projekt Gutenberg oder gebunden unter neuem Titel »Der Kaiser von Portugallien«. Es lohnt sich!

Obwohl ich mich stets sehr um historische Korrektheit bemühe, habe ich mir an einigen Stellen Freiheiten erlaubt, so ist S. S. van Dine der Künstlername von Willard Huntington Wright, dem Verfasser der in den 20er-Jahren so populären *Philo Vance*-Detektivromane. Wright nahm den Künstlernamen offiziell erst 1926 an, aber im Rahmen des Wiedererkennungseffekts durch den Leser habe ich mir die künstlerische Freiheit erlaubt, ihn schon 1925 zu verwenden.

Keine künstlerische Freiheit, sondern ein bemerkenswerter Zufall ist dagegen, dass der Tag der Eröffnung der Buchhandlung tatsächlich, wie im Roman erwähnt, am 26sten Geburtstag von Emma Gumz stattfand – noch heute erinnert eine Gedenktafel an der Knesebeckstraße 17 an sie und ihren Ehemann Franz, da sie während des Nationalsozialismus mehrere Juden vor der Deportation bewahren konnten. Überhaupt lohnt es sich, Vickys Kunden einmal zu googeln – keineswegs alle ihrer Besucher sind meiner Fantasie entsprungen ...

Der Zeitungsartikel im *Berliner Tageblatt* ist von mir erfunden, nicht erfunden ist bedauerlicherweise aber die Wortwahl. Zwei Jahre später wird Fred Hildenbrandt in eben dieser Zeitung Hedwig Courths-Mahler als *Bestie, Vergifterin des Volkes* und *Verfasserin von Dienstmädchenlektüre* verunglimpfen und ihren Werken wünschen, sie mögen *vergessen werden* und *vermodern* – übrigens als öffentlicher Geburtstagsgruß ... Die *Berliner Illustrirte Zeitung* (tatsächlich ohne ie bei Illustrierte!) hat meines Wissens keine besondere Wochenendausgabe herausgegeben. Sie erschien grundsätzlich einfach wöchentlich, im Rahmen der zeitlichen Verordnung innerhalb der Handlung habe ich mir aber diese kleine Freiheit herausgenommen. Und ach ja, per Ullstein eigenem Flugzeug ausgeflogen wurde die Zeitung auch erst ab 1926.

Da Nicki Wassermann ebenso wie Wilhelm Genzer meiner Fantasie entsprungen sind, ist natürlich auch der Zeitungsartikel »Warum Frauen keine Romane lesen und verkaufen sollten« von mir verfasst worden, wobei ich mich jedoch inhaltlich und in der Wortwahl stark an den zeitgenössischen Artikeln »Offensive der Frau« (George von der Vring), »Autonomie der Frau« (Walther von Hollander) und »Bejahung der modernen Frau« (Richard Huelsenbeck) orientiert habe.

By the way zum Schluss möchte ich darauf hinweisen, dass die Sprache der 20er-Jahre tatsächlich sehr modern und voller Anglizismen war, vom Steak über Skyscraper bis tough, wer modern sein wollte, sprach Englisch – vermutlich mit grauenhaftem Akzent, aber immerhin... Wunderschöne literarische Beispiele dieser neuen Sprache finden sich bei Irmgard Keun, Egon Erwin Kisch und Lili Grün, aber auch Joseph Roths Reportagen zeugen davon.

Danksagung

Mein besonderer Dank gilt diesmal nicht meinen – wie üblich – unermüdlichen Testlesern, sondern meiner Schwiegermutter, Margit Weng. Ohne ihre konstante Unterstützung in der Betreuung meines Sohnes wäre dieses Buch nie fertig geworden. Dafür von ganzem Herzen: »Danke!« Besonderer Dank gebührt auch Horst-Dieter Radke, denn ohne ihn und sein geradezu enzyklopädisches Wissen wäre meine Buchhandlung deutlich leerer. Horst-Dieter kennt sich übrigens nicht nur mit der Literatur der 20er-Jahre aus, sondern gibt auch eine – wie ich finde – sehr amüsante und lesenswerte kleine Reihe mit Krimiraritäten heraus. Zu finden unter *HRs Kriminalbibliothek.*

Eine unverdrossene Testleserin ist auch meine liebe Freundin Miriam Hermsen – trotz Masterarbeit und Bewerbungsstress hat sie immer die Zeit gefunden, mein Buch zu lesen, zu loben, zu kritisieren und mir notfalls auch Karten zu schreiben. Dafür von ganzem Herzen: »Dankeschön!«

Aufrichtiger Dank gebührt meiner wundervollen Lektorin Anne Sudmann, ohne ihren Einsatz und ihren Rat wäre »Die Frauen vom Savignyplatz« nie ein lesenswertes Buch geworden. Danke!

Aufrichtiger Dank natürlich auch an meine Agenten Gerald Drews und Conny Heindl – für die Unterstützung, das Engagement und den unerschütterlichen Glauben an mich. Und dir, liebe Conny, noch ein ganz spezielles Dankeschön für all die Male, an denen du klaglos die Folgen meiner Spontanentschlüsse getragen hast. Danke!

Danke, danke, danke auch an meine liebe Freundin Ulrike Renk, ohne deren Einsatz all das gar nicht möglich gewesen wäre. Sie ist nicht nur eine wunderbare Freundin, sie schreibt übrigens auch ganz wunderbare Bücher. Wer historische Romane mag, wird sie sowieso kennen – wer es noch nicht tut, sollte diesen Zustand rasch ändern! Meinen Eltern, meinem Bruder und meiner Schwägerin möchte ich dafür danken, dass sie mir mit Ideen, mit Ratschlägen, mit Kinderbetreuung, mit Berlinern, Brownies und unerschütterlicher Liebe beigestanden haben – nicht nur während diesen Buches.

Keinen Dank bekommt diesmal Jacky Weng. Statt mich – wie bei meinen vorangegangenen Büchern – durch Schnurren und Schmusen zu unterstützen, war sie diesmal fast immer gerade anderweitig beschäftigt und hat mich schmählich im Stich gelassen. Ich hoffe, das reißt nicht ein!

Und ganz zum Schluss, denn das Beste kommt auch diesmal wieder zum Schluss, möchte ich meinem Mann und meinem Sohn danken. Für die Geduld mit mir, für das Verständnis, für den Glauben an mich und einfach dafür, dass ich sehr viel besser schreibe, wenn ich weiß, ihr schlaft oben. Danke!

Leseprobe

1 Kapitel

»Hey, Taxi!« Ein Fräulein in hellem Nerz, mit weißblondem Bubikopf und blutroten Lippen winkte hektisch, pfiff auf zwei Fingern und stürmte an Fritzi vorbei auf eine Taxe zu.

Ganz Berlin schien es sehr eilig zu haben, dachte Fritzi sich. Da, wo sie herkam und nie wieder hin zurückwollte, war niemand in Eile. Ein dumpfes Ziehen machte sich in der Herzgegend bemerkbar, und wie schon in den letzten Wochen versuchte sie es zu ignorieren. Herzschmerz war für alternde Jungfrauen mit Krampfadern, solche, die zum Tanztee für die reifere Jugend gingen und dort ihr Doppelkinn zu Walzerklängen wiegten. Fritzis Leben war Shimmy und Charleston, war Bubikopf und Kintopp – oder zumindest sollte es so werden.

Im Moment jedoch kam sie sich ziemlich fehl am Platz vor, von rechts schubste ein Mann, eine Aktentasche wurde ihr in den Rücken geknallt, jemand rempelte sie unsanft an: »Für was hält die das hier! Das ist der Alexanderplatz, keine buddhistische Meditationshalle.« Fritzi umklammerte ihren Koffer noch etwas fester, sie wusste nicht einmal, was eine »buddhistische Meditationshalle«

war. Und den Weg zum Grunewald, wo Graf Hans von Keller wohnte, kannte sie auch nicht. Einen Schupo hätte man jetzt gebraucht!

Suchend sah Fritzi sich um: nichts als graue Büroangestellte in grauen Mänteln. Die würden ihr kaum helfen, die wollten nur noch heim, zu Frauchen, Abendzeitung und belegten Broten. Und zwischen ihnen die munteren Fräulein, mit Seidenstrumpfbeinen und hochmütig geschminkten Blicken, die traute sie sich nicht anzusprechen. Genauso wenig wie die finster dreinblickenden Männer in Arbeitskleidung, die sich müde über den großen Platz schoben. *Die Menschen rinnen über den Asphalt, ameisenemsig, wie Eidechsen flink*, so hatte Fritzi das mal gelesen, aber obwohl es sie normalerweise tröstete, ein Buch oder ein Gedicht zwischen sich und die Wirklichkeit zu schieben, wurde ihr nun sehr kalt. Wenn sie unglücklich war, dann fror sie immer, da halfen auch die dicksten Socken nicht. Jetzt stand sie hier, allein mitten in Berlin, und wollte diesen Grafen überzeugen, dass er seine Memoiren schreiben sollte? Natürlich nicht, ohne sie zuvor als Tippfräulein zu engagieren. Plötzlich hatte sie Angst vor der eigenen Courage.

»Alles in Ordnung, gnädiges Fräulein?« Vor ihr war ein junger Mann aufgetaucht, der sie mit besorgten Augen ansah. »Kann ich Ihnen helfen?«, fragte er, legte ihr fürsorglich einen Arm um die Schulter und führte sie zu einer nahe gelegenen Bank.

»Ich weiß einfach nicht, wie ich in den Grunewald komme«, platzte es aus ihr heraus. Sofort wurde sie rot. Wie naiv das klang. Viel zu sehr nach der alten Fritzi und so gar nicht nach Charleston, Shimmy, Bubikopf und Kintopp!

»Der Graf von Keller erwartet mich. Er wollte mir einen Wagen schicken, aber den habe ich wohl irgendwie verpasst«, ergänzte sie schnell und versuchte, den abgeklärten Ausdruck der Frauen um sie herum zu imitieren. »Sie möchten zum Grafen von Keller?«, echote der junge Mann, und sie begann, schon wieder zu frieren. Bei ihrem Glück erzählte der ihr gleich, der Graf sei heute verstorben. So alte Adlige starben doch ständig, die hatten ja auch sonst nicht mehr viel zu tun.

»Ist er tot?«

Ihr Gegenüber schaute sie verwirrt an, dann zuckte er mit den Schultern. »Nicht, dass ich wüsste. Wenn Sie zum Grafen wollen, dann schreibe ich Ihnen die Tramverbindung auf. Das Haus ist nicht zu verfehlen. Es ist das einzige mit rostigem Tor und einem vollkommen verwilderten Garten.«

Erleichtert lächelte sie ihm zu, öffnete ihre Handtasche und holte einen Bleistift und einen alten Briefumschlag heraus.

»Wenn Sie sich beeilen, kriegen Sie noch die nächste Elektrische zum Kottbusser Tor. Dort umsteigen in Richtung Uhlandstraße, dann den Hohenzollerndamm ent-

lang, und schon sind Sie da.« Dann gab er ihr einen ka-
meradschaftlichen Klaps auf die Schulter, stand auf und
rief ihr im Weggehen noch zu: »Gleis 2!«

Es gab also auch in Berlin nette Menschen, die einem
einfach so halfen.

Oder auch nicht. Denn als Fritzi ihr Billet lösen wollte, war ihre Geldbörse weg. Samt hundert Reichsmark Er-
spartem, samt Leihbüchereiausweis und dem Brief von
Gustav. Zumindest ihr Pass war noch da, den hatte sie auf
Anraten ihrer Tante Hulda im Koffer versteckt. Sie hätte heulen können, wie konnte sie nur so blöd sein, auf
so einen dreisten Dieb hereinzufallen? Zähneknirschend
kratzte sie ihr letztes Geld zusammen und zog ein Billet.
Immerhin hatte sie nicht geweint, die alte Fritzi wäre
bestimmt in Tränen ausgebrochen.